Diogenes Taschenbuch 21277

Evelyn Waugh

Wer zuerst kommt, mahlt zuerst

Erzählungen

Aus dem Englischen von Otto Bayer

Diogenes

Die in Buchform
veröffentlichten Originalerzählungen sind dem Band
Work Suspended and Other Stories (1943)
entnommen.

Hinweis am Schluß dieses Bandes.

Deutsche Erstausgabe

80/85/36/1
ISBN 3 257 21277 1

Inhalt

Es war einmal

Lady Amelia hatte von klein auf gelernt, daß es der Gipfel der Unschicklichkeit sei, vormittags Romane zu lesen. Auch jetzt im Abenddämmer ihrer Tage, da es kaum noch etwas gab, womit sie sich in den zwei Stunden zwischen Viertel nach elf, wenn sie in Hut und Lavendelduft herunterkam, bis zur Ankündigung des Mittagessens hätte beschäftigen können, hielt sie starr an dieser Regel fest. Doch kaum war das Mittagessen vorbei und im Salon der Kaffee serviert; noch ehe die heiße Milch in Mandschus Schälchen so weit abgekühlt war, daß er sie trinken konnte; wenn sommers die Sonne durch die Blenden an den runden georgianischen Fenstern hereinflutete; wenn winters die liebevoll aufgeschichteten Kohlen im runden Kamin glühten; wenn Mandschu an seinem Schälchen schnupperte und schleckte und Lady Amelia die grobe Wolle, mit der sie ob ihrer schwindenden Sehkraft jetzt zu arbeiten gezwungen war, auf ihrem Schoß ausgebreitet hatte; während die schöne alte Uhr die zweieinhalb Stunden bis zum Tee vertickte – dann fiel Miss Myers die Aufgabe zu, ihrer Brotgeberin aus einem Roman vorzulesen.

Mit den Jahren hatte Lady Amelia immer mehr Geschmack an Romanen gefunden, Romanen bestimmter Art. Sie fielen für die Angestellte in der Leihbibliothek unter den Begriff »deftig« und wurden wohlversteckt unter der Theke gehalten. Und Miss Myers mußte sie dort abholen und wieder dorthin zurückbringen. »Haben Sie etwas nach Lady Amelias Geschmack?« pflegte sie dann mit ernster Miene zu fragen.

»Nun ja, das hier ist gerade hereingekommen«, antwortete

darauf die Angestellte und fischte von irgendwo bei ihren Füßen ein Buch heraus.

Einst hatte Lady Amelia Liebesromane geliebt, deren Helden verantwortungslose reiche Leute waren; zwischendurch hatte sie eine psychologische Phase gehabt; zur Zeit galt ihr Interesse der amerikanischen Schule des brutalen Realismus und Gossenjargons. »Noch etwas in der Art von *Reservat* oder *Bessie Cotter*«, mußte Miss Myers wohl oder übel verlangen. Und wenn ihre schamhaft gesenkte Stimme dann durch die nachmittägliche Stille tönte und in einer kaum verständlichen Sprache Seite um Seite von Vergewaltigung und Betrug erzählte, dann mußte Lady Amelia hin und wieder über ihrer Handarbeit leise kichern.

»In meinem Alter wenden Frauen sich entweder der Religion oder dem Roman zu«, pflegte sie zu sagen. »Ich habe unter meinen wenigen noch lebenden Freundinnen festgestellt, daß die Romanleserinnen sich wesentlich besserer Gesundheit erfreuen.«

Der Roman, den sie gerade lasen, war um halb fünf zu Ende.

»Danke«, sagte Lady Amelia. »Das war *sehr* unterhaltsam. Merken Sie sich bitte den Namen des Autors, Miss Myers. Sie können nach dem Tee in die Bibliothek gehen und fragen, ob sie noch etwas von ihm haben. Es hat Ihnen doch auch gefallen?«

»Hm, es war doch sehr traurig, nicht wahr?«

»Traurig?«

»Nun, ich meine, der arme junge Mann, der das geschrieben hat, muß aus einem schrecklichen Haus kommen.«

»Wie kommen Sie denn darauf, Miss Myers?«

»Weil alles so weit hergeholt ist.«

»Merkwürdig, daß Sie so denken. Ich finde moderne Romane immer so peinlich diskret. Gewiß habe ich bis vor kurzem überhaupt nie Romane gelesen und kann nicht sagen, wie sie früher waren. In jungen Jahren war ich viel zu sehr mit meinem eigenen Leben und dem meiner Freunde beschäftigt – lauter Leute übrigens, die keineswegs aus schrecklichen Häusern kamen«, fügte sie mit einem Seitenblick auf ihre Gesellschafterin hinzu; einem Blick so schmerzhaft wie ein Schlag mit dem elfenbeinernen Lineal auf die Fingerknöchel.

Bis zum Tee war noch eine halbe Stunde Zeit; Mandschu lag schlafend auf dem Kaminvorleger vor dem kalten Feuerrost; durch die Fensterblenden flutete die Sonne herein und malte helle Streifen auf den Aubussonteppich. Lady Amelia blickte auf den heraldisch bestickten Ofenschirm und fuhr versonnen fort: »Nein, das geht wohl nicht. Man kann nicht über Dinge schreiben, die wirklich passieren. Die Leute sind so an den Roman gewöhnt, daß sie es gar nicht glauben würden. Diese armen Schriftsteller bemühen sich immer so, die Wirklichkeit glaubhaft erscheinen zu lassen. Mein Gott, wenn Sie so dasitzen, so *gütig*, und mir vorlesen, denke ich manchmal: ›Wenn einer hinginge und von *irgend*einem Haus, das er kennt, alles aufschriebe, was da so im Laufe von ein paar Jahren passiert ... kein Mensch würde es ihm glauben.‹ Ja, liebe Miss Myers, ich höre Sie schon sagen: ›So etwas passiert ja vielleicht wirklich manchmal, hin und wieder, in hundert Jahren einmal, und nur in schrecklichen Häusern‹; aber es passiert dauernd, täglich, um uns herum – so war es wenigstens in meinen jungen Jahren.

Sehen Sie sich zum Beispiel einmal an, welche Ironie des Schicksals den gegenwärtigen Lord Cornphillip in die Erbfolge gebracht hat.

Ich war mit den Cornphillips früher sehr gut bekannt«, sagte Lady Amelia. »Etty war eine Cousine meiner Mutter – und als junges Ehepaar waren mein Mann und ich dort jeden Herbst zur Fasanenjagd. Billy Cornphillip war ein *äußerst* langweiliger Mensch – das kann man wirklich sagen. Er war im selben Regiment wie mein Mann. Ich kannte damals, als ich jung verheiratet war, viele langweilige Menschen, aber Billy Cornphillip war sogar unter den Freunden meines Mannes für seine Langweiligkeit berüchtigt. Sie haben ihr Anwesen in Wiltshire. Ich höre, daß der Junge es jetzt verkaufen möchte. Es wundert mich nicht. Das Haus ist sehr häßlich und gesundheitsschädlich. Mir grauste immer vor unsern Besuchen dort.

Etty war ganz anders, ein lebenslustiges kleines Ding mit sehr hübschen Augen. Die Leute fanden sie etwas leichtlebig. Natürlich war die Ehe eine *sehr* gute Partie für sie gewesen; sie war eine von sieben Schwestern, und ihr Vater, der Ärmste, war in der Erbfolge an aussichtsloser Stelle. Billy war zwölf Jahre älter als sie. Seit Jahren war sie hinter ihm her gewesen. Ich weiß noch, wie ich vor Freude geweint habe, als ihr Brief mit der Nachricht kam, daß sie sich verlobt hätten ... Es war am Frühstückstisch ... sie schrieb auf sehr kunstvollem Papier mit hellblauen Rändern und blauen Schleifchen in den Ecken ...

Die arme Etty schwärmte sehr für Kunst; sie versuchte etwas aus dem Haus zu machen – Pfauenfedern an den Wänden und bemalte Tamburine und ein paar sehr moderne Schablonenmalereien – aber der Erfolg war immer gleich deprimierend. Sie legte sich weit vom Haus weg ein Gärtchen an, mit hoher Außenmauer und Vorhängeschloß an der Tür, wohin sie sich stundenlang zum Denken – so nannte sie es zumindest – zurückzog. Sie gab ihm den Namen ›Garten des Gedankens‹. Einmal, nachdem sie wieder mit Billy Streit gehabt hatte, war ich mit ihr dort – was eine große Ehre war. Es gedieh dort nichts besonders gut – wohl wegen der hohen Mauer und weil sie alles selbst machte. In der Mitte war eine bemooste Bank. Auf der saß sie wahrscheinlich, wenn sie dachte. Der ganze Ort roch irgendwie modrig.

Nun, jedenfalls freuten wir uns alle über Ettys Glück, und ich glaube, anfangs hatte sie Billy wirklich recht gern und wollte ihm eine gute Frau sein, trotz seiner Langweiligkeit. Sie müssen nämlich wissen, daß wir alle schon fast verzweifelt waren, als es endlich passierte. Billy war jahrelang Lady Instows Freund gewesen, und wir fürchteten, sie würde ihn nie heiraten lassen, aber in dem fraglichen Jahr hatten sie sich in Cowes gestritten, und Billy war wütend nach Schottland gefahren, wo die kleine Etty gerade zu Besuch war; so wurde denn alles in die Wege geleitet, und ich durfte Brautjungfer sein.

Der einzige, der sich nicht freute, war Ralph Bland. Er war nämlich Billys nächster Verwandter und hätte alles bekommen, wenn Billy kinderlos gestorben wäre – und mit den Jahren waren seine Hoffnungen immer höher gestiegen.

Er nahm ein schlimmes Ende – das heißt, ich weiß nicht einmal genau, *was* aus ihm geworden ist –, aber damals war er sehr beliebt, besonders bei Frauen ... Die arme Viola Chasm war fürchterlich in ihn verliebt. Wollte mit ihm durchbrennen. Sie und Lady Anchorage waren seinetwegen schrecklich eifersüchtig aufeinander. Es wurde richtig unangenehm, besonders als Viola herausbekam, daß Lady Anchorage ihrem Mädchen fünf Pfund pro Woche zahlte, damit es ihr Ralphs Briefe an Viola zuschickte – *bevor* Viola sie gelesen hatte –, darüber war sie ja erst richtig böse. Er hatte wirklich eine sehr nette Art und gab die ulkigsten Sachen von sich ... Also, diese Heirat war für Ralph nun wirklich ein herber Schlag; er war selbst verheiratet und hatte zwei Kinder. Seine Frau hatte etwas Geld mit in die Ehe gebracht, aber das hatte Ralph längst verplempert. Billy und Ralph verstanden sich nicht gut – sie hatten eben sehr wenig miteinander gemein –, aber Billy verhielt sich durchaus anständig gegenüber Ralph und half ihm immer wieder aus der Klemme. Eine Zeitlang hat er ihm sogar eine regelmäßige Zuwendung gezahlt, und zusammen mit dem, was er so von Viola und Lady Anchorage bekam, hatte Ralph ein ganz hübsches Auskommen. Aber er mußte an die Zukunft seiner Kinder denken, und so traf ihn Billys Heirat also wirklich sehr, sehr hart. Er sprach sogar vom Auswandern, und Billy schoß ihm eine hohe

Summe vor, von der er sich auf Neuseeland eine Schaffarm kaufen sollte, aber daraus wurde nichts, denn Ralph stand bei einem Londoner Geldverleiher hoch in der Kreide, und der kassierte gleich das ganze Geld. Das alles war ausgesprochen unerfreulich, denn Billy hatte ihm das Geld unter der stillschweigenden Voraussetzung gegeben, daß er ihn um keine weiteren Zuwendungen mehr angehen würde. Und Ralphs Auswanderungsgerede hatte Viola und Lady Anchorage so erbost, daß sie andere Arrangements trafen, so daß dem armen Ralph nun wirklich das Wasser unterm Kiel knapp wurde.

Aber langsam faßte er dann doch wieder Mut, als nach zwei Jahren noch immer nicht die Rede von einem Erben war. In meiner Jugend war das Kinderkriegen noch viel selbstverständlicher als heute. Jeder erwartete, daß Etty ein Kind bekommen würde – sie war so ein richtig gesundes junges Ding –, und als sich nichts tat, gab es manch gehässiges Gerede. Ralph benahm sich in dieser Angelegenheit sehr schlecht. Wie mein Mann mir erzählte, machte er in seinem Club in aller Öffentlichkeit die geschmacklosesten Witze darüber.

Ich erinnere mich noch gut, wie Ralph zum letztenmal bei den Cornphillips war; es war eine Weihnachtsparty, und er war mit seiner Frau und den beiden Kindern gekommen. Sein Erstgeborener war damals sechs Jahre alt, und es kam zu einer äußerst peinlichen Szene. Ich war nicht selbst dabei, aber wir waren ganz in der Nähe bei den Lockjaws und erfuhren natürlich alles. Billy muß gerade wieder eine seiner großspurigen Anwandlungen gehabt und sich fürchterlich mit dem Haus gebrüstet haben, als Ralphs Söhnchen plötzlich ganz ernst und sehr laut sagte: ›Daddy sagt, wenn ich mal in deinen Schuhen stehe, kann ich die ganze Bude abreißen. Das einzige, wofür es sich lohnt, ist das Geld.‹

Es war gegen Ende einer großen und ziemlich altmodischen Weihnachtsparty, so daß eigentlich niemand zur Nachsicht aufgelegt war. Es kam zum endgültigen Bruch zwischen den beiden Vettern. Billy hatte Ralph bis dahin trotz des Neuseelandabenteuers noch widerwillig unterstützt. Jetzt versiegten die Zuwendungen ein für allemal, und Ralph war ein sehr schlechter Verlierer.

Sie wissen, wie das ist – oder vielleicht sind Sie, liebe Miss Myers, in der glücklichen Lage, *nicht* zu wissen, wie das ist –, wenn nahe Verwandte sich zerstreiten. Die Gemeinheiten, zu denen sie sich versteigen, kennen keine Grenzen. Ich würde mich genieren, das Verhalten der beiden Männer gegeneinander in den nächsten zwei bis drei Jahren auch nur andeutungsweise zu schildern. Sie hatten nicht das allermindeste Mitgefühl füreinander.

Zum Beispiel war Billy natürlich ein Konservativer. Ralph ließ sich in seinem Bezirk als Kandidat der Radikalen aufstellen und schaffte es.

Das war nun, wie Sie wissen müssen, noch vor der Zeit, als die unteren Klassen in die Politik zu gehen begannen. In beiden politischen Lagern war man es damals gewöhnt, daß die Kandidaten vermögende Männer waren, weshalb so eine Kandidatur mit hohen Ausgaben verbunden war. Ralph hätte sich das eigentlich gar nicht leisten können, aber damals hatten Parlamentarier auch so manche Möglichkeit, ihre Situation zu verbessern, weshalb wir das alle für einen klugen Schritt von Ralph hielten. Unseres Wissens war es überhaupt das erste Vernünftige, was er tat. Aber was dann folgte, war *sehr* schockierend.

Billy hatte die Kandidatur natürlich in keiner Weise unterstützt – das konnte man ja schlecht von ihm verlangen –, aber als dann die Wahl vorbei war und alle den Ausgang durch und durch befriedigend fanden, tat er etwas, was ich für *sehr falsch* halte. Er verklagte Ralph wegen Korruption. Es ging um drei Pfund, die Ralph einem von Billy wegen Trunkenheit entlassenen Gärtner gegeben hatte. Ich nehme an, daß es so etwas jetzt nicht mehr gibt, aber in der Zeit, von der ich spreche, war es gang und gäbe. Niemand hatte das allermindeste Verständnis für Billy, aber er brachte die Anklage durch, und der arme Ralph verlor sein Mandat.

Nun, und von da an hatte ich den Eindruck, daß der arme Ralph ein bißchen den Verstand verlor. Es ist traurig, Miss Myers, mit ansehen zu müssen, wie ein Mann in den besten Jahren sich von seinem Groll regelrecht verzehren läßt. Sie wissen sicher noch, wie schwierig es war, als der Herr Pfarrer sich von Major Etheridge verfolgt glaubte. Er hat mir doch tatsächlich erzählt, Major Etheridge habe ihm Wasser in den Benzintank seines Motorrads getan und die Chorbuben mit je einem Sixpence bestochen, damit sie falsch singen sollten – na ja, und so war es auch mit dem armen Ralph. Er ließ sich nicht davon abbringen, daß Billy ihn absichtlich ruiniert habe. Er nahm sich ein Cottage im Dorf und pflegte Billy schrecklich in Verlegenheit zu bringen, indem er auf jedem Dorffest erschien und Billy unablässig fixierte. Der arme Billy war doch immer so verlegen, wenn er eine Rede halten sollte. Ralph lachte dann immer ganz ironisch an den falschen Stellen, aber nie so laut, daß Billy ihn hätte hinauswerfen lassen können. Und er ging in Wirtshäuser und trank zuviel. Zweimal haben sie ihn schlafend auf der Terrasse gefunden. Und natürlich mochte niemand in der Gegend ihn vor den Kopf stoßen, denn er konnte ja jederzeit Lord Cornphillip werden.

Es muß für Billy eine schwere Zeit gewesen sein. Er und Etty, die Ärmsten, kamen nicht sehr gut miteinander aus, und Etty war immer öfter in ihrem ›Garten des Gedankens‹ und brachte ein recht albernes Bändchen mit Sonetten heraus, meist über Venedig oder Florenz, obwohl sie Billy noch nie dazu hatte bringen können, einmal mit ihr ins Ausland zu reisen. Er meinte, die fremde Küche würde ihm nicht bekommen.

Billy verbot ihr, mit Ralph zu sprechen, was sehr peinlich war, denn sie begegneten sich doch immerzu im Dorf und waren früher die besten Freunde gewesen. Oft ließ Ralph sich sogar sehr verächtlich über die Männlichkeit seines Vetters aus und sagte, es sei höchste Zeit für Etty, daß jemand sie ihm abnähme. Das war natürlich nur einer von seinen Witzen, denn Etty war furchtbar mager geworden und kleidete sich *sehr* geschmacklos, und Ralph liebte doch Frauen, die sich schick anzogen und pummelig waren – wie die arme Viola Chasm. Was sie auch sonst für Fehler haben mochte«, sagte Lady Amelia, »Viola war immer schick angezogen und pummelig.

Es war zu Königin Victorias diamantenem Thronjubiläum, als die Krise sich zuspitzte. Überall wurden Feste gefeiert, mit Freudenfeuern und recht albernen Lustbarkeiten, und Ralph betrank sich fürchterlich. Er bedrohte Billy auf ziemlich dümmliche Weise, und Billy zitierte ihn vor den Friedensrichter, der Ralph dazu verpflichtete, den Frieden zu wahren und sich mindestens zehn Meilen von Cornphillip entfernt niederzulassen. ›Bitte sehr‹, sagte Ralph daraufhin vor versammeltem Magistrat, ›dann gehe ich eben, aber ich gehe nicht allein.‹ Und ob Sie es glauben oder nicht, Miss Myers – er und Etty brachen am selben Nachmittag zusammen nach Venedig auf.

Die arme Etty, sie hatte sich doch immer so gewünscht, einmal nach Venedig zu reisen, und hatte so viele Gedichte darüber geschrieben, aber wir waren alle maßlos überrascht. Anscheinend hatten sie und Ralph sich schon einige Zeit in ihrem ›Garten des Gedankens‹ getroffen.

Ich glaube nicht, daß Ralph etwas an ihr lag, denn wie gesagt, sie war keineswegs sein Typ, aber es erschien ihm als eine wunderschöne Rache an Billy.

Nun, die Flucht war alles andere als ein Erfolg. Sie nahmen Wohnung in einem Schloß mit ziemlich schlechten hygienischen Verhältnissen, mieteten sich eine Gondel, und die Rechnungen türmten sich. Dann zog Etty sich infolge der unhygienischen Verhältnisse eine Mandelvereiterung zu, und während sie krank im Bett lag, lernte Ralph eine Amerikanerin kennen, die *viel mehr* sein Typ war. Und so war die arme Etty nach nicht einmal sechs Wochen wieder in England. Natürlich ging sie nicht sofort zu Billy zurück. Sie wollte bei uns wohnen, aber das war natürlich ein Ding der Unmöglichkeit. Von Scheidung war, soviel ich weiß, nie die Rede. Scheidung war damals noch lange nicht so in Mode. Aber wir hätten es alle als sehr rücksichtslos gegenüber Billy empfunden, wenn wir Etty bei uns aufgenommen hätten. Und dann, Sie werden es nicht glauben, Miss Myers, hörten wir als nächstes, daß Etty wieder auf Cornphillip sei und ein Kind erwarte. Es wurde ein Sohn. Billy war hocherfreut darüber, und ich glaube nicht, daß der Junge es je erfahren hat, jedenfalls bis vor kurzem, denn da hat mein Neffe Simon es ihm bei einem Essen mit Lady Metroland auf ziemlich häßliche Weise beigebracht.

Der Sohn des armen Ralph – ich glaube, es ist nicht viel aus ihm geworden. Er muß inzwischen schon ein reifer Mann sein, und anscheinend hört man nie etwas von ihm. Vielleicht ist er auch im Krieg gefallen – ich weiß es nicht.

Und da kommt Ross mit dem Tablett, und wie ich sehe, hat Mrs. Samson wieder diese kleinen Scones gebacken, die Ihnen immer so gut schmecken. Ich glaube, liebe Miss Myers, Sie hätten weniger mit Ihrer Migräne zu tun, wenn Sie davon ließen. Aber Sie geben so wenig auf sich acht, liebe Miss Myers ... Geben Sie doch Mandschu eines davon ab.«

Kreuzfahrt

Dampfschiff Glory of Greece

Liebes!

Also ich hab gesagt ich schreibe und hätte ich auch nur weil die See war so fürchterlich rauh und hab dann doch nicht. Jetzt ist wieder alles etwas normaler und da will ich dir erzählen. Also wie du weißt die Kreuzfahrt fing in Monte Carlo an und wie wir alle miteinander zum Victoria-Bahnhof kommen hören wir daß die Fahrt bis Monte nicht im Preis drin ist und Papa war mein Gott war er wütend und hat gesagt er will nicht mehr aber Mama hat gesagt natürlich fahren wir und das haben wir auch gesagt aber er hatte schon alles Geld in Lire oder Franc umgetauscht weil die Ausländer doch alle so unehrlich sind und nur einen Shilling für den Gepäckträger in Dover hatte er noch denn damit nimmt er es ja so genau und jetzt mußte er alles wieder zurückwechseln und war die ganze Fahrt bis Monte schlecht gestimmt und hat für mich und Bertie kein Liegeabteil genommen und wollte auch nicht in seinem schlafen weil er so wütend war mein Gott wie traurig.

Aber dann war alles wieder gut denn der Purser hat Colonel zu ihm gesagt und seine Kajüte gefällt ihm und da ist er mit Bertie ins Casino gegangen und hat verloren und Bertie hat gewonnen und ich glaube Bertie hat etwas Schlagseite bekommen jedenfalls hat es sich so angehört als er zu Bett ging denn er schläft ja in der Kajüte nebenan wie wenn sich einer erbricht und das war noch vor dem Ablegen. Bertie hat ein paar Bücher über Barockkunst bei sich deshalb weil er ja in Oxford studiert.

Also am ersten Tag war die See rauh und ich stand auf und ging ins Bad und mir war ganz komisch und die Seife tat es nicht bei dem Salzwasser und wie ich frühstücken ging standen da auf der Karte so viele Sachen wie Zwiebelsteak und ein toller junger Mann war da der hat gesagt daß wir die einzigen unten sind und darf ich mich zu ihnen setzen und es ging alles prächtig und er aß Zwiebelsteak aber dann ging es doch nicht gut und ich mußte wieder ins Bett gerade als er sagte daß er nichts so sehr bewundert wie ein Mädchen das seefest ist mein Gott wie traurig.

Man soll eben nicht baden und sich immer nur ganz langsam bewegen. Also am nächsten Tag war Neapel dran und wir haben uns ein paar Bertie-Kirchen angesehen und das Ding das bei einem Erdbeben zusammengekracht und ein armer Hund dabei umgekommen ist von dem haben sie eine Gipsfigur gemacht mein Gott wie traurig. Papa und Bertie haben sich ein paar Bilder angesehen die wir nicht sehen durften und Bertie hat sie mir nachher aufgemalt und Miss P. wollte auch gucken. Ich hab dir noch gar nicht von Bill und Miss P. erzählt oder? Also Bill ist schon ziemlich alt sieht aber ganz nett aus und ich glaube nicht daß er schon sehr alt ist ich meine richtig alt und hat ein sehr entillusionierendes Leben wegen seiner Frau hinter sich und ich will ja nichts gegen sie sagen sagt er aber sie ist ihm mit einem Ausländer abgehauen und darum haßt er Ausländer. Miss P. heißt Miss Phillips und ist widerlich sie hat eine Segelmütze auf und ist ein Luder. Und wie sie sich an den Zweiten Offizier ranmacht das geht ja keinen was an und der Dümmste sieht daß er sie gar nicht leiden kann aber die Besatzung muß ja so tun als wenn sie die Passagiere leiden kann das ist Vorschrift. Wen haben wir sonst? Na ja ein Haufen alte Leute. Papa ist gerade spazieren mit einer Lady Muriel soundso die Onkel Ned gekannt hat und ein Flitterwochenpaar ist auch da mein Gott wie peinlich. Und ein Pfarrer und ein niedlicher Halbseidener mit Kamera und weißem Anzug und jede Menge Familien aus dem industriellen Norden.

Bertie läßt dich also auch grüßen. xxxxxx usw.
Mama hat sich einen Schal gekauft und ein Tier aus Lava.

POSTKARTE

Das ist ein Bild von Taormina. Mama hat sich hier einen Schal gekauft. Sehr lustig denn Miss P. hatte Pech weil sie sich ja nur an den Zweiten Offizier herangemacht hat und der nicht an Land durfte und als es ans Einsteigen in die Wagen ging mußte sie sich zu einer Familie aus dem industriellen Norden reinquetschen.

Dampfschiff Glory of Greece

Liebes!

Du hast hoffentlich die Pstk. aus Sizilien bekommen. Die Moral davon ist daß man sich nicht mit der Besatzung einlassen soll aber mit wem ich mich befreundet habe ist der Purser und der ist anders weil er ein richtig zynisches Leben führt mit einem Grammophon in der Kajüte und Cocktails soviel er will und manchmal Käseschnittchen und ich hab gefragt zahlt er die vielen Sachen denn auch aber er hat gemeint nein das ist schon in Ordnung.

Wir haben also jetzt drei Tage auf See und der Pfarrer sagt das ist gut weil wir uns alle befreunden können aber ich habe mich nicht mit Miss P. befreundet die den armen Bill nicht in Ruhe läßt weil sie nicht noch mal riskieren will daß sie allein an Land gehen muß. Der Purser sagt so eine wie sie ist immer an Bord und überhaupt sind sie ziemlich alle so sagt er außer mir sagt er ganz richtig denn ich bin anders mein Gott wie nett.

Wir machen Bordspiele die sind prima und am Abend vor Haifa gibt es einen Kostümball. Papa ist sehr gut bei den Bordspielen vor allem bei einem das Shuffleboard heißt und ißt mehr als in London aber das wird schon nicht so schlimm sein. Die

Kostüme mußt du dir beim Barbier leihen ich meine wir nicht du. Miss P. hat ein eigenes dabei. Ich hab mir was ganz Schlaues ausgedacht das heißt der Purser hatte die Idee nämlich daß ich die Sachen von einem von der Mannschaft anziehen soll da hab ich gleich welche von ihm anprobiert und sah zum Anbeißen aus. Arme Miss P.!

Bertie ist furchtbar unbeliebt denn er mag keine Bordspiele und Schlagseite hatte er gestern abend auch und wollte einen Luftschacht hinunterklettern und der Zweite Offizier hat ihn rausgezogen und die Alten am Kapitänstisch gucken ihn ganz *scheel* an. Ein neues Wort. Literarisch ja? Nein?

Also ich glaube der Halbseidene schreibt ein Buch er hat einen grünen Füllfederhalter und grüne Tinte aber ich konnte nicht sehen was es war. xxxx. Tolle Briefschreiberin sagst du jetzt sicher und das stimmt ja auch.

POSTKARTE

Das ist ein Photo vom Heiligenland und dem berühmten See von Galiläa. Es ist alles sehr östlich hier mit Kamelen. Ich muß dir viel von dem Ball erzählen. Was hier *los* ist und ich schreibe bald. Papa war heute den ganzen Tag mit Lady M. weg und kam wieder und sagte bezaubernde Frau versteht was von der Welt.

Dampfschiff Glory of Greece

Liebes!

Also wir sollten für den Ball alle im Kostüm zum Essen runterkommen und immer wenn einer kam haben alle geklatscht. Ich war ziemlich spät dran weil ich mich nicht entscheiden konnte ob ich die Mütze aufsetzen sollte und hab dann doch und sah ganz toll aus. Aber dafür war der Applaus für mich doch ziemlich dünn und wie ich mich umgucke sehe ich an die zwanzig Mädchen und ein paar Frauen alle so angezogen wie ich also dieser Purser ist doch richtig gemein. Bertie sah furchtbar langweilig aus als Apatsche. Mama und Papa waren süß. Miss P. hatte ein Ballettkleid vom russischen Ballett an was Unpassenderes kannst du dir gar nicht vorstellen und wir haben also beim Essen Champagner getrunken und waren lustig und haben Luftschlangen geworfen und ich habe meine ohne sie aufzumachen Miss P. genau auf die Nase geworfen haha! Und weil ich so gute Laune hatte hab ich zum Steward gesagt ist das nicht lustig und er hat gesagt ja wenn man nicht der ist der nachher den Dreck wegmachen muß mein Gott wie traurig.

Also Bertie hatte natürlich Schlagseite und ist ein bißchen zu weit gegangen vor allem was er zu Lady M. gesagt hat und dann saß er bei dem gemeinen Purser in der Kajüte im dunkeln und hat geheult und Bill und ich haben ihn gefunden und Bill hat ihm was zu trinken gegeben und stell dir vor dann ist er mit Miss P. abgezogen und wir haben sie beide nicht mehr gesehen das zeigt wie tief der Teufel Alkohol dich entwürdigen kann ich meine ihn.

Und was meinst du treffe ich doch glatt den jungen Mann den mit dem Zwiebelsteak am ersten Morgen und er heißt Robert und sagt er hat die ganze Reise schon nach mir gesucht. Ich hab ihn ein bißchen aufgezogen mein Gott war das nett.

Mama blieb an Bill hängen die Arme und er hat ihr von seiner Frau erzählt wie sie ihn mit dem Ausländer enttäuscht hat und morgen kommen wir also in Port Said an d. v. das ist Latein falls du's nicht weißt und heißt so Gott will und wir fahren alle den Nil hinauf und eine Woche nach Kairo.

Ich schicke dir eine Postkarte von der Sphinx.

xxxxxx

POSTKARTE

Das ist die Sphinx mein Gott wie traurig.

POSTKARTE

Das ist irgend jemandes Tempel. Und jetzt muß ich dir auf der Stelle schreiben daß ich mich mit Arthur verlobt habe. Arthur ist der von dem ich gemeint hatte er ist ein Halbseidener. Bertie findet die ägyptische Kunst sehr unkünstlerisch.

POSTKARTE

Das ist Tut-ench-Amuns ganz berühmtes Grabmal. Bertie sagt es ist ordinär und hat sich mit Miss P. verlobt also kann er nicht mitreden und ich sage jetzt Mabel zu ihr mein G. wie t. Bill redet nicht mit Bertie und Robert redet nicht mit mir und Papa und Lady M. haben anscheinend Krach gehabt und wir haben einen Mann gesehen mit einer Schlange im Sack und ein kleiner Junge hat mir die Zukunft wahrgesagt die sehr rosig ist und Mama hat sich einen Schal gekauft.

POSTKARTE

Diese Moschee habe ich heute gesehen. Robert hat sich mit einer Neuen verlobt die irgendwie heißt und gräßlich ist.

Dampfschiff Glory of Greece

Liebes!

Also wir sind alle ganz aufgeregt aus Ägypten zurück und der gemeine Purser hat gefragt was gibt's Neues und ich habe gesagt was es *Neues* gibt also ich bin mit Arthur verlobt und Bertie ist mit Miss P. verlobt und ich nenne sie jetzt Mabel das ist noch am schwersten zu ertragen sage ich und Robert ist mit irgendeinem gräßlichen Mädchen verlobt und Papa hat sich mit Lady M. gestritten und Bill mit Bertie und Roberts gräßliches Mädchen war gräßlich zu mir aber Arthur war süß und der gemeine Purser hat gesagt es überrascht ihn gar nicht denn auf dem Ausflug nach Ägypten verloben die Passagiere sich immer und kriegen Streit sagt er auf jeder Kreuzfahrt und ich habe gesagt vielen Dank es ist nicht meine Gewohnheit mich so leicht zu verloben und er hat gemeint es ist wohl auch nicht meine Gewohnheit nach Ägypten zu reisen und jetzt rede ich nicht mehr mit ihm und Arthur auch nicht.

Alles Liebe.

Dampfschiff Glory of Greece

Liebes!

Das ist Algier und *nicht* sehr östlich und überhaupt voller Franzmänner. Mit Arthur ist es aus ich hatte ihn also doch von Anfang an richtig eingeschätzt und jetzt bin ich mit Robert verlobt was wirklich viel besser ist für alle Beteiligten besonders Arthur wegen dem was ich anfangs gemeint habe und der erste Eindruck ist doch immer der richtige. Oder? Nein? Robert und ich sind den ganzen Morgen in den Botanischen Gärten herumgefahren mein Gott war er nett. Bertie hat sich betrunken und Krach mit Mabel bekommen – jetzt wieder Miss P. – das ist also auch in Ordnung und Roberts gräßliches Mädchen war den ganzen Vormittag mit Zweitem Offizier an Bord. Mama hat Schal gekauft. Bill hat Lady M. von seiner Enttäuschung erzählt und sie hat es Robert erzählt und er hat gesagt ja das wissen wir schon alle und Lady M. hat gesagt das ist sehr indiskret von Bill und sie hat wenig Achtung vor ihm und kann es seiner Frau und dem Ausländer nicht verdenken.

Alles Liebe.

POSTKARTE

Ich weiß nicht mehr was ich im letzten Brief geschrieben habe aber sollte ich einen gräßlichen Kerl namens Robert erwähnt haben betrachte es als ungeschrieben. Das ist immer noch Algier und Papa hat *dubiose Austern* gegessen aber ist noch gesund. Bertie war in einem Haus mit Dirnen als er betrunken war und ist ziemlich indiskret damit würde Lady M. sagen.

POSTKARTE

Wir sind also wieder zurück und haben Old Lang Syne gesungen ich habe Arthur geküßt aber zu Robert kein Wort gesagt und er hat geweint ich meine Arthur nicht Robert und Bertie hat sich so ziemlich bei allen entschuldigt die er beleidigt hatte aber Miss P. ist weggegangen als ob sie nichts gehört hätte mein Gott so ein Biest.

Ausflug ins wirkliche Leben

I

Der Portier des Espinoza kommandiert die wohl klapprigste Taxiflotte von ganz London. Er ist ein imposanter Mann; wer sich auf militärische Ehrenzeichen versteht, kann von seiner Brust eine ganze lange Geschichte von Heldentum und Abenteuer ablesen: auf der dreifachen Ordensspange versinken Burenfarmen in Asche, stürmen fanatische Fuzzy-Wuzzys ins Paradies, schauen hochnäsige Mandarine zu, wie ihr Porzellan zerschmettert und ihre feinste Seide zerrissen wird. Sowie er nur die Eingangsstufen des Espinoza hinuntergeht, steht Ihnen gleich ein Gefährt zu Diensten, das so verrückt ist wie sämtliche Feinde des großen Königreichs zusammen.

Eine halbe Krone in den weißen Baumwollhandschuh, den Simon Lent ist zu müde, um nach Wechselgeld zu verlangen. Er und Sylvia kauern sich auf gesprungenen Federn zwischen zugigen Fenstern eng zusammen. Es war ein unbefriedigender Abend gewesen. Sie hatten bis zwei Uhr an ihrem Tisch gesessen, denn heute war langer Abend. Doch Sylvia hatte nichts trinken wollen, weil Simon gesagt hatte, er sei pleite. Sie hatten also fünf bis sechs Stunden nur so dagegesessen, mal stumm, mal streitend, und hin und wieder einen lustlosen Gruß mit einem vorüberkommenden Paar getauscht. Simon setzte Sylvia vor ihrer Haustür ab; ein Kuß, linkisch dargeboten und kühl entgegengenommen; dann zurück in die Mansardenwohnung über einer durchgehend arbeitenden Garage, wofür Simon sechs Guineen die Woche bezahlte.

Vor seiner Tür wurde gerade eine Limousine abgespritzt. Er quetschte sich um sie herum und stieg die schmale Treppe hinauf, auf der früher einmal Stallknechte frühmorgens vor Sonnenaufgang pfeifend zu den Ställen hinuntergepoltert waren. (Weh den jungen Männern, die da in Marställen wohnen! Weh dem halbverliebten Junggesellen, der da von 800 Pfund im Jahr leben muß!) Auf seinem Nachttisch lag ein kleiner Stapel Briefe, die heute abend angekommen waren, als er sich gerade umzog. Er zündete seine Gaslampe an und begann die Briefe zu öffnen. Schneiderrechnung 56 Pfund, Trikotagen 43 Pfund; seine Erinnerung, daß sein Clubbeitrag für dieses Jahr noch nicht bezahlt war; sein Konto im Espinoza mit einem Zusatz, daß die Regeln – monatliche Barzahlung – strikt einzuhalten seien und ihm kein weiterer Kredit gewährt werden könne; die Bank hatte bei einer Prüfung ihrer Bücher festgestellt, daß er mit seinem letzten Scheck sein Konto um 10 Pfund 16 Shilling über die ihm zugestandene Kreditgrenze hinaus überzogen hatte; das Finanzamt wollte nähere Angaben über seine Beschäftigten und ihre Löhne haben (Mrs. Shaw, die ihm für viereinhalb Shilling täglich das Bett machen und den Orangensaft auf den Tisch stellen kam); kleine Rechnungen für Bücher, Brille, Zigarren, Haarwasser und Sylvias letzte vier Geburtstagsgeschenke. (Weh den Geschäften, wo junge Männer aus Marställen kaufen!)

Die weitere Post stand zu dieser in einem krassen Gegensatz. Eine Verehrerin aus Fresno in Kalifornien schickte ein Kistchen Dörrfeigen; zwei junge Damen schrieben, sie verfaßten für die literarischen Gesellschaften ihrer Colleges Abhandlungen über sein Werk, und ob er ihnen bitte ein Photo schicken könne; Zeitungsausschnitte, die ihn als einen »beliebten«, »brillanten«, »kometenhaft erfolgreichen« und »beneidenswerten« jungen Romancier bezeichneten; von einem gelähmten Journalisten die Bitte um ein Darlehen von 200 Pfund; eine Einladung zum Mittagessen von Lady Metroland; sechs Seiten schlüssig formulierter Schmähungen aus einem Irrenhaus im Norden Englands. Denn obschon keiner, der in Simon Lents Herz blikken konnte, die Wahrheit je erahnt hätte, war er auf seine Art und in seinen Grenzen immerhin ein recht berühmter junger Mann.

Der letzte Brief trug eine maschinegeschriebene Adresse, und Simon öffnete ihn mit wenig Hoffnung auf Erfreuliches. Im Briefkopf stand der Name eines Filmstudios in einem Londoner Vorort. Das Schreiben lautete kurz und bündig:

Lieber Simon Lent (eine Anredeform, die sich, wie er schon hatte feststellen können, in der Theaterzunft einer weiten Verbreitung erfreute),

Haben Sie schon einmal daran gedacht, für den Film zu schreiben? Wir wüßten sehr gern Ihre Ansicht zu einem Skript, das wir gerade verfilmen. Vielleicht essen Sie morgen im Garrick Club mit mir zu Mittag und sagen mir, was Sie davon halten. Hinterlassen Sie bitte eine Nachricht, entweder bis morgen früh acht Uhr bei meiner Nachtsekretärin oder danach bei meiner Tagsekretärin.

Herzlich, Ihr

Darunter standen zwei mit Tinte und Feder geschriebene Wörter, die sich wie *Jewee Mecceee* lasen, gefolgt von der erhellenden Transskription *(Sir James Macrae).*

Simon las den Brief zweimal. Dann rief er bei Sir James Macrae an und teilte der Nachtsekretärin mit, daß er die Mittagsverabredung am nächsten Tag wahrnehmen werde. Er hatte kaum aufgelegt, als das Telefon klingelte.

»Sir James Macraes Nachtsekretärin am Apparat. Sir James würde sich sehr freuen, wenn Mr. Lent noch heute abend zu ihm nach Hampstead kommen könnte.«

Simon sah auf die Uhr. Es war fast drei. »Hm ... es ist schon ziemlich spät für so einen weiten Weg heute nacht ...«

»Sir James schickt einen Wagen nach Ihnen.«

Simon war gar nicht mehr müde. Während er auf den Wagen wartete, klingelte wieder das Telefon. »Simon«, sagte Sylvias Stimme, »schläfst du schon?« ...

»Nein; genauer gesagt, ich will gerade ausgehen.«

»Simon ... sag mal, war ich heute abend häßlich zu dir?«

»Eklig.«

»Na ja, ich fand dich aber auch eklig.«

»Ist ja egal. Bis demnächst.«

»Willst du dich nicht weiter mit mir unterhalten?«

»Kann leider nicht. Ich habe zu tun.«

»*Simon,* wie *meinst* du das?«

»Kann ich dir jetzt nicht erklären. Draußen wartet ein Wagen auf mich.«

»Wann sehen wir uns – morgen?«

»Also, ich weiß es nicht so genau. Ruf mich morgen früh wieder an. Gute Nacht.«

Fünfhundert Meter weiter legte Sylvia den Hörer auf, erhob sich von dem Kaminvorleger, auf dem sie es sich in Erwartung einer zwanzigminütigen intimen Aussprache bequem gemacht hatte, und kroch todtraurig ins Bett.

Simon rollte durch leere Straßen in Richtung Hampstead. Er setzte sich in angenehmer Erwartung im Fond des Wagens zurück. Bald fuhren sie den steilen kleinen Hügel hinauf und kamen auf ein offenes Anwesen mit Fischteich und fernen Baumwipfeln, die in der Dunkelheit so schwarz und unergründlich aussahen wie ein Dschungel. Der Nachtbutler ließ ihn in das niedrige georgianische Haus ein und führte ihn in die Bibliothek, wo Sir James Macrae in ingwerfarbenen Knickerbockern vor dem Kamin stand. Ein Tisch war zum Abendessen gedeckt.

»'n Abend, Lent. Nett, daß Sie gekommen sind. Muß meine Geschäfte erledigen, wann ich gerade Zeit habe. Kakao oder

Whisky? Nehmen Sie einen Happen Kaninchenpastete, die ist recht gut. Komme selbst seit dem Frühstück zum erstenmal dazu, was zu essen. Seien Sie so lieb und läuten Sie mal nach Kakao. So, und weswegen wollten Sie mich sprechen?«

»Äh, ich dachte, *Sie* wollten *mich* sprechen.«

»So, wollte ich? Wird schon stimmen. Miss Bentham weiß da sicher Bescheid. Sie hat den Termin arrangiert. Sie könnten mal mit dem Glöckchen da auf dem Schreibtisch läuten, ja?«

Simon läutete, und augenblicklich erschien die adrette Nachtsekretärin.

»Miss Bentham, weswegen wollte ich Mr. Lent sprechen?«

»Das weiß ich leider nicht, Sir James. Miss Harper ist für Mr. Lent zuständig. Als ich heute abend zum Dienst kam, fand ich nur eine Notiz von ihr, ich soll so bald wie möglich einen Termin arrangieren.«

»Pech«, sagte Sir James. »Dann müssen wir warten, bis Miss Harper morgen früh kommt.«

»Ich glaube, es hatte etwas mit Schreiben für den Film zu tun.«

»Sehr wahrscheinlich«, sagte Sir James. »Muß irgend so was sein. Ich lasse es Sie unverzüglich wissen. Nett, daß Sie reingeschaut haben.« Er stellte seine Kakaotasse hin und streckte mit ungespielter Herzlichkeit die Hand aus. »Gute Nacht, mein Lieber.« Er läutete nach dem Butler. »Sanders, ich wünsche, daß Benson Mr. Lent nach Hause fährt.«

»Bedaure, Sir. Benson ist eben zum Studio gefahren, um Miss Grits abzuholen.«

»Pech«, sagte Sir James. »Aber Sie werden schon irgendwo ein Taxi oder so was kriegen.«

Simon kam um halb fünf ins Bett. Um zehn nach acht klingelte neben seinem Bett das Telefon.

»Mr. Lent? Hier ist Sir James Macraes Sekretärin. Sir James' Wagen wird Sie um halb neun abholen und ins Studio bringen.«

»So schnell bin ich aber gar nicht fertig.«

Es trat eine schockierte Pause ein, dann sagte die Tagsekretärin: »Gut, Mr. Lent, ich will mal sehen, ob sich eine andere Regelung treffen läßt, und rufe Sie in ein paar Minuten wieder an.«

In der Zwischenzeit schlief Simon wieder ein. Dann weckte ihn erneut das Telefon, und dieselbe unpersönliche Stimme sprach zu ihm:

»Mr. Lent? Ich habe mit Sir James gesprochen. Sein Wagen holt Sie um Viertel vor neun ab.«

Simon zog sich hastig an. Mrs. Shaw war noch nicht da, folglich fiel das Frühstück aus. Er fand noch etwas ausgetrockneten Kuchen im Küchenschrank und aß gerade daran, als Sir James' Wagen kam. Er nahm ein Stück Kuchen, immer noch kauend, mit hinunter.

»Das hätten Sie nicht mitzubringen brauchen«, sagte eine strenge Stimme aus dem Wagen. »Sir James hat Ihnen ein Frühstück mitgeschickt. Rasch, steigen Sie ein; wir sind schon spät dran.«

In der Ecke saß, in Decken gehüllt, eine junge Dame mit flottem rotem Hut; sie hatte strahlende Augen und einen sehr strengen Mund.

»Sie sind Miss Harper, nehme ich an?«

»Nein, ich bin Elfreda Grits. Wir arbeiten zusammen an diesem Film, soviel ich weiß. Aber ich war die ganze Nacht mit Sir James auf, und wenn Sie nichts dagegen haben, schlafe ich jetzt rasch zwanzig Minuten. Da in dem Korb auf dem Boden finden Sie eine Thermosflasche Kakao und etwas Kaninchenpastete.«

»Lebt Sir James eigentlich nur von Kakao und Kaninchenpastete?«

»Nein, das ist der Rest vom Abendessen. Reden Sie jetzt bitte nicht. Ich möchte schlafen.«

Simon verschmähte die Kaninchenpastete, goß sich aber etwas von dem dampfenden Kakao in den metallenen Deckel der Thermosflasche. Miss Grits richtete sich in ihrer Ecke zum Schlafen ein. Sie nahm den flotten roten Hut ab und legte ihn zwischen sie auf den Sitz, verschleierte ihre Augen mit blaugeschatteten Lidern und gestattete dem strengen Mund, sich entspannt ein wenig zu öffnen. Ihr platinblonder, windgezauster Kopf wackelte mit den Bewegungen des Wagens hin und her, während sie zwischen den zu- und auseinanderstrebenden Straßenbahngeleisen stadtauswärts fuhren. Ziegelfassaden lösten den Stuck ab, den Kachelwänden der U-Bahn-Stationen folgten solche aus Beton; die unbebauten Grundstücke und neugepflanzten Bäume an namenlosen Alleen mehrten sich. Genau fünf Minuten vor ihrer Ankunft im Studio schlug Miss Grits die Augen auf, puderte sich die Nase, legte etwas Rot auf die Lippen, setzte den Hut schief auf den Kopf, richtete sich kerzengerade auf und war bereit für einen neuen Tag.

Sir James war auf dem Gelände bei der Arbeit, als sie ankamen. In einer weißglühenden Hölle führten zwei junge Leute ein unendlich langweiliges Gespräch an einem Gestell, das wohl ein Restauranttisch sein sollte. Hinter ihnen tanzte lustlos ein Dutzend ausgemergelter Paare in Abendkleidung. Am andern Ende der riesigen Halle waren ein paar Zimmerleute dabei, die Fassade eines Tudorhauses zu konstruieren. Männer mit Augenschirmen flitzten ein und aus. Überall hingen Schilder: »Nicht rauchen.« »Nicht sprechen.« »Starkstromkabel – nicht berühren.«

Miss Grits zündete sich unter Mißachtung der Gebote eine Zigarette an, trat mit dem Fuß irgendeinen elektrischen Apparat aus dem Weg, sagte laut: »Er ist beschäftigt; aber wenn er mit dieser Szene durch ist, wird er sich wohl um uns kümmern«, und verschwand durch eine Tür, auf der »Kein Zutritt« stand.

Kurz nach elf Uhr fiel Sir James' Blick auf Simon. »Nett, daß Sie gekommen sind. Kann nicht mehr lange dauern«, rief er ihm zu. »Mr. Briggs, holen Sie einen Stuhl für Mr. Lent.«

Um zwei Uhr erinnerte er sich wieder seiner. »Schon was zu essen gehabt?«

»Nein«, sagte Simon.

»Ich auch nicht. Kommt gleich.«

Um halb vier kam Miss Grits zu ihm und meinte: »Also bisher war's ein leichter Tag. Glauben Sie ja nicht, es ginge bei uns immer so leger zu. Hier gegenüber ist eine Kantine. Kommen Sie mit, was essen.«

An einem riesenlangen Büfett drängten sich Leute in allen möglichen Kostümen und Make-ups. Verhinderte Schauspielerinnen gaben müden Blicks Tee und hartgekochte Eier aus. Simon und Miss Grits verlangten Sandwichs und wollten gerade hineinbeißen, als ein Lautsprecher über ihren Köpfen plötzlich mit erschreckender Deutlichkeit verkündete: »Sir James Macrae bittet Mr. Lent und Miss Grits in den Konferenzraum.«

»Kommen Sie mit, schnell«, sagte Miss Grits. Sie scheuchte ihn durch die Schwingtür wieder über den Hof zurück, ins Verwaltungsgebäude und eine Treppe hinauf bis vor eine solide Eichentür mit der Aufschrift: »Konferenz – nicht eintreten.«

Zu spät.

»Sir James ist fortgerufen worden«, sagte die Sekretärin. »Sie möchten bitte um halb sechs in seinem Büro im Westend sein.«

Wieder in die Stadt zurück, diesmal per U-Bahn. Um halb

sechs meldeten sie sich in Piccadilly, wo sie auf ihrer Schnitzeljagd die nächste Spur fanden. Diese führte sie nach Hampstead. Um acht Uhr waren sie endlich wieder im Studio. Miss Grits zeigte keinerlei Erschöpfungssymptome.

»Nett vom Alten, daß er uns den Tag frei gibt«, meinte sie. »In der Beziehung ist gut mit ihm arbeiten – nach Hollywood. Gehen wir was essen.«

Aber sie hatten kaum die Tür zur Kantine geöffnet und den warmen Hauch leichter Erfrischungen wahrgenommen, da ertönte schon wieder der Lautsprecher: »Sir James Macrae ruft Mr. Lent und Miss Grits in den Konferenzraum.«

Diesmal kamen sie nicht zu spät. Sir James saß am Kopfende eines ovalen Tischs, umgeben von seinen verschiedenen Direktoren. Er hatte noch den Mantel an, sein Kopf hing herunter, die Ellenbogen lagen auf dem Tisch, und die Hände hatte er im Nacken verschränkt. Seine Getreuen verharrten in mitfühlendem Respekt. Wenig später sah er auf, schüttelte sich kurz und lächelte freundlich.

»Schön, daß Sie da sind«, sagte er. »Tut mir leid, daß ich nicht eher Zeit für Sie hatte. Gibt so viele Kleinigkeiten, um die man sich bei so einer Arbeit kümmern muß. Schon zu Abend gegessen?«

»Noch nicht.«

»Schlecht. Essen muß der Mensch. Man kann nur mit Hochdruck arbeiten, wenn man genug ißt.«

Simon und Miss Grits nahmen Platz, und dann erklärte Sir James seinen Plan. »Meine Damen und Herren, ich möchte Ihnen Mr. Lent vorstellen. Seinen Namen kennen Sie sicher schon, der eine oder andere von Ihnen vielleicht auch sein Werk. Also, ich habe ihn gerufen, damit er uns hilft, und hoffe, daß er mitmacht, wenn er unsern Plan kennt. Ich will einen Film über *Hamlet* machen. Die Idee finden Sie jetzt sicher nicht sehr originell – aber beim Film kommt es immer auf den *Aspekt* an. Ich will einen ganz neuen Aspekt. Darum habe ich Mr. Lent zu uns gebeten. Ich möchte, daß er uns die Dialoge schreibt.«

»Aber«, wandte Simon ein, »hat das Stück denn nicht schon Dialoge genug?«

»Ah, Sie verstehen meinen Aspekt nicht! Es gibt ja schon viele Shakespeare-Produktionen in moderner Kleidung. Nun werden wir ihn in moderner *Sprache* produzieren. Wie kann man vom Publikum erwarten, daß es Shakespeare genießt, wenn es mit den Dialogen vorn und hinten nichts anfangen kann? Ich habe neulich mal in dem Stück gelesen, nicht wahr, und nicht mal *ich* habe was begriffen. Da habe ich sofort gesagt: ›Was das Publikum braucht, ist ein Shakespeare mit all seinen schönen Gedanken und Charakteren, aber übersetzt in die Alltagssprache.‹ Nun, und da war unser Mr. Lent hier natürlich der Mann, dessen Name sich dafür geradezu anbot. Die höchstkarätigen Kritiker haben schon Mr. Lents Dialogstil gelobt. Ich stelle mir das nun so vor, daß Miss Grits ihm als Beraterin zur Seite steht, was Drehbuch und Technik angeht, und beim Textbuch hat Mr. Lent völlig freie Hand ...«

Der Vortrag dauerte eine Viertelstunde; dann nickten die Direktoren weise; Simon wurde in einen andern Raum geführt und bekam einen Vertrag zur Unterschrift vorgelegt, wonach er ein Pauschalhonorar von 50 Pfund die Woche sowie 250 Pfund Vorschuß bekommen sollte.

»Sie sollten die Arbeitszeiten mit Miss Grits so vereinbaren, wie sie Ihnen am besten passen. Ich erwarte Ihre erste Fassung Ende der Woche. Und wenn ich Sie wäre, würde ich jetzt was essen gehen. Essen muß der Mensch.«

Leicht benommen taumelte Simon zur Kantine, wo zwei apathische Blondinen gerade Feierabend machten.

»Wir machen hier seit vier Uhr morgens Dienst«, sagten sie, »und die da oben haben bis aufs Nougat sowieso schon alles aufgegessen. Tut uns leid.«

An einem Riegel Nougat lutschend, fand Simon sich in dem nun ausgestorbenen Studio wieder. Rechts und links und vor ihm ragten in beängstigender Komplettheit die Marmormauern des Filmrestaurants in die Höhe; gleich neben ihm stand eine Flasche Champagnerimitation, noch in ihrem Kübel mit dem inzwischen geschmolzenen Eis; über ihm dehnte sich die endlose Finsternis von Gebälk und Decke.

»Das wirkliche Leben«, sagte Simon bei sich, »die Welt der Tat ... der Puls des Lebens ... Geld, Hunger ... *Realität.*«

Andern Morgens wurde er mit den Worten geweckt: »Zwei junge Damen warten auf Sie.«

»Zwei?«

Simon zog seinen Morgenmantel über und ging mit seinem Glas Orangensaft ins Wohnzimmer. Miss Grits nickte freundlich.

»Wir hatten ausgemacht, daß wir um zehn anfangen«, sagte sie. »Aber das ist eigentlich egal. Anfangs werde ich Sie nicht oft brauchen. Das ist Miss Dawkins, eine unserer Stenotypistinnen. Sir James dachte, Sie würden vielleicht eine brauchen. Miss Dawkins ist Ihnen also bis auf weiteres zugeteilt. Er schickt Ihnen auch zwei Exemplare *Hamlet.* Wenn Sie aus dem Bad kommen, lese ich Ihnen meine Notizen für unsere erste Fassung vor.«

Aber das sollte nicht sein; noch ehe Simon sich angezogen hatte, war Miss Grits in einer dringenden Angelegenheit wieder ins Studio zurückgerufen worden.

»Ich rufe Sie an und sage Ihnen, wann ich frei bin«, sagte sie.

Den ganzen Vormittag diktierte Simon Briefe an alle Leute, die ihm so in den Sinn kamen; alle begannen mit: *»Entschuldige, daß ich diesen Brief diktiere, aber ich bin im Moment so beschäftigt, daß ich für die Privatkorrespondenz kaum Zeit habe ...«* Miss Dawkins saß ehrerbietig vor ihrem Stenoblock. Er nannte ihr Sylvias Telefonnummer.

»Könnten Sie mal diese Nummer anrufen und Miss Lennox einen Gruß von mir bestellen? Ich würde gern im Espinoza mit ihr zu Mittag essen. Und bestellen Sie dort für Viertel vor zwei einen Tisch für zwei Personen.«

»Schatz«, sagte Sylvia, als sie sich trafen, »warum warst du denn gestern den ganzen Tag weg, und *wer* war heute früh diese Stimme am Telefon?«

»Ach, das war Miss Dawkins, meine Stenotypistin.«

»Simon, was *redest* du da?«

»Ach, weißt du, ich bin zum Film gegangen.«

»*Schatz.* Gib mit eine Rolle!«

»Also, um Besetzungen kümmere ich mich im Augenblick wenig – aber ich werde an dich denken.«

»Menschenskind, hast du dich in zwei Tagen verändert!«

»Und ob!« antwortete Simon überaus selbstzufrieden. »O ja, das habe ich. Sieh mal, ich bin zum erstenmal in meinem Leben mit dem *wirklichen Leben* in Berührung gekommen. Die Romanschreiberei gebe ich auf. Das war doch sowieso nur dummes Zeug. Das geschriebene Wort ist tot – erst die Papyrusrolle, dann das gedruckte Buch, jetzt der Film. Der Künstler darf nicht mehr für sich allein arbeiten. Er ist Teil der Zeit, in der er lebt; er muß (wenn auch natürlich in ganz anderen Dimensionen, meine liebe Sylvia) allwöchentlich seine Lohntüte in Empfang nehmen wie der Proletarier. Lebensnahe Kunst erfordert das entsprechende soziale Umfeld. Kooperation ... Koordination ... der Herdentrieb der Gesellschaft auf ein einziges Ziel gelenkt ...«

In diesem Stil fuhr Simon noch eine Weile fort, währenddessen er ein Mittagsmahl von Dickensschen Dimensionen verzehrte, bis Sylvia mit kläglichem Stimmchen meinte: »Ich glaube, du hast dich in so eine gräßliche Filmdiva verknallt.«

»O Gott«, stöhnte Simon, »so vulgär kann doch nur eine Jungfrau sein.«

Sie waren drauf und dran, mit einer ihrer alten, endlosen Streitereien zu beginnen, als der Page die Meldung brachte, daß Miss Grits die Arbeit unverzüglich wieder aufzunehmen wünsche.

»*So* heißt sie also«, sagte Sylvia.

»Wenn du nur wüßtest, wie komisch du bist«, erwiderte Simon, indem er die Rechnung mit seinen Initialen abzeichnete und den Tisch verließ, während Sylvia noch mit Handschuhen und Handtasche hantierte.

Aber wie es so ging, wurde er Miss Grits' Liebhaber, noch ehe die Woche um war. Die Idee kam von ihr. Sie schlug es ihm abends in seiner Wohnung vor, als sie gerade die Reinschrift der endgültigen Version ihrer ersten Fassung korrigierten.

»Nein, wirklich!« rief Simon entsetzt. »Nein, wirklich! Das wäre völlig unmöglich. Tut mir leid, aber ...«

»Wieso? Mögen Sie keine Frauen?«

»Doch, aber ...«

»Ach, komm schon«, sagte Miss Grits energisch. »Viel Zeit bleibt uns nicht fürs Amüsement ...« Und als sie später das Manuskript in ihren Diplomatenkoffer packte, meinte sie: »Das müssen wir noch mal wiederholen, wenn wir Zeit haben. Außerdem läßt sich viel leichter mit einem Mann arbeiten, wenn man eine *affaire* mit ihm hat.«

3

Drei Wochen lang arbeiteten Simon und Miss Grits (im stillen hieß sie für ihn trotz aller folgenden Intimitäten immer noch so) in ungetrübter Harmonie zusammen. Sein Leben lief in völlig neuen Bahnen. Er lag nicht mehr morgens im Bett und bereitete sich finster brütend auf den kommenden Tag vor; er sagte nicht mehr jeden Morgen: »Ich *muß* raus aufs Land und dieses Buch vollenden«, um sich dann doch allabendlich wieder zurück in dieselbe Stadtwohnung zu schleichen; er saß nicht mehr mit Sylvia beim Abendessen und stritt sich gleichgültig mit ihr; vorbei war es mit den lustlosen Aussprachen am Telefon. Statt dessen prägte unberechenbare Abwechslung seinen Alltag. Alle Augenblicke wurde er telefonisch zu Konferenzen gerufen, die dann meist nicht stattfanden – mal nach Hampstead, mal in ein Studio, einmal nach Brighton. Lange Arbeitsstunden verbrachte er damit, in seinem Arbeitszimmer auf- und abzugehen, während Miss Grits an der andern Wand ab- und aufging, beide diktierend, korrigierend, Szenen umstellend, und Miss Dawkins gehorsam zwischen ihnen saß. Gegessen wurde zu den unmöglichsten Zeiten und zwischendurch stürmisch und unsentimental mit Miss Grits ins Bett gegangen. Er aß unregelmäßig und die unwahrscheinlichsten Sachen, kutschierte in Sir James' Wagen durch die Vorstädte und diktierte irgendwo in einem verlassenen Winkel zwischen Kulissen, die dafür gebaut schienen, den Zusammenbruch der Zivilisation zu überleben, auf- und abgehend der auf Requisiten kauernden Miss Dawkins. Er tat es Miss Grits gleich, indem er ab und an in eine todesähnliche Bewußtlosigkeit sank, um beim Erwachen erschrocken festzustellen, daß um ihn herum eine Straße, eine Wüste oder Fabrik entstanden war, während er schlief.

Der Film machte derweil rapide Fortschritte, wuchs täglich um weitere Szenen, veränderte sich vor ihren Augen auf hundert unerwartete Weisen. Jede Konferenz brachte eine radikale Änderung der Handlung. Miss Grits las mit ihrer präzisen, immer gleichen Stimme die Früchte ihrer Arbeit vor. Sir James saß da, den Kopf auf die Hände gestützt, wiegte sich sachte hin und her und gab hin und wieder einem leisen Stöhnen oder Wimmern Luft; um ihn herum saßen die Experten für Produktion, Regie, Besetzung, Drehbuch, Schnitt und Finanzen, strahlten und warteten begierig auf eine Gelegenheit, des großen Mannes Aufmerksamkeit mit irgendeiner treffenden Bemerkung auf sich zu lenken.

»Also«, sagte Sir James, »ich finde, das können wir bongen. Irgendwelche Vorschläge, meine Herren?«

Worauf eine Pause eintrat, bis die Experten, einer nach dem andern, schließlich ihre Beiträge abzuliefern begannen ... »Ich habe mir gedacht, Sir, daß es vielleicht nicht gut ist, die Handlung nach Dänemark zu verlegen. Das Publikum hat wenig Sinn für Ausländisches. Könnten wir die Geschichte nicht in Schottland spielen lassen – da ließen sich ein paar Kilts und Clanversammlungen einbauen ...«

»Ein sehr vernünftiger Vorschlag. Notieren Sie sich das mal, Lent ...«

»Ich finde, wir sollten die Figur der Königin weglassen. Besser, sie ist schon tot, wenn die Handlung einsetzt. Sie hält nur den Fluß auf. Und das Publikum wird's nicht gern haben, wenn er so über seine Mutter herzieht.«

»Ja, notieren Sie sich das, Lent.«

»Wie wär's denn Sir, wenn statt des Königs die Königin als Geist erscheint ...«

»Ja, notieren Sie sich das, Lent ...«

»Fänden Sie es nicht auch besser, Sir, wenn Ophelia Horatios Schwester wäre? Ich meine, das wäre doch pikanter, wenn Sie verstehen, was ich meine.«

»Ja, notieren Sie sich das ...«

»Ich finde, wir verlieren in den Schlußszenen das Wesentliche aus dem Auge. Schließlich ist das doch in allererster Linie eine Gespenstergeschichte ...«

Und so weitete die anfänglich so simple Geschichte sich aus. In der zweiten Woche machte Sir James – wenn auch, wie man zugeben muß, erst nach langer Debatte – sich die Idee zu eigen, das Stück mit der Handlung von *Macbeth* zu verschmelzen.

Simon war anfangs gegen diesen Vorschlag, aber die drei Hexen lockten dann doch zu sehr. Der Titel wurde in *Die weiße Frau von Dunsinane* abgeändert, und er und Miss Grits setzten sich zu einer Woche fruchtbarer Arbeit hin und schrieben das gesamte Textbuch um.

4

Das Ende kam plötzlich wie alles in dieser erstaunlichen Episode. Die dritte Konferenz fand in einem Hotel im New Forest statt, wo Sir James sich zufällig gerade aufhielt; die Experten waren stehenden Fußes per Eisenbahn, Auto und Motorrad angereist und waren müde und lustlos. Miss Grits las die neueste Textbuchfassung vor; das nahm eine Weile in Anspruch, denn es hatte jetzt das Stadium erreicht, in dem man es ein »weißes Skript« nennen konnte, nämlich drehfertig. Sir James blieb länger als gewöhnlich in Gedanken versunken sitzen. Als er endlich den Kopf hob, sprach er nur ein einziges Wort:

»Nein.«

»Nein?«

»Nein, so geht das nicht. Wir müssen die ganze Sache sausen lassen. Wir haben uns viel zu weit vom Original entfernt. Ich kann mir gar nicht erklären, warum Sie nun auch noch Julius Caesar und König Artus mit ins Spiel bringen müssen.«

»Aber das waren Ihre eigenen Vorschläge auf der letzten Konferenz, Sir.«

»So? Da kann man nichts machen. Ich muß wohl sehr müde und unaufmerksam gewesen sein ... Außerdem gefallen mir die Dialoge nicht. Da fehlt die ganze Poesie des Originals. Was das Publikum wünscht, ist Shakespeare, der ganze Shakespeare und nichts als Shakespeare. Das Textbuch, das Sie da verfaßt haben, ist ja auf seine Art ganz nett – aber eben nicht Shakespeare. Ich will Ihnen sagen, was wir tun sollten. Wir nehmen das Stück genauso, wie er es geschrieben hat, und drehen danach. Notieren Sie sich das, Miss Grits.«

»Dann brauchen Sie wohl kaum noch meine Dienste?« meinte Simon.

»Nein, ich glaube nicht. War aber nett, daß Sie gekommen sind.«

Am nächsten Morgen erwachte Simon munter und fröhlich wie immer und wollte gerade aus dem Bett springen, als ihm plötzlich die Ereignisse des vorigen Abends wieder einfielen. Er hatte nichts zu tun. Ein leerer Tag lag vor ihm. Keine Miss Grits, keine Miss Dawkins, kein Losbrausen zu Konferenzen, kein Diktat. Er rief Miss Grits an und lud sie ein, mit ihm zu Mittag zu essen.

»Tut mir leid, das ist ganz und gar unmöglich. Ich muß bis Ende der Woche das Drehbuch zum Johannesevangelium fertig haben. Ein hartes Stück Arbeit. Wir lassen es in Algerien spielen, um die Atmosphäre einzufangen. Nächste Woche geht's ab nach Hollywood. Ich glaube kaum, daß wir uns noch mal sehen. Tschau.«

Simon lag im Bett und fühlte, wie ihn langsam alle Energie verließ. Nichts zu tun. Nun ja, dann war es jetzt wohl doch an der Zeit, daß er aufs Land fuhr und mit seinem Roman weiterkam. Oder sollte er ins Ausland? Irgendein stilles Café in der Sonne, wo er diese schwierigen letzten Kapitel ausarbeiten konnte. Ja, das wollte er ... demnächst ... vielleicht Ende der Woche.

Fürs erste drehte er sich auf die Seite, nahm den Hörer vom Telefon, verlangte Sylvias Nummer und richtete sich auf eine fünfundzwanzigminütige, bittere Versöhnungsaussprache ein.

Scott-Kings moderne Welt

Mariae Immaculatae Antoniae
Coniugis Prudentioris
Audaci Coniugi

1946 unterrichtete Scott-King schon im einundzwanzigsten Jahr in Granchester Alte Sprachen. Er war selbst ein alter Granchesterianer und geradewegs von der Universität, wo er sich vergebens um einen Lehrauftrag bemüht hatte, an seine Schule zurückgekehrt. Da war er dann geblieben, ein wenig kahl und ein wenig rundlich geworden, und inzwischen war er nun ganzen Schülergenerationen zuerst als »Scottie«, in letzter Zeit jedoch, obwohl er eigentlich erst in den besten Jahren war, als »Der Alte Scottie« bekannt; er war eine »Institution«, und seine treffenden, leicht näselnd vorgetragenen Lamentationen über die moderne Dekadenz wurden ausgiebig parodiert.

Granchester ist nicht gerade das renommierteste Internat Englands, aber es ist – oder war einmal, wie Scott-King sagen würde – durchaus angesehen; es hat eine Cricket-Mannschaft, die alljährlich auf dem Lords spielt; unter seinen Ehemaligen findet sich ein rundes Dutzend berühmter Männer, die im allgemeinen ohne Scheu bekennen: »Ich war in Granchester« – anders als die Zöglinge geringerer Einrichtungen, die eher sagen: »Also, offen gestanden, ich war auf einer Schule namens – sehen Sie, mein Vater konnte damals ...«

Zu Scott-Kings Schülerzeit und zunächst auch nach seiner Rückkehr als Lehrer war das Granchester noch in zwei annähernd gleich große Züge, einen humanistischen und einen naturwissenschaftlichen, aufgeteilt gewesen, wozu noch ein paar unbedeutende und unbeachtete Spezialgrüppchen kamen, die man die »Armee« nannte. Jetzt lag der Fall anders, denn von den 450 Schülern lernten kaum noch 50 Griechisch. Scott-King hatte seine altphilologischen Kollegen einen nach dem andern weggehen sehen, teils an ländliche Schulen, teils zum British Council, teils zur BBC, und an ihrer Stelle waren Physiker und Ökonomen von Provinzuniversitäten gekommen, bis er selbst nun viele Stunden in der Woche hinabsteigen und Unterstufenschüler mit Xenophon und Sallust vollstopfen mußte, statt sich einzig in den hohen intellektuellen Sphären der humanistischen Oberstufe bewegen zu dürfen. Aber Scott-King klagte nicht. Im Gegenteil, er fand eine besondere Genugtuung darin, sich in Betrachtungen über die Siege der Barbarei zu ergehen, und konnte seine geschmälerte Stellung regelrecht genießen, denn er gehörte zu einer in der Neuen Welt unbekannten, in Europa aber noch recht verbreiteten Spezies, die sich an Bedeutungslosigkeit und Mißerfolg zu begeistern vermag.

»Fade« ist das richtige Beiwort für Scott-King, und es war eine Art Verwandtschaftsgefühl, eine Blutsbrüderschaft in Fadheit, die ihn zuerst bewog, die Werke des Dichters Bellorius zu studieren.

Keiner, höchstens Scott-King selbst, hätte diesen an Fadheit übertreffen können. Als Bellorius im Jahre 1646, arm und entehrt, in seinem Heimatdorf starb, das seinerzeit in einem glücklichen Königreich unter der Herrschaft der Habsburger lag, jetzt aber dem turbulenten modernen Staat Neutralien* angehörte, hatte er als Lebenswerk einen einzigen Folioband mit 1500 Zeilen lateinischer Hexameter hinterlassen. Die einzige Wirkung, die er zu Lebzeiten mit diesem Werk erzielte, war die, daß es den Königshof verärgerte und ihn seine Pension kostete. Nach seinem Tod wurde es völlig vergessen, bis es um die Mitte des vorigen Jahrhunderts in einer Sammlung von Spätrenaissancetexten in Deutschland wieder auftauchte. Dort fand es Scott-King, als er am Rhein Urlaub machte, und die sofort erkannte Wesensverwandtschaft ließ sein Herz höher

* Die Republik Neutralien ist frei erfunden und steht für keinen existierenden Staat.

schlagen. Das Thema war unrettbar langweilig – ein Besuch auf einer imaginären Insel der Neuen Welt, wo in primitiver Einfachheit, von Tyrannei und Dogma unverdorben, ein tugendhaftes, keusches und vernunftbegabtes Volk lebte. Die Verse waren korrekt und melodisch und mit manch glücklicher Sprachfigur angereichert; Scott-King las sie an Deck eines Rheindampfers, während Weinberg, Burgzinne und Fels, Terrasse und Park sanft vorüberglitten. Womit das Werk Anstoß erregte – durch welch absichtliche oder unabsichtliche, inzwischen jedenfalls stumpf gewordene satirische Spitze, welch gefährliche Spekulation –, ist heute nicht mehr ersichtlich. Daß es vergessen wurde, ist hingegen jedem, der die Geschichte Neutraliens kennt, ohne weiteres begreiflich.

Etwas müssen wir über diese Geschichte wissen, wenn wir Scott-King verständig folgen wollen. Verzichten wir auf Einzelheiten, und stellen wir nur fest, daß dem Land in den dreihundert Jahren nach Bellorius' Tod jede nur denkbare Unbill widerfuhr, die einem Gemeinwesen widerfahren kann. Dynastiekämpfe, fremde Invasionen, Thronfolgestreite, Kolonialerhebungen, Syphilis, verarmte Scholle, Freimaurerintrigen, Revolutionen, Restaurationen, Kabale, Junten, Manifeste, Befreiungen, Verfassungen, Staatsstreiche, Diktaturen, Attentate, Agrarreformen, allgemeine Wahlen, ausländische Interventionen, verfallene Staatsanleihen, Inflationen, Gewerkschaften, Massaker, Brandschatzungen, Atheismus, Geheimbünde – vervollständigen Sie die Liste, setzen Sie alle Übel ein, die Ihnen gerade in den Sinn kommen, und Sie werden sie in den letzten dreihundert Jahren neutralischer Geschichte wiederfinden. Daraus hervorgegangen ist nun die heutige Republik Neutralien, ein typisch moderner Staat, regiert von einer einzigen Partei, die einem alleinherrschenden Marschall zujubelt und sich eine riesige unterbezahlte Bürokratie hält, deren Mißwirtschaft durch Korruption gemildert und vermenschlicht wird. Dies muß man also wissen; ebenso daß die Neutralier als Angehörige einer listigen romanischen Rasse wenig zur Heldenverehrung neigen und sich hinter dem Rücken ihres Marschalls nach Kräften über ihn lustig machen. Nur in einem verdiente er sich ihre vorbehaltlose Wertschätzung: er hielt sich aus dem Zweiten Weltkrieg heraus. Neutralien riegelte sich ab, und der einstige Tummelplatz rivalisierender Sympathien wurde vergessen und unbedeutend, mit einem Wort: *fade;* und wie nun Europas Antlitz häßlicher wurde und der Krieg in den Berichten der im Gemeinschaftsraum ausliegenden Zeitungen und in den Meldungen des im Gemeinschaftsraum aufgestellten Rundfunkgeräts seinen heldisch-ritterlichen Tarnmantel abwarf und sich als ein schmutziges Tauziehen von Lümmeln entpuppte, die sich voneinander kaum unterschieden, da wurde Scott-King, der nie einen Fuß in dieses Land gesetzt hatte, im Herzen Neutralier, und wie zur Huldigung nahm er mit Feuereifer die Aufgabe wieder in Angriff, an der er zwischendurch immer wieder gearbeitet hatte: Bellorius in Spenserstanzen zu übersetzen. Zur Zeit der Landung in der Normandie war das Werk vollendet – Übersetzung, Einführung und Kommentar. Er schickte es an die Oxford University Press und bekam es zurück. Er legte es in eine Schublade seines dunklen Schreibtischs in dem dunklen gotischen Studierzimmer über dem Innenhof des Granchester. Er murrte nicht. Es war sein Opus, sein Monument der Fadheit.

Aber noch immer stand Bellorius' Schatten neben ihm und forderte Sühne. Die beiden hatten noch eine Rechnung miteinander offen. Man kann nicht in enger Gesellschaft mit jemandem leben, sei er auch schon drei Jahrhunderte tot, ohne sich zu verpflichten. Und so destillierte Scott-King um die Zeit der Friedensfeiern seine Gelehrsamkeit und schrieb einen kleinen Essay, zehn Seiten lang, betitelt *Der letzte Latinist,* zur Gemahnung an Bellorius' bevorstehenden dreihundertsten Todestag.

Der Essay erschien in einer gelehrten Zeitschrift. Scott-King bekam für die Frucht von fünfzehn Jahren hingebungsvoller Arbeit zwölf Guineen; sechs davon zahlte er als Einkommensteuer; von den andern sechs kaufte er sich eine Uhr aus Kanonenguß, die einen bis zwei Monate lang unzuverlässig lief und endlich den Geist aufgab. Damit hätte die Sache ein Ende haben können.

Dies also sind, ganz allgemein und mit Abstand betrachtet, die Umstände – Scott-Kings Geschichte, Bellorius, die Geschichte Neutraliens, das Jahr der Gnade 1946, alles glaubhaft, alles belanglos –, die gemeinsam zu Scott-Kings Sommerurlaub mit seinen seltsamen Ereignissen führten. Fahren wir nun die Kamera näher heran und betrachten ihn in Großaufnahme. Sie haben alles über Scott-King gehört, aber kennengelernt haben Sie ihn noch nicht.

Lernen Sie ihn also an einem trüben Morgen zu Beginn des Sommerquartals beim Frühstück kennen. Die unverheirateten Lehrer des Granchester bewohnten jeweils zwei Studentenzimmer in der Schule und nahmen ihre Mahlzeiten im Gemeinschaftsraum ein. Scott-King kam mit wehendem Talar und einem Stoß flatterndem Aufsatzpapier in den tauben Fingern aus dem Klassenzimmer, wo er frühen Unterricht hatte halten müssen. Die Kriegsbewirtschaftung war am Granchester noch nicht aufgehoben, und der kalte Kaminrost wurde als Aschenbecher und Papierkorb benutzt und selten geleert. Auf dem Frühstückstisch standen lauter kleine, jeweils mit dem Namen eines Lehrers versehene Töpfchen, die ihre Ration Zucker, Margarine und Pseudomarmelade enthielten. Das Hauptfrühstück bestand aus einem mit Eipulver zubereiteten Brei. Scott-King wandte sich traurig von der Anrichte ab. »Wer will, kann meinen Anteil von diesem Triumph der modernen Wissenschaft gern haben.«

»Ein Brief für Sie, Scottie«, sagte einer seiner Kollegen. »›An den Hochverehrten Herrn Professor Scott-King, Esq.‹ Herzlichen Glückwunsch.«

Die merkwürdige Adresse stand auf einem großen, steifen Umschlag, der auf der Rückseite ein geprägtes Wappen trug. Im Innern befanden sich eine Einladungskarte und ein Brief. Die Einladungskarte lautete:

»Seine Magnifizenz, der Rektor der Universität Simona, und das Festkomitee für den 300. Todestag des Dichters Bellorius bitten Herrn Professor Scott-King, die vom 28. Juli bis 5. August 1946 in Simona stattfindenden öffentlichen Feierlichkeiten mit seiner Anwesenheit zu beehren. U.A.w.g.

Seine Exzellenz Dr. Bogdan Antonic, Internationaler Sekretär des Komitees, Universität Somona, Neutralien.

Der Brief war unterzeichnet vom neutralischen Botschafter am Hofe St. James'. Er besagte, daß eine Gruppe hervorragender Gelehrter aus aller Welt sich zusammenfinden werde, um den illustren neutralischen politischen Denker Bellorius zu ehren, und deutete diskret an, daß die Reise den Gast nichts kosten werde.

Als Scott-King das las, wähnte er sich zuerst als Opfer eines Streichs. Er sah sich in der Tischrunde um und erwartete einen verständnisinnigen Blick zwischen den Kollegen zu erhaschen, aber sie waren anscheinend alle zu sehr mit ihren eigenen Sorgen beschäftigt. Bei weiterem Nachdenken sah er zudem ein, daß diese prachtvolle Siegelprägung ihre Mittel überstiegen hätte. Also war der Brief echt; dennoch freute Scott-King sich nicht. Er empfand das Ganze vielmehr so, als ob sich da jemand rüde in die private Vertrautheit zwischen ihm und Bellorius mischte. Er steckte den Umschlag ein, aß sein Margarinebrot und machte sich dann bald für die Morgenandacht bereit. Unterwegs ging er noch rasch ins Sekretariat, um einen Block

Briefpapier mit dem schulischen Briefkopf zu erwerben; darauf würde er schreiben: »Mr. Scott-King bedauert ...«

So seltsam es klingen mag, Scott-King war nämlich ausgesprochen blasiert. Es wurde zwar vorhin schon so etwas Ähnliches angedeutet, aber wenn Sie ihn jetzt hätten sehen können, wie er über den Hof und die Stufen zur Kapelle hinaufging, mittelalt, armselig, ungeehrt und unbekannt, das Gesicht gerunzelt gegen den Wind, hätten Sie gesagt: »Da geht einer, der alles Schöne im Leben verpaßt hat – und es auch weiß.« Aber das kommt nur daher, daß Sie Scott-King noch nicht kennen; kein von Erfolg übersättigter Lüstling, kein Bühnengigant, dem die Jugend schmachtend zu Füßen liegt, kein Alexander oder Talleyrand hätte blasierter sein können als Scott-King. Er war ein Erwachsener, ein Intellektueller, ein humanistischer Gelehrter, fast ein Dichter; er war weitgereist auf der großen Peripherie seines Geistes, ermattet von den gesammelten Abenteuern seiner Phantasie. Es hätte geschrieben stehen können, daß er älter als die Felsen war, auf denen er thronte; älter jedenfalls als seine Bank in der Kapelle; er war viele Male gestorben; tief getaucht war Scott-King, weit gefahren mit den Kaufleuten des Ostens nach fremden Gewirken. Und das alles war nur Leiern- und Flötenklang für ihn gewesen. In solche Gedanken vertieft, verließ er die Kapelle und ging in sein Klassenzimmer, wo er sich nun die ersten Stunden mit der Unterstufe plagen mußte.

Sie husteten und niesten. Einer, findiger als die andern, versuchte ihn auf die Weise vom Thema abzubringen, die bekanntermaßen manchmal glückte: »Bitte, Sir, Mr. Griggs sagt, es ist reine Zeitverschwendung, alte Sprachen zu lernen.« Doch diesmal sagte Scott-King darauf nur: »Es ist Zeitverschwendung, sich in meine Klasse zu setzen und sie *nicht* zu lernen.«

Nach Übungen zum lateinischen Gerundium quälten sie sich durch eine halbe Seite Thukydides. Als er sagte: »Die letzten Episoden der Belagerung wurden schon einmal verglichen mit einer großen Glocke Geläut«, hob in den hinteren Bänken ein Chor an: »Geläutet, Sir? Sagten Sie, es hat geläutet?« – und laut wurden die Bücher zugeklappt. »Nein, es sind noch zwanzig Minuten. Ich habe gesagt, das Buch läutet wie eine Glocke.«

»Aber bitte, Sir, das verstehe ich nicht, Sir, wie kann ein Buch denn läuten wie eine Glocke, Sir?«

»Wenn du reden möchtest, Ambrose, kannst du gern mit dem Übersetzen beginnen.«

»Bitte, Sir, ich bin noch nicht weiter als bis hier.«

»Ist jemand anders schon weiter?« (Scott-King versuchte immer noch, den höflichen Umgangston der Oberstufe auch in den Unterstufen zu wahren.) »Nun gut, dann könnt ihr, bis die Stunde zu Ende ist, schon einmal die nächsten zwanzig Zeilen vorbereiten.«

Es wurde halbwegs still. Von den hinteren Bänken kam ein kontinuierliches Scharren und Schnaufen, aber niemand sprach Scott-King direkt an. Er sah durch die verbleiten Fensterscheiben in den bleiernen Himmel. Durch die Wand hinter ihm hörte er die schneidende Stimme von Griggs, dem Lehrer für Staatsbürgerkunde, der gerade die Tolpuddle-Märtyrer durchnahm. Scott-King steckte die Hand in die Rocktasche und fühlte die knisternden Kanten der Einladung aus Neutralien.

Er war seit 1939 nicht mehr im Ausland gewesen, hatte seit einem Jahr keinen Wein mehr gekostet, und plötzlich erfüllte ihn ein tiefes Heimweh nach dem Süden. Er hatte diese verzauberten Länder nicht oft und nie lange besucht; ein dutzendmal vielleicht für jeweils ein paar Wochen – das ergab zusammen eins von seinen dreiundvierzig Lebensjahren – aber dort lagen sein Schatz und sein Herz begraben. Heißes Öl und Knoblauch und verschütteter Wein; leuchtende Türmchen über schattiger Mauer; Feuerwerke bei Nacht, Fontänen am Tag; die frechen, harmlosen Losverkäufer, die auf den überfüllten Trottoirs von Tisch zu Tisch gingen; die Hirtenflöte auf duftender Bergwiese –

alles, was die Reisevermittler so gern in ihre Prospekte setzten, zog Scott-King an diesem tristen Morgen wie Nebelschwaden durch den Kopf. Er hatte seine Münze in die Fontana di Trevi geworfen, hatte die Adria geehelicht; er war ein Mediterranier.

In der Vormittagspause nahm er auf schulischem Briefbogen die neutralische Einladung an. An diesem und vielen darauffolgenden Abenden wurde im Gemeinschaftsraum über Urlaubspläne gesprochen. Alle hatten die Hoffnung aufgegeben, ins Ausland zu können; alle außer Griggs, der damit prahlte, eine Einladung zu einem internationalen Kongreß Progressiver Jugendorganisationen in Prag ergattert zu haben. Scott-King sagte auch dann nichts, als das Wort Neutralien fiel.

»Ich würde gern irgendwohin fahren, wo man was Anständiges zu essen kriegt«, sagte einer der Kollegen. »Irland oder Neutralien oder so.«

»Nach Neutralien läßt man Sie nie rein«, sagte Griggs. »Die haben zuviel zu verstecken. Eine deutsche Wissenschaftlergruppe soll ihnen dort eine Atombombe bauen.«

»Es ist ein Bürgerkrieg im Gange.«

»Die halbe Bevölkerung steckt in Konzentrationslagern.«

»Kein anständiger Mensch würde nach Neutralien gehen.«

»Und nicht nach Irland, was das angeht«, sagte Griggs.

Und Scott-King hielt die Ohren steif.

Ein paar Wochen später saß Scott-King im Wartesaal eines Flughafens. Er hatte seinen Mantel über den Knien liegen und das Handgepäck zu Füßen. Aus einem in sicherer Höhe an der Betonwand angebrachten Lautsprecher rieselten Tanzmusik und Durchsagen. Der Raum war wie die vielen andern, in die man ihn im Laufe des Morgens schon geschickt hatte, spärlich möbliert und von steriler Sauberkeit; als einzige Konzession an literarische Neugier hingen an den Wänden Aufforderungen zur Zeichnung von Staatsanleihen und Verhaltensmaßregeln für Gasangriffe. Scott-King war hungrig, müde und mutlos, denn dies war seine erste Erfahrung mit den Vorzügen des modernen Reisens.

Er hatte sein Hotel in London heute morgen um sieben Uhr verlassen; jetzt war schon Mittag vorbei, und er befand sich noch immer auf englischem Boden. Man hatte ihn nicht etwa links liegen lassen; man hatte ihn in Busse und Büros und wieder hinaus geführt wie ein zurückgebliebenes Kind; man hatte ihn gewogen und gemessen wie ein Stück Frachtgut; man hatte ihn durchsucht wie einen Verbrecher; man hatte ihn nach seiner Vergangenheit und Zukunft und dem Stand seiner Finanzen ausgefragt, als habe er sich um eine Dauerstellung auf einem sehr vertrauensvollen Posten beworben. Scott-King war nicht in Luxus und Privilegien aufgewachsen, aber so pflegte er denn doch nicht zu reisen. Und außer einem schwammigen Toastbrot mit Margarine heute morgen im Bett hatte er auch noch nichts gegessen. Das vorerst letzte Asyl, in dem er sich jetzt befand, war laut Türaufschrift »Nur für V.I.P.s«.

»V.I.P.?« fragte er ihre Betreuerin.

Sie war eine adrette, unpersönliche junge Frau, ein bißchen Hebamme, ein bißchen Gouvernante, ein bißchen Aufseherin. »V.I.P. heißt Very Important Person – sehr wichtige Person«, erklärte sie ohne erkennbare Verlegenheit.

»Wieso darf ich denn dann hier rein?«

»Sie müssen sogar. Sie sind eine V.I.P.«

Dann möchte ich nicht wissen, dachte Scott-King, wie man hier die gewöhnlichen, unwichtigen Leute behandelt.

Er hatte zwei Mitreisende, einen Mann und eine Frau, beide ähnlich bedeutend, beide ebenfalls nach Bellacita, der Hauptstadt Neutraliens, unterwegs und beide, wie sich bald herausstellte, ebenfalls Gäste des Bellorius-Festkomitees.

Die äußere Erscheinung des Mannes war Scott-King sehr vertraut; er hieß Whitemaid, Akademiker seines Standes, so fade wie er selbst und ungefähr in seinem Alter.

»Sagen Sie mal«, sagte Whitemaid, »sagen Sie mal ganz ehrlich –« und dabei setzte er ein heimlichtuerisches Gesicht auf, wie es die Leute bei dieser zweideutigen Aufforderung immer tun – »haben Sie von dem werten Bellorius je gehört?«

»Ich kenne sein Werk. Aber ich habe selten davon reden hören.«

»Aha. Er fällt natürlich nicht in mein Fach – römisches Recht«, sagte Whitemaid noch heimlichtuerischer, was der Aussage alle Großspurigkeit nahm. »Zuerst haben sie nämlich den Literaturprofessor gefragt, aber der konnte sich nicht freimachen. Dann haben sie den Lateinprofessor angesprochen. Der ist rot. Dann haben sie gefragt, ob denn nicht irgend jemand die Universität vertreten kann. Weil sich sonst keiner dafür begeisterte, habe ich mich gemeldet. Ich finde solche Expeditionen immer sehr unterhaltsam. Kennen Sie so was?«

»Nein.«

»In den letzten Ferien war ich in Uppsala, da habe ich eine Woche lang zweimal täglich recht passablen Kaviar gegessen. Neutralien ist zwar leider nicht für feine Lebensart berühmt, aber dafür gibt's dort alles reichlich – und natürlich Wein.«

»Alles sowieso nur Spektakel«, sagte die dritte Sehr Wichtige Person.

Sie war eine nicht mehr ganz junge Frau. Ihren Namen, Miss Bombaum, hatten Scott-King und Whitemaid dadurch erfahren, daß sie in allen Stadien der Reise dauernd über Lautsprecher oder Anzeigetafeln aufgefordert wurde, irgendwelche wichtigen Mitteilungen entgegenzunehmen. Der Name schien aller Welt, außer eben Scott-King und Whitemaid, geläufig zu sein. Und sie war alles andere als fade; früher, in der Zeit vor dem Krieg, war sie als rasende Reporterin überall aufgekreuzt, wo sich Unerfreuliches anbahnte – in Danzig, dem Alcázar, in Schanghai und Wal-Wal; jetzt war sie eine Kolumnistin, deren wöchentliche Artikel von der internationalen Presse auf vier Kontinenten übernommen wurden. Scott-King las solche Artikel nie, weshalb er sich im Laufe des Morgens einige Male gefragt hatte, was das wohl für eine Frau sein mochte. Sie sah nicht aus wie eine Dame; sie sah nicht einmal durch und durch seriös aus; aber er wußte ihre Schreibmaschine nicht mit Berufen wie Schauspielerin oder Kurtisane in Einklang zu bringen; so gesehen auch nicht das schlaue, geschlechtslose kleine Gesicht unter dem allzu weiblichen Hut und der aufwendigen Frisur. Mit einer Vermutung – er hatte zwar schon davon gehört, aber noch nie eine leibhaftig gesehen, nämlich Schriftstellerin – kam er der Wahrheit noch am nächsten.

»Alles nur Spektakel«, sagte Miss Bombaum, »ausgeheckt vom neutralischen Propagandabüro. Die fühlen sich jetzt wohl ein wenig von allem ausgeschlossen, seit der Krieg vorbei ist, da wollen sie sich bei den Vereinten Nationen ein paar liebe neue Freunde anlachen. Wir sind ja nicht die einzigen. Außer uns haben sie noch eine religiöse Wallfahrt, einen Kongreß für Leibeskultur, ein internationales Philatelistentreffen und weiß der Himmel was sonst noch. Ich wittere da Stoff – in Neutralien, meine ich; natürlich nicht in Bellorius, der wurde schon abgehandelt.«

»Abgehandelt?«

»Ja, ich habe irgendwo ein Exemplar davon«, sagte sie, indem sie in ihrer Handtasche kramte. »Hab mir gedacht, das kann uns bei den Reden nützlich sein.«

»Meinen Sie«, fragte Scott-King, »es besteht die Gefahr, daß wir Reden halten müssen?«

»Ich wüßte nicht, wozu sie uns sonst eingeladen hätten«, sagte Miss Bombaum. »Wüßten Sie sonst einen Grund?«

»Ich mußte in Uppsala drei lange Reden halten«, sagte Whitemaid. »Sie wurden begeistert aufgenommen.«

»Ach Gott, und ich habe meine ganzen Unterlagen zu Hause gelassen.«

»Sie können sich das hier jederzeit von mir ausleihen«, sagte Miss Bombaum und hielt ihm Robert Graves' *Count Belisarius* unter die Nase. »Es geht aber traurig aus. Er wird am Schluß blind.«

Plötzlich verstummte die Musik, und eine Stimme sagte: »Passagiere nach Bellacita werden gebeten, sich nach Ausgang D zu begeben. Passagiere nach Bellacita werden gebeten, sich nach Ausgang D zu begeben«, während zugleich ihre Betreuerin an der Tür erschien und sagte: »Bitte folgen Sie mir. Halten Sie Ihre Bordkarten, Impfzeugnisse, Zollerklärungen, Devisenbescheinigungen, Pässe, Flugtickets, Identitätsbestätigungen, Reiseverfügungen, Gepäckscheine und Sicherheitsüberprüfungen bereit, um sie an der Sperre vorzuzeigen.«

Die Sehr Wichtigen Personen folgten ihr nach draußen und mischten sich unter die weniger wichtigen Personen, die in einem Raum nebenan gewartet hatten; sie gerieten in einen Sandsturm hinter den vier wirbelnden Propellern des. Flugzeugs, stiegen die Treppenleiter hinauf und waren wenig später auf ihren Sitzen festgeschnallt, als erwarteten sie eine Zahnarztbehandlung. Ein Steward gab ihnen kurze Anweisungen für den Fall, daß sie auf dem Meer notlanden müßten, und erklärte: »Wir werden um sechzehn Uhr neutralischer Zeit in Bellacita landen.«

»Mir kommt da ein schrecklicher Gedanke«, sagte Whitemaid. »Kann das heißen, daß wir keinen Lunch bekommen?«

»Ich glaube, in Neutralien wird sehr spät gegessen.«

»Ja, aber vier Uhr!«

»Die werden doch sicher etwas für uns vorbereitet haben.«

»Wir können nur beten.«

Es war etwas vorbereitet, aber kein Lunch. Die Sehr Wichtigen Personen traten ein paar Stunden später auf dem Flughafen Bellacita in den hellen Sonnenschein und bekamen von einer

Abordnung ihrer Gastgeber schnell nacheinander die Hände geschüttelt. »Ich heiße Sie im Lande Bellorius' herzlich willkommen«, sagte ihr Wortführer.

Sein Name sei Arturo Fe, teilte er ihnen mit einer korrekten kleinen Verbeugung mit, sein Titel Doktor der Universität Bellacita; aber er hatte gar nichts Akademisches in seiner Erscheinung. Scott-King hätte ihn eher für einen alternden Filmschauspieler gehalten. Er hatte einen dünnen, kalligraphischen Schnurrbart, einen angedeuteten Backenbart, spärliches, aber wohlgeordnetes Haar, ein goldgerändertes Monokel, drei Goldzähne und trug einen adretten dunklen Anzug.

»Gnädige Frau, meine Herren«, sagte er, »für Ihr Gepäck wird bereits gesorgt. Die Autos warten auf Sie. Kommen Sie mit mir. Pässe? Papiere? Vergessen Sie die. Es ist alles geregelt. Kommen Sie.«

In diesem Stadium wurde Scott-King auf eine junge Frau aufmerksam, die teilnahmslos zwischen ihnen stand. Sie war ihm schon in London aufgefallen, weil sie alle andern Leute um etliche Zentimeter überragte.

»Ich komme«, sagte sie.

Dr. Fe machte eine Verbeugung. »Fe«, sagte er.

»Sveningen«, antwortete sie.

»Gehören Sie zu uns? Zur Bellorius-Gesellschaft?« fragte Dr. Fe.

»Ich nicht gut spreche Englisch. Ich komme«, sagte sie.

Dr. Fe versuchte es auf Neutralisch, Französisch, Italienisch und Deutsch. Sie antwortete in ihrer unbestimmbaren nordischen Zunge. Dr. Fe schlug mit allen Anzeichen der Verzweiflung Hände und Augen zum Himmel.

»Sie viel Englisch. Ich wenig Englisch. Darum sprechen Englisch, ja? Ich komme.«

»Sie kommen?« fragte Dr. Fe.

»Ich komme.«

»Es ist uns eine Ehre«, sagte Dr. Fe.

Er führte sie durch die Flughafenhalle, zwischen blühenden Oleandern und duftender Kamille an Cafétischen vorbei, denen Whitemaid sehnsüchtige Blicke zuwarf, und schließlich auf die Glastüren am andern Ende zu.

Dort gab es Schwierigkeiten. Zwei schäbig uniformierte, aber schwer bewaffnete Posten, in ihrer ganzen Erscheinung kriegsmüde, aber pflichtbewußt, vertraten ihnen den Weg. Dr. Fe versuchte es mit Herablassung, er versuchte es mit Charme, er bot ihnen Zigaretten an; plötzlich kam bei ihm eine neue Seite zum Vorschein; er geriet in eine dämonische Wut, er schüttelte die Fäuste, er entblößte seine chryselephantinen Zähne, er kniff die Augen zu haßerfüllten Mongolenschlitzen zusammen; was er sagte, konnte Scott-King nicht verstehen, aber es war eindeutig verletzend gemeint. Die Männer standen wie die Felsen.

Und so plötzlich, wie er aufgekommen war, legte sich der Sturm. Dr. Fe wandte sich an seine Gäste. »Entschuldigen Sie einen Augenblick«, sagte er. »Diese dummen Kerle verstehen ihre Befehle nicht. Der Offizier wird das in Ordnung bringen.« Damit schickte er einen Untergebenen fort.

»Wir boxen freche Männer?« schlug Miss Sveningen vor und machte einen katzenhaften Schritt auf die Soldaten zu.

»Nein, ich bitte Sie, verzeihen Sie ihnen. Sie tun ihre Pflicht.«

»Kleine Männer sollen höflich sein«, versetzte die Riesin.

Der Offizier kam; die Türen flogen auf; die Soldaten hantierten mit ihren Maschinenpistolen wie zum Salut. Scott-King lüftete den Hut, während die kleine Gesellschaft im strahlenden Sonnenschein auf die wartenden Wagen zuging.

»Dieses prachtvolle junge Geschöpf«, sagte Scott-King, »würden Sie nicht auch sagen, daß sie nicht recht hierher paßt?«

»Ich finde, sie paßt hervorragend, über alle Maßen gut hierher«, sagte Whitemaid. »Ich bin von ihr ganz hingerissen.«

Dr. Fe nahm die Damen ritterlich unter die eigenen Fittiche.

Scott-King und Whitemaid fuhren mit dem Untergebenen. Sie rasten durch die Vororte von Bellacita: Straßenbahngleise, halbfertige Villen, heißer Wind, blendender weißer Beton. Als sie aus der Höhenluft heruntergekommen waren, hatten sie die Wärme zuerst als angenehm empfunden; jetzt aber begann es auf Scott-Kings Haut zu prickeln und zu kitzeln, und er mußte sich sagen, daß er unzweckmäßig gekleidet war.

»Genau zehneinhalb Stunden, seit ich zuletzt etwas zu essen hatte«, sagte Whitemaid.

Der Untergebene auf dem Vordersitz lehnte sich zu ihnen zurück und wies sie auf die Sehenswürdigkeiten hin. »Hier«, sagte er, »haben Anarchisten General Cardenas erschossen. Hier haben radikale Syndikalisten den Weihbischof erschossen. Hier hat die Liga für Landreform zehn Prediger lebendig begraben. Hier haben die Bimetallisten an der Frau von Senator Mendoza unsägliche Abscheulichkeiten begangen.«

»Wenn ich Sie einmal unterbrechen darf«, sagte Whitemaid, »aber könnten Sie uns sagen, wohin wir fahren?«

»Zum Ministerium. Alle freuen sich darauf, Sie kennenzulernen.«

»Darauf freuen wir uns ja auch. Aber im Augenblick sind mein Kollege und ich ziemlich hungrig.«

»Ja, ja«, sagte der Unterling voll Mitgefühl, »das wissen wir aus unsern Zeitungen. Die Rationierungen in England, die Streiks. Hier ist alles sehr teuer, aber es ist genug für jeden da, der bezahlt, darum streiken unsere Leute nicht, sondern arbeiten fleißig, um reich zu werden. So ist es doch besser, nicht?«

»Vielleicht. Darüber müssen wir uns irgendwann einmal unterhalten. Aber im Augenblick geht es weniger um allgemeine wirtschaftliche Fragen als um ein unmittelbares persönliches Bedürfnis ...«

»Wir sind da«, sagte der Untergebene. »Hier ist das Ministerium.«

Wie so viele moderne Gebäude in Neutralien war das Ministerium unfertig, aber es war im strengen Einparteienstil konzipiert: ein Portikus von schmucklosen Säulen, ein großes weißes Portal, ein Flachrelief, das Revolution, Jugend, Technischen Fortschritt und Nationalen Geist symbolisierte. Drinnen eine Treppe. Auf der Treppe dann etwas Unerwartetes: Auf den Stufen, aufgereiht wie Spielkarten, ein Bombenblatt aus lauter Königen und Buben, bildeten Trompeter zwischen 16 und 60 Jahren Spalier, gekleidet wie mittelalterliche Herolde, mit blonden Zopfperücken und dickem Rouge auf den Wangen. Als Scott-King und Whitemaid den Fuß auf die unterste Stufe setzten, hoben diese Märchenfiguren ihre Trompeten an die Lippen und schmetterten einen Tusch, während einer, der so alt war, daß er ihrer aller Vater hätte sein können, einen schwächlichen Trommelwirbel auf der Kesselpauke rührte. »Ich muß ja ehrlich sagen«, meinte Whitemaid, »daß mir nach so etwas gar nicht der Sinn steht.«

Sie stiegen durch das schmetternde Spalier nach oben, wurden auf der Empore von einem Mann in Zivil begrüßt und in einen Empfangssaal geführt, der mit seinen Bankreihen und Thronen eine gewisse Ähnlichkeit mit einem Gerichtssaal hatte und in der Tat nicht selten dazu diente, aufstrebende Politiker auf die eine oder andere der unwirtlichen Inseln zu verbannen, die vor der Küste des Landes lagen.

Hier war ein Empfang im vollen Gange. Auf dem mittleren Thron saß unter einem Baldachin der Minister für Muße und Kultur, ein verdrießlicher junger Mann, der während der letzten Revolution beim Spiel mit einer Bombe fast alle Finger verloren hatte. Scott-King und Whitemaid wurden ihm von Dr. Fe vorgestellt. Er lächelte schauerlich und reichte ihnen die verstümmelte Hand. Ein Dutzend Honoratioren umstand ihn. Dr. Fe stellte sie vor. Klangvolle Titel, Verbeugungen, Lächeln, Händeschütteln; dann wurden Scott-King und Whitemaid auf ihre Plätze zwischen den anderen Gästen geführt, die mittlerweile zwölf an der Zahl waren. Auf jedem Platz lag auf dem roten Plüschpolster ein kleiner Stapel bedrucktes Papier. »Nicht sehr nahrhaft«, fand Whitemaid. Draußen ertönten Trompeten und Pauken; eine weitere, diesmal letzte Gruppe kam und wurde vorgestellt; die Zeremonie konnte beginnen.

Die Stimme des Ministers für Muße und Kultur hatte wohl noch nie sehr sanft geklungen; eine politische Straßeneckenkarriere hatte sie nicht sanfter gemacht. Er sprach sehr ausführlich, gefolgt von dem ehrwürdigen Rektor der Universität Bellacita. Scott-King studierte inzwischen die zur Verfügung gestellten Büchlein und Broschüren, aufwendige Produktionen des Ministeriums für Volksaufklärung – ausgewählte Reden des Marschalls, eine Monographie über die neutralische Vorgeschichte, ein illustrierter Führer durch die Skiparadiese des Landes, der Jahresbericht der Winzergenossenschaft. Nichts schien einen unmittelbaren Bezug zum vorliegenden Anlaß zu haben, nur eines, und das war ein polyglottes Programm der bevorstehenden Festlichkeiten.

17.00 Uhr (las er) *Eröffnung der Feier durch den Minister für Muße und Kultur. 18.00 Uhr Empfang der Delegierten in der Universität Bellacita. Formelle Kleidung. 19.30 Uhr vin d'honneur für die Delegierten im Rathaus von Bellacita. 21.00 Uhr Bankett für die Delegierten, ausgerichtet vom Festkomitee Dreihundert Jahre Bellorius. Musikalische Umrahmung durch den Philharmonischen Jugendzug Bellacita. Abendkleidung. Die Delegierten verbringen die Nacht im Hotel 22. März.*

»Sehen Sie mal«, sagte Whitemaid, »nichts zu essen bis neun Uhr, und denken Sie an meine Worte, die werden sich auch noch verspäten.«

»In Neutralien«, sagte Dr. Arturo Fe, »in Neutralien fragen

wir nicht nach der Zeit, wenn wir glücklich sind. Und heute sind wir *sehr* glücklich.«

Hotel 22. März war der von irgendeinem vergessenen Ereignis auf des Marschalls Weg zur Macht abgeleitete Name, dessen das führende Hotel der Stadt sich derzeit rühmte. Es hatte im Laufe seines Bestehens schon ebenso viele Namen gehabt wie der Platz, an dem es stand – Royal, Reform, Oktoberrevolution, Empire, Präsident Coolidge, Herzogin von Windsor – je nach den Launen der Ortsgeschichte, aber die Neutralier nannten es nach wie vor einfach »das Ritz«. Es stand umgeben von subtropischer Vegetation, Springbrunnen und Statuen, ein solides Bauwerk, dekoriert im Rokokostil von vor fünfzig Jahren. Neutralier der Oberschicht versammelten sich hier, flanierten durch die weitläufigen Gänge, saßen im gemütlichen Foyer, benutzten den Portier als postlagernde Adresse, borgten sich kleine Summen von den Barkeepern, telefonierten manchmal, klatschten immerzu und dösten dann und wann ein wenig. Geld gaben sie hier nie aus. Das konnten sie sich nicht leisten. Die gesetzlich festgesetzten Preise waren hoch und wurden durch manch verwunderliche Steuer weiter erhöht – 30 Prozent Bedienung, 2 Prozent Stempelsteuer, 30 Prozent Luxussteuer, 5 Prozent für den Winterhilfsfonds, 12 Prozent für Revolutionsversehrte, 4 Prozent städtische Steuer, 2 Prozent Staatssteuer, 8 Prozent Zusatzsteuer für die Inanspruchnahme von Bequemlichkeiten über die Minimalbedürfnisse hinaus sowie weitere Zuschläge dieser Art; sie summierten sich zu Bergen und machten die Wohnsuiten und prunkvollen Speisesäle für alle unerschwinglich, außer für Ausländer.

Davon waren aber in den letzten Jahren nicht viele gekommen; allein die staatliche Gastfreundschaft blühte im Ritz; dennoch versammelte sich dort noch immer die gesetzte neutralische Männeraristokratie – trotz unzähliger Revolutionen und der um sich greifenden Freidenkerei blieben neutralische Damen sittsam daheim –, denn das Ritz war ihr Club. Sie trugen sehr dunkle Anzüge und sehr steife Krägen, schwarze Krawatten und schwarze Schnürschuhe; sie rauchten ihre Zigaretten in langen Perlmutthaltern; ihre Gesichter waren braun und welk; sie sprachen von Geld und Frauen, trocken und distanziert, denn an beidem mangelte es ihnen stets.

So saßen auch an diesem Sommernachmittag, da die traditionelle Saison von Bellacita in ihre letzte Woche ging und alle sich darauf vorbereiteten, sich ans Meer oder auf ihre Familiengüter zurückzuziehen, noch etwa zwanzig von diesen Nachkommen der Kreuzfahrer im kühlen Salon des Ritz. Und sie wurden belohnt, zuerst durch das Schauspiel der vom Ministerium für Muße und Kultur zurückkommenden ausländischen Professoren. Diese wirkten schon erhitzt und müde; sie waren gekommen, um für den Empfang in der Universität ihre Amtstrachten zu holen. Den letzten – Scott-King, Whitemaid, Miss Sveningen und Miss Bombaum – war ihr Gepäck abhanden gekommen. Dr. Arturo Fe stand wie eine lodernde Flamme am Empfang; er flehte, drohte, telefonierte. Die einen sagten, das Gepäck sei vom Zoll beschlagnahmt worden, die andern, der Taxifahrer habe es gestohlen. Kurz darauf wurde es einsam und verlassen in einem Lastenaufzug im obersten Stockwerk gefunden.

Endlich hatte Dr. Fe seine Gelehrten zusammen: Scott-King im Talar eines Magisters der Geisteswissenschaften, Whitemaid in der schon auffallenderen Robe seiner frisch erworbenen Ehrendoktorwürde der Universität Uppsala. Und inmitten der Amtstrachten zahlreicher Sitze der Gelehrsamkeit, manche an die Gerichtshöfe von Daumier erinnernd, manche an Will Hays Musicalbühnen, ragte Miss Sveningen in einer zephirblauen Sportbluse und weißen Shorts in die Höhe. Miss Bombaum weigerte sich, mitzugehen. Sie habe einen Artikel durchzugeben, sagte sie.

Die Gesellschaft zog im Gänsemarsch durch die Drehtür hinaus, und zurück blieben die versammelten Edelleute, um ihre Urteile über Miss Sveningens Beine auszutauschen. Als die Gäste wiederkamen, war das Thema noch immer nicht erschöpft; ja, es hätte ihnen Gesprächsstoff für die ganze Saison gegeben, hätte es sich schon zu einer früheren Jahreszeit gestellt.

Der Besuch in der Universität war eine schwere Strapaze gewesen; eine ganze Stunde Reden, gefolgt von einer ausgiebigen Besichtigung der Archive. »Miss Sveningen, meine Herren«, sagte Dr. Fe, »wir sind ein wenig hinter dem Zeitplan zurück. Der Herr Oberbürgermeister erwartet uns schon. Ich werde anrufen und sagen, daß wir uns etwas verspäten. Lassen Sie sich bitte ruhig Zeit.«

Die Gesellschaft verteilte sich auf ihre Zimmer und fand sich nach einer angemessenen Zeit in verschiedenen Graden von Eleganz wieder zusammen. Dr. Fe sah in seiner engen weißen Weste mit Onyxknöpfen, einer Gardenie, einem halben Dutzend Miniaturorden und einer Art Schärpe prächtig aus. Scott-King und Whitemaid wirkten neben ihm richtig schäbig. Aber die kleinen braunen Marquis und Grafen hatten für das alles keinen Blick. Sie warteten auf Miss Sveningen. Wenn schon ihr akademisches Gewand solch unerwartete Vorzüge, solch herrliche, unverhoffte Längen bloßer Haut offenbart hatte, was würde dann ihr Abendkleid nicht alles zeigen, wenn sie kam?

Sie kam.

Schokoladenbraune Seide verhüllte sie vom Schlüsselbein bis über den Oberarm und reichte bis kurz über die Knöchel; die Füße steckten in schwarzen Satinschuhen mit flachen Absätzen und wirkten jetzt ungeheuer groß. Sie hatte sich eine buntkarierte Schleife ins Haar geflochten, trug einen breiten Lackledergürtel und hatte ein Taschentuch mit Hilfe des Uhrarmbands kunstvoll am Handgelenk befestigt. Tintenschwarze Affenaugen starrten sie eine geschlagene Minute lang entgeistert an; dann erhoben die Malteserritter sich mit der aus vererbter Desillusionierung in Jahrhunderten gewachsenen Trägheit von ihren Plätzen und schlenderten einer nach dem andern, dem dienernden Personal nach allen Richtungen zunickend, zur Drehtür hinaus und über die stickige Plaza zu ihren immer wieder neu unterteilten Palästen, wo ihre Frauen sie erwarteten.

»Kommen Sie, meine Dame, meine Herren«, sagte Dr. Arturo Fe. »Die Wagen sind da. Wir werden im Rathaus sehnsüchtig erwartet.«

Kein Bauch, kein Doppelkinn, keine gewichtige Ratsherren- oder Beamtenwürde, ja nicht die kleinste Andeutung von Pomp und Überfluß machte den Oberbürgermeister von Bellacita kenntlich. Er war jung, hager und sichtlich verlegen; seine revolutionären Abenteuer hatten viele Narben hinterlassen, und er trug eine Augenklappe und stützte sich auf eine Krücke. »Seine Exzellenz spricht leider kein Englisch«, sagte Dr. Fe, als er Scott-King und Whitemaid vorstellte.

Sie gaben ihm die Hand. Der Oberbürgermeister machte ein finsteres Gesicht und murmelte etwas in Dr. Fes Ohr.

»Seine Exzellenz sagt, daß es ihm eine große Freude ist, solch illustre Gäste begrüßen zu dürfen. Er sagt mit den Worten unseres Volks, daß sein Haus auch Ihr Haus ist.«

Die Engländer traten zurück und trennten sich. Whitemaid hatte am Ende des gobelinbehängten Saals ein Büfett entdeckt. Scott-King blieb schüchtern allein stehen; ein Diener brachte ihm ein Glas süßen, schäumenden Wein. Dr. Fe brachte ihm einen Gesprächspartner.

»Gestatten Sie mir, Ihnen Ingenieur Garcia vorzustellen. Er ist ein glühender Freund Englands.«

»Ingenieur Garcia«, sagte der Neuankömmling.

»Scott-King«, sagte Scott-King.

»Ich habe sieben Jahre bei Green, Gorridge und Wright Limited in Salford gearbeitet. Sie kennen die Firma gewiß sehr gut?«

»Leider nein.«

»Es ist eine sehr bekannte Firma, glaube ich. Kommen Sie oft nach Salford?«

»Ich fürchte, ich war noch nie da.«

»Es ist eine sehr bekannte Stadt. Wie heißt Ihre Stadt, bitte?«

»Granchester, soviel ich weiß.«

»Ich kenne nicht Granchester. Es ist eine größere Stadt als Salford?«

»Nein, viel kleiner.«

»Ah, in Salford ist viel Industrie.«

»Das glaube ich gern.«

»Wie finden Sie unsern neutralischen Champagner?«

»Ausgezeichnet.«

»Er ist süß, ja? Das kommt von unserer neutralischen Sonne. Haben Sie ihn lieber als französischen?«

»Nun, er ist ganz anders, finden Sie nicht?«

»Ich sehe, Sie sind ein Kenner. In Frankreich ist keine Sonne. Kennen Sie den Herzog von Westminster?«

»Nein.«

»Ich habe ihn einmal gesehen, in Biarritz. Ein feiner Mann. Ein sehr eigentümlicher Mann.«

»So?«

»Ja. Ganz London ist sein Anwesentum. Haben Sie ein Anwesentum?«

»Nein.«

»Meine Mutter hatte ein Anwesentum, aber es ist verlorengegangen.«

Der Lärm in der Halle war ohrenbetäubend. Scott-King fand

sich mitten in einer englischsprechenden Gruppe wieder. Neue Gesichter, neue Stimmen drangen auf ihn ein. Mehrmals wurde sein Glas nachgefüllt; einmal lief es über, und der Sekt rann ihm schäumend über die Ärmelmanschette. Dr. Fe kam vorbei und wieder vorbei. »Ah, Sie haben schnell Freunde gefunden.« Er brachte Verstärkung. Er brachte mehr Wein. »Das ist eine ganz spezielle Flasche«, flüsterte er. »Speziell für Sie«, und wieder füllte er Scott-Kings Glas mit demselben zuckrigen Schaum. Der Lärm schwoll weiter an. Die gobelinbehängten Wände, die bemalte Decke, die Kerzenleuchter und das vergoldete Gebälk tanzten und verschwammen vor seinen Augen.

Scott-King merkte, wie Ingenieur Garcia ihn in eine stillere Ecke zu bugsieren versuchte.

»Wie finden Sie unser Land, Professor?«

»Sehr angenehm, wirklich.«

»Nicht wie Sie erwartet hatten, nein? Ihre Zeitungen schreiben nicht, daß es angenehm ist. Warum ist es erlaubt, unser Land zu beschimpfen? Ihre Zeitungen schreiben viele Lügen über uns.«

»Ach, die verbreiten doch Lügen über jeden.«

»Wie bitte?»

»Sie verbreiten Lügen über jeden!« brüllte Scott-King.

»Ja, Lügen. Sie sehen doch selbst, daß es hier vollkommen ruhig ist.«

»Vollkommen ruhig.«

»Wie bitte?«

»Ruhig!« brüllte Scott-King.

»Sie finden es zu ruhig? Es wird bald lustiger werden. Sie sind Schriftsteller?«

»Nein, nur ein armer Gelehrter.«

»Wie das, arm? In England sind Sie doch reich, nicht? Wir hier müssen sehr schwer arbeiten, weil wir ein armes Land sind. In Neutralien bekommt ein Gelehrter erster Klasse 500 Dukaten im Monat. Die Miete für seine Wohnung ist vielleicht 450 Dukaten. Die Steuer 100. Öl kostet 30 Dukaten der Liter, Fleisch kostet 45 Dukaten das Kilo. Und darum arbeiten wir eben.

Dr. Fe ist ein Gelehrter. Er ist auch ein Jurist, ein Richter am untersten Gerichtshof. Er gibt die *Historische Revue* heraus. Er hat eine hohe Stellung im Ministerium für Muße und Kultur und im Außenministerium und im Amt für Aufklärung und Tourismus. Er spricht oft im Radio über die internationale Lage. Er besitzt ein Drittel der Aktien vom Spielkasino. Ich glaube, es gibt in ganz Neutralien keinen, der fleißiger arbeitet als Dr. Fe, trotzdem ist er nicht so reich, wie Mr. Green, Mr. Gorridge und Mr. Wright in Salford waren. Und die haben fast gar nicht gearbeitet. Es gibt Ungerechtigkeiten auf der Welt, Professor.«

»Ich glaube, wir müssen jetzt still sein. Der Oberbürgermeister will eine Rede halten.«

»Er ist kein Mann von Kultur. Ein Politiker. Es heißt, daß seine Mutter ...«

»Pssst.«

»Seine Rede wird nicht interessant sein, glaube ich.«

In der Saalmitte trat halbwegs Stille ein. Der Oberbürgermeister hatte ein vorbereitetes Redemanuskript in der Hand. Er blinzelte mit seinem einen Auge darauf und begann sie stockend zu verlesen.

Scott-King schlich sich davon. Wie aus weiter Ferne erspähte er Whitemaid allein am Büfett und wankte auf unsicheren Beinen auf ihn zu.

»Sind Sie betrunken?« flüsterte Whitemaid.

»Ich glaube nicht – mir ist nur schwindlig. Müdigkeit und der Lärm.«

»Ich bin betrunken.«

»Ja, das sieht man Ihnen an.«

»Was meinen Sie, wie betrunken ich bin?«

»Einfach nur betrunken.«

»Mein lieber, lieber Scott-King, da sind Sie, mit Verlaub, gewaltig im Irrtum. Ich bin in jeder Hinsicht und nach allen bekannten Maßstäben viel, viel betrunkener, als Sie mir zutrauen.«

»Meinetwegen. Aber machen wir nicht solchen Lärm, solange der Oberbürgermeister redet.«

»Ich behaupte nicht, daß ich viel Neutralisch verstehe, aber ich habe den Eindruck, daß der Oberbürgermeister, wie Sie ihn nennen, vollendeten Quatsch daherredet. Außerdem bezweifle ich sehr, daß er ein Oberbürgermeister ist. Mir kommt er mehr wie ein Gangster vor.«

»Nur Politiker, glaube ich.«

»Noch schlimmer.«

»Aber das Allerwichtigste ist, daß ich mich jetzt als erstes mal irgendwo hinsetze.«

Sie kannten sich erst einen Tag, aber Scott-King mochte diesen Mann; sie hatten gemeinsam gelitten und litten noch immer gemeinsam; vor allem sprachen sie dieselbe Sprache; sie waren Waffengefährten. Er nahm Whitemaid am Arm und führte ihn aus dem Saal auf einen kühlen, etwas abseits liegenden Treppenhausflur, auf dem ein kleines vergoldetes Plüschsofa stand, das nicht zum Draufsitzen gemacht war. Da saßen sie nun, zwei fade Männer, während Reden und Applaus von fern zu ihnen herüberdrangen.

»Sie haben es in die Taschen gesteckt«, sagte Whitemaid.

»Wer? Was?«

»Die Diener. Das Essen. In die Taschen dieser langen verbrämten Röcke, die sie tragen. Sie haben es für ihre Familien mit nach Hause genommen. Ich habe vier Makronen erwischt.« Und ganz unvermittelt wechselte er das Thema und sagte: »Sie sieht schrecklich aus.«

»Miss Sveningen?«

»Dieses herrliche Geschöpf. Es war ein fürchterlicher Schock, wie sie heute herunterkam, umgezogen für den Empfang. Es hat hier etwas getötet«, sagte er und griff sich ans Herz.

»Nicht weinen!«

»Ich kann nicht anders. Haben Sie das braune Kleid gesehen? Und die Schleife im Haar? Und das Taschentuch?«

»Ja, ja, alles. Auch den Gürtel.«

»Der Gürtel«, sagte Whitemaid, »war mehr, als Fleisch und Blut ertragen konnten. Da ist was kaputtgegangen, hier«, sagte er, indem er sich auf die Stirn tippte. »Sie wissen doch noch, wie sie in Shorts aussah? Eine Walküre. Ein Wesen aus einer heroischen Zeit. Wie eine göttergleiche, unvorstellbar strenge *Schlafsaalaufsicht* in der Schule«, rief er, fast in Ekstase. »Stellen Sie sich vor, wie sie zwischen den Betten umhergeht, mit Zopf und nackten Füßen und die Haarbürste drohend in der Hand! O Scott-King! Glauben Sie, daß sie Fahrrad fährt?«

»Ganz gewiß.«

»In Shorts?«

»Bestimmt in Shorts.«

»Ich könnte ein ganzes Leben lang hinter ihr auf einem Tandem sitzen, durch endlose Nadelwälder fahren, mittags in den Tannennadeln sitzen und hartgekochte Eier essen. Stellen Sie sich diese kräftigen Finger beim Eierschälen vor, Scott-King! Die braune Schale und das glänzende Weiß darunter. Und wie sie dann *hineinbeißt.*«

»O ja, das müßte ein prächtiger Anblick sein.«

»Und stellen Sie sich vor, wie sie *jetzt* aussieht, da drinnen, in diesem braunen Kleid.«

»Es gibt Dinge, die man sich lieber nicht vorstellen sollte, Whitemaid.« Und auch Scott-King vergoß ein paar Tränen der Sympathie, des gemeinsamen Kummers, der unauslöschlichen, kosmischen Trauer über Miss Sveningens Abendkleid.

»Aber, aber«, sagte Dr. Fe, als er ein paar Minuten später zu ihnen kam. »Tränen? Gefällt es Ihnen nicht?«

»Ach«, sagte Scott-King, »es ist nur Miss Sveningens Abendkleid.«

»Ja, ja, sehr traurig. Aber in Neutralien nehmen wir solche Dinge tapfer hin, lachend. Ich war nicht gekommen, um zu stören, Professor, sondern nur, um Sie zu fragen, ob Sie Ihre kleine Rede für heute abend bei sich haben. Wir rechnen fest damit, daß Sie auf dem Bankett ein paar Worte sprechen werden.«

Zum Bankett fuhren sie zurück ins Ritz. In dem ansonsten jetzt leeren Foyer saß nur noch Miss Bombaum, eine Zigarre rauchend, mit einem Mann von abstoßendem Äußeren. »Ich habe schon gegessen«, erklärte sie. »Jetzt bin ich hinter etwas her.«

Es war halb elf, als sie sich zu Tisch setzten, der mit Arabesken aus Blumenkelchen, Blütenblättern, Moos und Weinlaub geschmückt war wie ein Blumenbeet von Le Nôtre. Scott-King zählte vor seinem Gedeck inmitten all der Vegetation sechs Gläser verschiedener Formen. Auf seinem Teller lag neben einem maschinengeschriebenen Tischkärtchen mit seinem Namen, »Dr. Scotch-Kink«, eine in Goldschrift gedruckte Speisekarte von gewaltiger Länge. Wie schon viele Forschungsreisende vor ihm machte er jetzt die Erfahrung, daß nach einem langen Zeitraum ohne Nahrung der Appetit ganz weggeht. Das Hors-d'œuvre hatten inzwischen schon die Kellner verschlungen, doch als dann endlich die Suppe serviert wurde, bekam er vom ersten Löffel einen Schluckauf. Wenn er sich recht erinnerte, war es Kapitän Scotts unglückseliger Mannschaft in der Antarktis ebenso ergangen.

»Comment dit-on en français ›Schluckauf‹?« fragte er seinen Tischnachbarn.

»Plait-il, mon professeur?«

Scott-King schluckte. »Ça«, sagte er.

»Ça c'est le hoquet.«

»J'en ai affreusement.«

»Evidemment, mon professeur. Il faut du cognac.«

Die Kellner hatten dem Kognak schon eifrig zugesprochen und sprachen ihm noch immer zu. Eine Flasche stand griffbereit. Scott-King kippte ein Glas davon hinunter, und der Schluckauf wurde schlimmer. Während des ganzen langen Diners mußte er ununterbrochen schlucken.

Der Nachbar, der ihn so schlecht beraten hatte, war, wie Scott-King auf seiner Tischkarte las, Dr. Bogdan Antonic, der internationale Sekretär der Belloriusgesellschaft; er war ein freundlicher Mann in mittleren Jahren, dessen Gesicht von langer Verzweiflung und Müdigkeit gezeichnet war. Soweit der Schluckauf es zuließ, unterhielten sie sich auf Französisch.

»Sie sind kein Neutralier?«

»Noch nicht. Ich hoffe es zu werden. Jede Woche stelle ich einen Antrag an das Außenministerium, und immer bekomme ich gesagt, nächste Woche ist es soweit. Ich habe – obwohl der Tod etwas Schreckliches ist – nicht soviel Angst um mich selbst wie um meine Familie. Ich habe sieben Kinder, alle in Neutralien geboren, alle staatenlos. Wenn man uns in meine unglückliche Heimat zurückschickt, werden wir zweifellos alle gehängt.«

»Jugoslawien?«

»Ich bin Kroate, geboren im Habsburgerreich. Das war ein wirklicher Völkerbund. Als junger Mann habe ich in Zagreb, Budapest, Prag und Wien studiert – da war man frei, konnte sich frei bewegen, wohin man wollte; man war ein Bürger Europas. Dann wurden wir befreit und unter die Herrschaft der Serben gestellt. Jetzt sind wir wieder befreit und unter die Herrschaft der Russen gestellt. Und immer mehr Polizei, mehr Gefängnisse, mehr Hinrichtungen. Meine arme Frau ist Tschechin. Sie ist durch unsere Not schon völlig mit den Nerven am Ende. Sie glaubt die ganze Zeit, daß sie beobachtet wird.«

Scott-King versuchte es mit einem jener leisen, unartikulierten und unverbindlichen Grunzlaute des Mitgefühls, die dem Engländer in der Verlegenheit so leicht über die Lippen kommen; das heißt, sofern der Engländer gerade keinen Schluckauf hat. Den Ton, der sich ihm schließlich entrang, hätte ein weniger sensibler Mensch, als Dr. Antonic es war, als höhnisches Lachen interpretieren können.

»Und ich glaube das auch«, sagte er heftig. »Überall sind Spione. Sie haben diesen Mann gesehen, der bei dieser Frau mit der Zigarre saß, als wir hereinkamen. Das ist einer von ihnen. Ich bin jetzt schon zehn Jahre hier und kenne sie alle. Ich war Zweiter Sekretär unserer Gesandtschaft. Glauben Sie mir, es war eine große Sache für einen Kroaten, in unsern diplomatischen Dienst zu kommen. Alle Posten gingen an die Serben. Jetzt gibt es keine Gesandtschaft mehr. Mein Gehalt wird schon seit 1940 nicht mehr bezahlt. Ich habe ein paar Freunde im Außenministerium. Manchmal sind sie so freundlich, mir eine Arbeit zu geben, wie jetzt. Aber jeden Augenblick können sie mit den Russen ein Abkommen treffen und uns ausliefern.«

Scott-King versuchte zu antworten.

»Sie müssen noch einen Kognak trinken, Professor. Das ist das einzige, was hilft. Ich weiß noch, wie ich in Ragusa oft vom Lachen einen Schluckauf bekam ... Das wird wohl nie wieder vorkommen.«

Zwar war die Gesellschaft beim Bankett kleiner als beim *vin d'honneur*, aber der Lärm war noch bedrückender. Trotz seiner Geräumigkeit war der Speisesaal des Ritz nämlich doch preiswerter gebaut als der Rathaussaal, wo die hohe Decke die dissonanten Stimmen gleichsam in seine himmelblau gemalte Perspektive emporgehoben und zwischen den schwebenden

Gottheiten aufgelöst hatte; die gestickten flämischen Jagdszenen an den Wänden hatten sie mit ihren Millionen Fäden umschlungen und gedämpft. Hier aber wurde der Lärm von goldgerahmten Spiegeln zurückgeworfen; ein gemischter Chor von jungen Leuten versuchte mit Volksweisen, die dem fröhlichsten Dorffest die Stimmung verdorben hätten, das Geklapper und Geschnatter bei Tisch und die Streitereien der Kellner zu übertönen. *So* hatte Scott-King es sich daheim in seinem Klassenzimmer nicht vorgestellt, hier zu speisen.

»In meinem kleinen Haus auf der Landspitze von Lapad saßen wir immer auf der Terrasse und lachten manchmal so laut, daß die vorbeifahrenden Fischer uns von ihren Booten aus zuriefen, wir sollten ihnen den Witz doch auch erzählen. Sie segelten immer dicht vor der Küste, und man konnte ihren Lichtern bis weit draußen bei den Inseln nachsehen. Wenn wir still waren, drang *ihr* Lachen über das Wasser zu uns herüber, wenn sie schon außer Sicht waren.«

Scott-Kings Nachbar zur Linken sprach bis zum Dessert kein Wort, außer zu den Kellnern; zu denen aber sprach er laut und oft, mal aufbrausend, mal schmeichelnd, und schaffte es so, von fast allen Gängen zwei Portionen zu bekommen. Er hatte sich die Serviette in den Kragen gestopft und aß konzentriert, den Kopf über den Teller gebeugt, so daß die Bröckchen, die ihm dauernd von den Lippen fielen, nicht für immer verloren waren. Er trank seinen Wein in großen Zügen, seufzte nach jedem Schluck und klopfte mit dem Messer ans Glas, um die Kellner darauf aufmerksam zu machen, daß Nachschenken not tat. Oft setzte er sich ruckartig den Kneifer auf die Nase und studierte die Speisekarte, offenbar weniger aus Angst, daß ihm etwas entgehen könnte, als vielmehr in dem Bemühen, die flüchtigen Genüsse des Augenblicks seinem Gedächtnis fest einzuprägen. Es ist gewiß nicht ganz leicht, im Abendanzug wie ein Bohemien auszusehen, aber diesem Mann gelang es mit seiner angegrauten Haarfülle, dem breiten Band an seinem Kneifer und einem Dreitagebart mühelos.

Als das Dessert kam, hob er erstmals den Kopf, fixierte Scott-King mit seinen großen, leicht blutunterlaufenen Augen, rülpste leise und sprach. Seine Worte waren englisch, der Akzent in vielen amerikanischen Städten von Memphis bis Smyrna geprägt. »Shakespeare, Dickens, Byron, Galsworthy«, schien er zu sagen.

Diese späte Geburt einer komplizierten Schwangerschaft kam für Scott-King sehr überraschend. Er schluckte unverbindlich.

»Alles große englische Schriftsteller.«

»Hm, ja.«

»Wer ist Ihnen am liebsten, bitte?«

»Ich glaube Shakespeare.«

»Er ist der dramatischere, poetischere, ja?«

»Ja.«

»Aber Galsworthy ist moderner.«

»Sehr richtig.«

»Ich bin modern. Sind Sie Dichter?«

»Wohl kaum. Ein paar Übersetzungen.«

»Ich bin Originaldichter. Ich übersetze meine Gedichte selbst in englische Prosa. Sie wurden schon in den Staaten veröffentlicht. Lesen Sie die *Neue Bestimmung*?«

»Leider nein.«

»Das ist das Magazin, das meine Übersetzungen veröffentlicht. Voriges Jahr hat es mir zehn Dollar geschickt.«

»Für meine Übersetzungen hat mir noch nie einer was bezahlt.«

»Sie sollten sie an die *Neue Bestimmung* schicken. Ich glaube, es ist nicht möglich«, fuhr der Dichter fort, »die Dichtung einer Sprache in die Dichtung einer andern Sprache zu übersetzen. Manchmal übersetze ich englische Prosa in neutralische Poesie. Ich habe eine sehr schöne Übertragung von ausgewählten Passagen Ihres großen Priestley gemacht. Ich hatte gehofft, sie würde an den höheren Schulen benutzt werden, aber sie wird nicht benutzt. Überall herrschen Eifersucht und Intrige – sogar im Erziehungsministerium.«

In diesem Moment erhob sich eine prächtige Gestalt in der Tischmitte, um die erste Rede zu halten. »An die Arbeit«, sagte sein Nachbar, zückte Notizbuch und Bleistift und begann emsig mitzustenografieren. »Im Neuen Neutralien arbeiten wir alle.«

Die Rede war lang und von viel Applaus unterbrochen. In ihrem Verlauf wurde Scott-King von einem Kellner ein Zettelchen überbracht: »Ich werde Sie bitten, auf die Rede Seiner Exzellenz zu antworten. Fe.«

Scott-King antwortete: »Bedaure. Heute abend nicht. Indisponiert. Bitten Sie Whitemaid«, und verließ verstohlen seinen Platz, um sich hinter dem Tisch vorbei zur Tür des Speisesaals zu begeben.

Das Foyer war nahezu leer; die große Glaskuppel, die in den Kriegsjahren nächtens in den Himmel gestrahlt hatte wie eine Kerze in einer schlimmen Welt, ragte dunkel in die Höhe. Zwei Nachtportiers rauchten hinter einer Säule gemeinsam eine Zigarre; Scott-King sah vor sich im trüben Dämmerlicht, auf das die sparsame Hotelleitung den früheren Lichterglanz reduziert hatte, einen riesigen leeren Teppich, mit leeren Sesseln übersät. Es war noch nicht lange nach Mitternacht, aber im Neuen Neutralien war die Erinnerung an die Ausgangssperren der Revolution, die Polizeirazzien, die Erschießungskommandos in den nächtlichen Parkanlagen lebendig geblieben; die Neuen Neutralier gingen am liebsten früh nach Hause und verriegelten die Türen.

Sowie Scott-King in diesen stillen Raum trat, war sein Schluckauf plötzlich wie weggeblasen. Er verließ das Hotel durch die Schwingtür und atmete die Luft der Plaza, wo Arbeiter unter den Bogenlampen Staub und Abfall des Tages mit Schläuchen wegspritzten; die letzte der Trambahnen, die den lieben langen Tag um die Springbrunnen ratterten, war längst ins Depot zurückgekehrt. Scott-King holte tief Luft, gewissermaßen um die Grenzen seiner wundersamen Genesung zu testen, und stellte fest, daß sie vollständig und endgültig war. Er ging wieder zurück, ließ sich seinen Schlüssel geben und begab sich halb unbewußt nach oben.

Während des hektischen ersten Nachmittags und Abends in Bellacita hatte Scott-King kaum Gelegenheit gehabt, die übrigen Gäste der Belloriusgesellschaft mehr als flüchtig kennenzulernen. Er hatte sie nicht einmal richtig von seinen Gastgebern zu unterscheiden gewußt. Sie hatten sich voreinander verbeugt und kurz die Hand gegeben, hatten sich in den Archiven der Universität zugenickt und sich beim *vin d'honneur* entschuldigt, wenn sie einander im Gedränge anrempelten; beim späteren Bankett hatten sie gewiß nähere Bekanntschaft geschlossen, aber daran hatte Scott-King sich ja nicht mehr beteiligt. Er erinnerte sich an einen liebenswürdigen Amerikaner, einen baumlangen Schweizer und einen Orientalen, den er auf den ersten Blick für einen Chinesen gehalten hatte. Nun kam er also am darauffolgenden Morgen gutgelaunt zu ihnen ins Foyer herunter. Laut ausgedrucktem Programm sollten sie um halb elf nach Simona aufbrechen. Seine Sachen waren gepackt; die Sonne, die durch die Glaskuppel strahlte, war noch angenehm erträglich. Scott-King war in ausgezeichneter Stimmung.

Er war nach ungestörtem Nachtschlaf in dieser für ihn seltenen Stimmung aufgewacht, hatte sich auf den Balkon hoch über der Plaza gesetzt, von einer Schale Obst gefrühstückt und Lobpreisungen über die Palmen und Springbrunnen, die Trambahnen und das patriotische Denkmal ausgeschüttet. Nun näherte er sich der Gruppe im Foyer mit der Absicht, ihr ein besonders angenehmer Gefährte zu sein.

Von den neutralischen Festgästen des Vortags waren nur noch Dr. Fe und der Poet übriggeblieben. Die andern bauten irgendwo mit am Neuen Neutralien.

»Professor Scott-King, wie geht es Ihnen heute morgen?«

Dr. Fes Begrüßung war mehr als höflich. Es klang aufrichtige Besorgnis heraus.

»Ausgesprochen gut, vielen Dank. Ach ja, und mit der Rede gestern abend, das hätte ich fast vergessen. Ich habe Sie sehr ungern im Stich gelassen, aber die Wahrheit ist ...«

»Kein Wort weiter, Professor Scott-King. Aber ich fürchte, Ihrem Freund Whitemaid geht es nicht besonders gut.«

»Nein?«

»Nein. Er hat uns wissen lassen, daß er nicht mit uns kommen kann.« Dr. Fe zog ein Paar sehr ausdrucksvolle Augenbrauen hoch.

Der Poet nahm Scott-King kurz beiseite. »Machen Sie sich keine Sorgen«, sagte er. »Beruhigen Sie ihren Freund. Von den Vorkommnissen des gestrigen Abends wird keine Silbe erscheinen. Ich sage das im Namen des Ministeriums.«

»Hören Sie, ich tappe völlig im dunkeln.«

»Die Öffentlichkeit auch. Und so wird es bleiben. Manchmal lachen Sie in Ihrer demokratischen Art über unsere kleinen Kontrollen, aber wie Sie sehen, haben die auch ihr Gutes.«

»Aber ich weiß gar nicht, was los ist.«

»Soweit es neutralische Presse angeht, ist auch nichts los.«

Der Poet hatte sich heute morgen ohne Rücksicht auf Verluste rasiert. Das Gesicht, das er Scott-King näherte, klebte voller Wattebäuschchen. Jetzt entfernte er sie wieder und ging davon. Scott-King begab sich zu den Delegierten.

»Na«, sagte Miss Bombaum, »mir ist ja gestern abend anscheinend ein Riesenspaß entgangen.«

»Mir offenbar auch.«

»Und was macht heute morgen Ihr Kopf?« fragte der amerikanische Gelehrte.

»Sie scheinen ja doch auf Ihre Kosten gekommen zu sein«, meinte Miss Bombaum.

»Ich bin früh zu Bett gegangen«, sagte Scott-King kühl. »Ich war vollkommen übermüdet.«

»Nun, dafür habe ich im Laufe meines Lebens schon viele Namen gehört. Auch den.«

Scott-King war ein Erwachsener, ein Intellektueller, ein humanistischer Gelehrter, fast ein Dichter. Die Natur, die in ihrer weisen Vorsehung die langsame Schildkröte zu schützen weiß und dem Stachelschwein die Stacheln spitzt, hat auch solch zarten Gemütern den richtigen Panzer mitgegeben. Eine Jalousie, ein eiserner Vorhang senkte sich zwischen Scott-King und diese beiden Spaßvögel. Er wandte sich der übrigen Gruppe zu und merkte zu spät, daß Hänselei noch das geringste Übel war, das er zu fürchten hatte. Der Schweizer war schon gestern nicht sehr herzlich gewesen; heute morgen legte er eine schon fast theatralische Kälte an den Tag; der Asiate schien sich in einen Kokon seidener Überheblichkeit gehüllt zu haben. Die versammelten Gelehrten schnitten Scott-King nicht direkt; auf die ihrer jeweiligen Nationalität entsprechende Weise ließen sie erkennen, daß seine Anwesenheit ihnen sehr wohl bewußt war. Doch weiter gingen sie nicht. Auch sie hatten ihre Jalousien, ihre eisernen Vorhänge. Scott-King war in Ungnade. Irgend etwas war geschehen, worüber man nicht sprach und worin er zwar nur stellvertretend, aber unentwirrbar verwickelt war; ein dicker, schwarzer, unauslöschlicher Makel war über Nacht auf Scott-King gefallen.

Er wünschte nicht mehr zu erfahren. Er war ein Erwachsener, ein Intellektueller; er war alles, was wir schon über ihn gesagt haben. Er war kein Chauvinist. Sechs Kriegsjahre lang hatte er sich seine strikte Unparteilichkeit bewahrt. Nun aber stellte sich sein Gefieder auf; er fühlte im wahrsten Sinne des Wortes die Wurzeln seiner spärlichen Haare prickeln und jucken. Wie der unsterbliche gemeine Soldat des East Kent Regiments stand er hier an Elgins Platz; nicht unwissend fürwahr, nicht frech und auch nicht von bodenlos niederer Geburt, doch arm und, jedenfalls im Augenblick, furchtlos, bestürzt und allein, fühlte er immer noch ein englisch' Herz in seinem Busen schlagen.

»Ich werde die Herrschaften vielleicht ein wenig warten lassen müssen«, sagte er. »Muß mich nur rasch einmal um meinen Kollegen Mr. Whitemaid kümmern.«

Er fand ihn im Bett, mit einem mehr sonderbaren als kranken, schon fast begeisterten Ausdruck im Gesicht. Whitemaid war noch immer ziemlich betrunken. Das Fenster zum Balkon stand weit offen, und auf dem Balkon saß, züchtig in Badetücher gehüllt, Miss Sveningen und verzehrte ein Beefsteak.

»Man hat mir unten erzählt, Sie kämen nicht mit uns nach Simona?«

»Stimmt. Ich bin heute morgen nicht ganz auf der Höhe und muß mich auch hier um etwas kümmern. Es ist nicht so leicht zu erklären.« Er deutete mit dem Kopf nach der Riesenkarnivore auf dem Balkon.

»Hatten Sie einen angenehmen Abend?«

»Völlige Mattscheibe, Scott-King. Ich weiß noch, daß ich mit Ihnen zusammen auf irgendeinem Empfang war. Dann erinnere ich mich an einen Rummel mit der Polizei, aber das war viel später. Dazwischen müssen Stunden liegen.«

»Polizei?«

»Ja. In irgendeinem Tanzlokal. Irma war großartig – wie im Kino. Die sind umgeflogen wie die Kegel. Ohne sie säße ich jetzt wahrscheinlich irgendwo in einer Zelle, statt hier in Ihrer Gesellschaft mein Bromwässerchen zu genießen.«

»Haben Sie eine Rede gehalten?«

»Soviel ich weiß, ja. Haben Sie nichts davon mitbekommen? Dann werden wir nie erfahren, was ich gesagt habe. Irma meint in ihrer unverblümten Art, daß sie lang und leidenschaftlich, aber unverständlich war.«

»Handelte sie von Bellorius?«

»Das nehme ich eigentlich nicht an. Ich glaube, mir ging vor allem die Liebe im Kopf herum. Ehrlich gesagt, ich habe das Interesse an Bellorius verloren. Es war ja nie sehr groß. Und als ich heute morgen hörte, daß Irma gar nicht zu uns gehört, ist es vollends verdorrt und abgestorben. Sie ist hier auf dem Kongreß für Leibeskultur.«

»Sie werden mir fehlen.«

»Bleiben Sie doch zur Gymnastik noch bei uns.«

Eine Sekunde zögerte Scott-King. In Simona wartete eine dunkle und recht bedrohliche Zukunft.

»Es sollen an die fünfhundert Sportlerinnen sein. Vielleicht sogar Schlangenmenschen aus Indien.«

»Nein«, sagte Scott-King endlich mit fester Stimme. »Ich muß Bellorius die Treue halten.«

Und so kehrte er zu den Delegierten zurück, die jetzt schon ungeduldig in einem Bus vor den Türen des Ritz saßen.

Simona steht in Sichtweite des Mittelmeers auf den Ausläufern des großen Gebirgsmassivs, das die halbe Landkarte Neutraliens ausfüllt. Walnuß- und Korkeichen-, Mandel- und Limonenhaine umschließen die Stadt und wachsen bis an ihre Mauern heran, die von einer Reihe schroffer Wehrtürme unterbrochen sind; es ist eine genial angelegte Festung aus dem siebzehnten Jahrhundert, die in einer langen Geschichte von Kriegen und Raubzügen noch nie ihre Bewährungsprobe bestehen mußte, da sie einfach nichts von militärischer Bedeutung schützt. Die mittelalterliche Universität, die barocke Kathedrale, zwanzig Kirchen, in deren zierlichen Kalksteintürmen Störche nisten und sich fortpflanzen, ein Rokokoplatz, ein paar verwahrloste kleine Schlösser, ein Marktplatz und eine Geschäftsstraße – das ist schon alles, was man darin findet, und eigentlich auch alles, was des Menschen Herz begehren kann. Die Eisenbahn führt weit an der Stadt vorbei und verrät ihre Gegenwart nur durch gelegentliche weiße Dampfwölkchen zwischen den Baumwipfeln.

Zum Angelus saßen Scott-King und Dr. Bogdan Antonic an einem Cafétischchen auf der Festungsmauer.

»Ich nehme an, Bellorius muß auf nahezu die gleiche Szene geblickt haben wie wir heute.«

»Ja, die Bauten zumindest verändern sich nicht. Es herrscht auch noch immer die Illusion von Frieden, während die Berge hinter uns, genau wie schon zu Bellorius' Zeit, ein einziges Brigantennest sind.«

»Ich erinnere mich, daß er darauf anspielt, im achten Gesang, aber heute? ...«

»Ist es immer noch dasselbe. Sie nennen sich jetzt nur anders – Partisanen, Widerstandskämpfer, Unversöhnliche, was Sie wollen. Die Folgen sind die gleichen. Auf vielen Straßen braucht man Polizeischutz.«

Sie verstummten. Auf der umständlichen Fahrt nach Simona war zwischen Scott-King und dem internationalen Sekretär Sympathie aufgekommen.

Von den sonnenbeschienenen Türmen der zwanzig im Schatten liegenden Kirchen ertönte süßer Glockenklang.

Endlich sagte Scott-King: »Eigentlich habe ich ja den Verdacht, daß Sie und ich die einzigen in unserer Gruppe sind, die Bellorius überhaupt gelesen haben.«

»Ich kenne ihn selbst sehr wenig. Aber soviel ich weiß, hat Mr. Fu in volkstümlichem Kantonesisch sehr einfühlsam über ihn geschrieben. Finden Sie, daß diese Feier ein Erfolg ist, Professor?«

»Ich bin eigentlich gar kein Professor.«

»Nein, aber für diese Gelegenheit ist hier jeder ein Professor. Und Sie sind mehr Professor als so mancher andere hier. Ich mußte mein Netz sehr weit auswerfen, um aus jedem Land eine Vertretung zu bekommen. Mr. Jungman ist zum Beispiel nur ein Gynäkologe aus Den Haag, und Miss Bombaum ist Gott weiß was. Der Argentinier und der Peruaner sind Studenten und nur ganz zufällig um diese Zeit hier. Ich sage Ihnen das alles, weil ich Ihnen vertraue und das Gefühl habe, daß Sie sowieso schon einen derartigen Verdacht haben. Oder ist Ihnen ein gewisses Element der Täuschung verborgen geblieben?«

»Nein, das nicht.«

»Es ist der Wunsch des Ministeriums, dessen Kulturberater ich zur Zeit bin. Die wollten in diesem Sommer unbedingt etwas feiern. Da habe ich in den Archiven nach einem Jahrestag gesucht. Ich war schon ganz verzweifelt, als ich zufällig auf den Namen Bellorius stieß. Natürlich hatten die noch nie von ihm gehört, aber bei Goethe oder Dante wären sie genauso ahnungslos gewesen. Ich habe ihnen erzählt«, sagte Antonic mit traurig-verschlagenem, überaus kultiviertem Lächeln, »er sei eine der größten literarischen Gestalten Europas gewesen.«

»Das sollte er eigentlich auch sein.«

»Glauben Sie wirklich? Halten Sie das Ganze nicht für eine Maskerade? Und finden Sie, daß es ein Erfolg ist? Ich hoffe es sehr, denn sehen Sie, meine Position im Ministerium ist alles andere als sicher. Überall herrscht Eifersucht. Stellen Sie sich vor, daß irgend jemand auf *mich* eifersüchtig sein kann! Aber im Neuen Neutralien ist jeder so sehr aufs Arbeiten erpicht. Alle würden sie gierig nach meinen kleinen Pöstchen schnappen. Dr. Arturo Fe hätte es gern.

»Bestimmt nicht. Er hat doch schon so viel zu tun.«

»Dieser Mann sammelt Regierungsposten, wie die Kirchenmänner früher Pfründen sammelten. Er hat schon ein ganzes

Dutzend und will auch noch meinen haben. Darum ist es ein solcher Erfolg für mich, ihn hierhergebracht zu haben. Wenn die Feier kein Erfolg wird, hängt er mit drin. Das Ministerium hat schon Unzufriedenheit geäußert, weil das Bellorius-Denkmal für morgen noch nicht zur Enthüllung fertig ist. Das ist nicht unsere Schuld. Es ist das Ministerium für Muße und Kultur. Ein Komplott von Ingenieur Garcia, der Dr. Fes Feind ist und ihn ruinieren will, um ein paar von seinen Posten zu übernehmen. Aber Dr. Fe wird es schon erklären; er wird improvisieren. Er ist ein Kind des Landes.«

Anderntags improvisierte Dr. Fe.

Die gelehrte Gesellschaft war im ersten Hotel Simonas untergebracht, das an diesem Morgen einem Bahnhof zu Kriegszeiten glich, weil irgendwann nach Mitternacht zwischen fünfzig und sechzig internationale Philatelisten eingetroffen waren, für die kein Quartier vorgesehen war. Sie hatten im Salon und im Foyer geschlafen, und einige lagen noch immer da und schliefen, als die Bellorius-Delegation sich versammelte.

Es war der Tag, der im Programm für die Enthüllung des Bellorius-Denkmals vorgesehen war. Ein verhängtes Gerüst auf dem Marktplatz kennzeichnete die Stelle, wo das Denkmal stehen sollte, aber es hatte sich unter den Delegierten schon herumgesprochen, daß die Statue noch nicht da war. Die ganzen letzten drei Tage hatten sie von Gerüchten gezehrt, denn von all ihren wahnwitzigen Erlebnissen hatte nichts mit dem gedruckt vorliegenden Plan übereingestimmt. »Es heißt, der Bus ist nach Bellacita zurückgefahren, weil er neue Reifen braucht.« – »Haben Sie schon gehört, daß wir mit dem Oberbürgermeister essen sollen?« – »Ich habe Dr. Fe sagen hören, daß wir nicht vor drei Uhr abfahren.« – »Soviel ich weiß, sollten wir jetzt alle im Stift sein.« ... und so weiter. Dies war die Stimmung unter den

Reisenden, und die sozialen Schranken, die in Bellacita die Gruppe noch zu spalten gedroht hatten, waren schnell zusammengebrochen. Whitemaid war vergessen; Scott-King hatte bald wieder Freunde und sah sich in die Gemeinschaft der allgemeinen Ratlosigkeit aufgenommen. Sie waren zwei Tage unterwegs gewesen und hatten in Orten übernachtet, die von ihrer geplanten Route weit entfernt lagen; sie wurden zu den unerwartetsten Stunden gespeist und getränkt, unverhofft von Blaskapellen und Deputationen begrüßt, unverhofft irgendwo auf einem verlassenen Marktplatz sich selbst überlassen; einmal kreuzten sie den Weg einer religiösen Pilgergruppe und mußten ein paar hektische Stunden lang Gepäck tauschen; einmal bekamen sie innerhalb einer Stunde zwei Abendessen serviert, einmal bekamen sie gar keins. Aber jetzt waren sie endlich, wo sie sein sollten: in Simona. Als einziger fehlte Bellorius.

Dr. Fe improvisierte.

»Miss Bombaum, meine Herren, eine kleine Ergänzung zu unserm Plan. Wir werden heute dem Nationaldenkmal die Ehre erweisen.« Gehorsam marschierten sie zum Bus. Dort schliefen ein paar Philatelisten und mußten erst ausquartiert werden. Ein Dutzend großer Lorbeerkränze wurde mit aufgeladen.

»Wozu sind die denn da?«

»Unsere Ehrenbezeigung.«

Die Blätter waren mit roten Bändern umwunden, auf denen die Namen der so merkwürdig vertretenen Länder standen.

Sie verließen die Stadt und kamen ins Land der Korkeichen und Mandeln. Nach einer Stunde wurden sie angehalten, und eine Eskorte gepanzerter Wagen setzte sich vor und hinter sie.

»Ein kleines Zeichen unserer Wertschätzung«, sagte Dr. Fe.

»Angst vor Partisanen«, flüsterte Dr. Antonic.

Der von den Militärfahrzeugen aufgewirbelte Staub hüllte den Bus ein und verhüllte die Landschaft. Nach zwei Stunden hielten sie an. Hier stand auf einem kahlen Hügel das Nationaldenkmal. Wie alle moderne Staatsarchitektur war es ein lieb- und schmuckloses Bauwerk, das nur durch seine Riesengröße vor der Bedeutungslosigkeit bewahrt wurde; es handelte sich um eine große, stumpfe Steinpyramide. Ein Trupp Soldaten war lethargisch damit beschäftigt, ein mit roter Farbe gepinseltes TOD DEM MARSCHALL von der beschrifteten Vorderseite abzuschrubben.

Dr. Fe ignorierte ihr Tun und führte die Gesellschaft auf die weder patriotisch noch subversiv beschriebene Rückseite. Hier legten sie unter feuriger Sonne ihre Kränze nieder; als Großbritannien aufgerufen wurde, trat Scott-King vor. Der poetische Journalist ging in die Hocke und ließ seine Kamera klicken. Die Eskorte applaudierte. Der Reinigungstrupp kam mit seinen Putzlappen um die Ecke, um zu sehen, was los war. Dr. Fe sprach ein paar Worte auf Neutralisch. Der Festakt war vorüber. In einem benachbarten Städtchen nahmen sie in einem tristen, nur mit einer Photographie des Marschalls geschmückten Raum, der eine Militärkantine zu sein schien, an engen Tischen und von dickem, irdenem Geschirr ein reichliches, wenn auch nicht gerade üppiges Mittagsmahl ein. Scott-King trank ein paar Gläser schweren, bläulich-violetten Wein. Der Bus hatte lange in der Sonne gestanden und war heiß wie ein Backofen. Wein und dicker Eintopf machten schläfrig, und Scott-King verdöste die Stunden der Rückfahrt, ohne das Dschungelgeflüster wahrzunehmen, das um ihn herum in der tropischen Atmosphäre wucherte.

Geflüstert wurde aber, und als die Gesellschaft wieder in Simona eintraf, machte es sich in voller Lautstärke Luft.

Scott-King vernahm es beim Betreten des Hotels. »Wir müssen eine Versammlung einberufen«, sagte der amerikanische Professor. »Wir müssen eine Resolution beschließen.«

»Wir wollen es jetzt wissen«, erklärte Miss Bombaum. »Aber nicht hier«, fügte sie hinzu, indem ihr Blick über die Briefmarkensammler schweifte, die noch immer in den öffentlichen Räumen lungerten. »Oben.«

Es wäre im höchsten Maße ermüdend, alles wiedergeben zu wollen, was in Miss Bombaums Zimmer gesprochen wurde, nachdem sie zuerst ein paar Philatelisten hinausgeworfen hatten, die dort Zuflucht gesucht hatten. Wie lästig, dachte Scott-King, hier herumzusitzen, während draußen auf der Plaza die Springbrunnen plätschern und der Wind in den Orangenblättern auf der Stadtmauer raschelt. Es wurden Reden gehalten, wiederholt, übersetzt und fehlübersetzt; es gab Ordnungsrufe und gelegentliche Zornesausbrüche. Nicht alle Delegierten waren anwesend. Der Schweizer Professor und der Chinese blieben unauffindbar; der peruanische und der argentinische Student verweigerten ihre Teilnahme, aber immerhin waren außer Miss Bombaum sechs Gelehrte beisammen, die außer Scott-King alle über irgend etwas sehr empört waren.

Allmählich schälte der Stein des Anstoßes sich aus vielen Worten und dickem Tabakqualm heraus. Kurz gesagt ging es darum: Die Bellorius-Gesellschaft fühlte sich von den Politikern gefoppt. Ohne Miss Bombaums unersättliche Neugier hätte nie etwas davon ans Tageslicht zu kommen brauchen. Doch sie hatte die bittere Wahrheit herausgeschnüffelt wie eine Trüffel, und der Fall war klar. Das Nationaldenkmal war nichts mehr und nichts weniger als ein Fetisch des Bürgerkrieges. Es gedachte der Massakrierung, Hinrichtung, Liquidation – oder wie man es sonst nennen will – von fünfzig Führern der jetzt herrschenden neutralischen Partei, die vor zehn Jahren auf diesem sonnigen Flecken den damals Regierenden zum Opfer gefallen waren. Man hatte die Delegierten der Bellorius-Gesellschaft dort zu einer Kranzniederlegung verleitet und, was noch schlimmer war, dabei photographiert. Soeben ging Miss Bombaums Bild, wie sie sagte, an sämtliche Zeitungen der Welt hinaus. Überdies hatten sie anschließend im Hauptquartier der

Partei genau an den Tischen gegessen, an denen sich die Rohlinge der Partei nach ihren Terrororgien zu erfrischen pflegten. Und zu alledem wollte Miss Bombaum gerade in einem Buch, das sich in ihrem Besitz befand, gelesen haben, daß Bellorius nie etwas mit Neutralien zu tun gehabt habe, sondern ein byzantinischer General gewesen sei.

Scott-King meldete hierzu heftigen Widerspruch an und wurde mit starken Worten bedacht: »Faschistenschwein.« – »Reaktionärer Kannibale.« – »Bourgeoiser Eskapist.«

Scott-King verließ die Versammlung.

Auf dem Flur begegnete er Dr. Fe, der ihn stumm am Arm nahm und die Treppe hinunterführte, bis sie draußen unter die Arkaden kamen.

»Die Leute sind nicht zufrieden«, sagte Dr. Fe. »Das ist eine Tragödie erster Ordnung.«

»Sie hätten das aber auch nicht tun sollen«, sagte Scott-King.

»*Ich* hätte das nicht tun sollen? Mein lieber Professor, ich habe geweint, als davon zum erstenmal gesprochen wurde. Ich habe unsere Reise unterwegs um zwei Tage hinausgezögert, um genau das zu vermeiden. Aber hat man auf mich gehört? Ich habe zum Minister für Volksaufklärung gesagt: ›Exzellenz, das ist ein internationales Ereignis. Es geht um rein geistige Dinge. Diese hervorragenden Leute sind nicht zu politischen Zwecken nach Neutralien gekommen.‹ Aber er hat nur grob geantwortet: ›Sie essen und trinken auf unsere Kosten, da sollen sie unserm Regime auch Respekt erweisen. Die Sportdelegierten haben im Stadion alle den Marschall gegrüßt. Die Philatelisten haben das Parteiabzeichen bekommen, und viele tragen es auch. Und die Professoren sollen dem Neuen Neutralien auch helfen.‹ Was sollte ich darauf sagen? Er ist ein Mensch ohne jedes Feingefühl, von niedrigster Herkunft. Zweifellos war er es, der das Ministerium für Muße und Kultur veranlaßt hat, die Übersendung der Statue zu verzögern.

Sie wissen ja nicht, was Politik ist, Professor. Ich will zu Ihnen offen sein. Es war alles ein Komplott.«

»Das sagt Miss Bombaum auch.«

»Ein Komplott gegen mich. Sie planen schon seit langem meinen Sturz. Ich bin kein Parteimann. Nur weil ich das Parteiabzeichen trage und den Parteigruß entbiete, dürfen Sie mich nicht für einen Vertreter des Neuen Neutralien halten. Professor, ich habe sechs Kinder, davon zwei Mädchen im heiratsfähigen Alter. Was kann man da anderes tun als zusehen, wo man bleibt? Und ich glaube, jetzt bin ich ruiniert.«

»Steht es so schlimm?«

»Ich kann Ihnen gar nicht sagen, wie schlimm. Professor, Sie müssen in dieses Zimmer zurückgehen und die Leute beruhigen. Sie sind Engländer. Sie haben großen Einfluß. Ich habe auf unserer gemeinsamen Reise gesehen, wie sehr alle Sie respektieren.«

»Sie haben mich ein Faschistenschwein genannt.«

»Ja«, sagte Dr. Fe nur, »das habe ich durchs Schlüsselloch gehört. Sie waren sehr unzufrieden.«

Nach der Hitze in Miss Bombaums Zimmer war es draußen kühl und erfrischend; Dr. Fe hatte die Finger leicht wie Motten auf Scott-Kings Arm gelegt. Sie gingen schweigend weiter. An einem taufeuchten Blumenstand kaufte Dr. Fe ein Knopflochsträußchen, um dessen Preis er leidenschaftlich feilschte, bevor er es Scott-King mit arkadischer Grazie überreichte. Dann nahmen sie ihren traurigen Spaziergang wieder auf.

»Sie wollen nicht zurückgehen?«

»Es würde ja doch nichts nützen.«

»Ein Engländer gibt sich geschlagen«, rief Dr. Fe verzweifelt.

»So ungefähr.«

»Aber Sie selbst bleiben bis zum Schluß bei uns?«

»Gewiß.«

»Nun, dann geht uns ja nichts von Bedeutung verloren. Die

Feiern können weitergehen«, sagte er höflich und galant, doch als sie auseinandergingen, seufzte er.

Scott-King ging die abgetretenen Stufen zur Festungsmauer hinauf, setzte sich unter die Orangenbäume und beobachtete den Sonnenuntergang.

Das Hotel war an diesem Abend still. Die Philatelisten waren eingesammelt und abtransportiert worden; stumm und verdrossen waren sie zu einem unbekannten Ziel aufgebrochen wie Vertriebene, die in die Mühlen des Sozialgesetzes geraten waren. Die sechs abtrünnigen Delegierten schlossen sich ihnen in Ermangelung anderer Transportmittel an. Nur der Schweizer, der Chinese, der Peruaner und der Argentinier blieben. Sie aßen zusammen, gutgelaunt, aber stumm, da sie keine gemeinsame Sprache hatten. Dr. Fe, Dr. Antonic und der Poet aßen an einem andern Tisch zusammen, ebenfalls stumm, aber betrübt.

Am nächsten Tag traf das verirrte Denkmal ein, und am übernächsten sollte es feierlich enthüllt werden. Scott-King vertrieb sich gut die Zeit. Er studierte die Zeitungen, die samt und sonders, genau wie Miss Bombaum vorhergesagt hatte, mit großen Photos von der Feier am Nationaldenkmal berichteten. Er stückelte sich den Inhalt des Leitartikels zu dem Thema zusammen, er aß, er döste, er besuchte die kühlen, dämmrigen Kirchen der Stadt, er schrieb die Rede, die, wie man ihm gesagt hatte, morgen von ihm erwartet wurde. Wenn er Dr. Fe begegnete, legte dieser die für einen feinfühligen Menschen, der in der Gemütserregung zuviel von sich selbst preisgegeben hat, geziemende Zurückhaltung an den Tag. Es war ein schöner Tag für Scott-King.

Nicht so für seine Kollegen. Sie wurden, während er die Zeit totschlug, unabhängig voneinander von zwei Unglücken ereilt.

Der Schweizer Professor und der Chinese machten zusammen einen kleinen Ausflug in die Berge. Sie hatten sich mehr aus Sparsamkeit als Sympathie zu diesem Unternehmen zusammengetan. Ein aufdringlicher Fremdenführer, Unempfänglichkeit für die kontemplativen Freuden westlicher Architektur, ein vorteilhaft scheinender Preis und die Hoffnung auf eine kühle Brise, ein weites Panorama, ein kleines Restaurant; das war ihr Verderben. Als sie am Abend noch nicht zurück waren, stand ihr Schicksal fest.

»Sie hätten Dr. Fe um Rat fragen sollen«, sagte Dr. Antonic. »Er hätte einen günstigeren Weg für sie ausgesucht und ihnen eine Eskorte besorgt.«

»Was wird jetzt aus ihnen?«

»Bei den Partisanen weiß man das nie. Oft sind das ehrbare, altmodische Gesellen, die sie gastfreundlich behandeln und auf ein Lösegeld warten werden. Andere haben dagegen Politik im Sinn. Wenn unsere Freunde denen in die Hände gefallen sind, werden sie mit Sicherheit ermordet werden.«

»Ich konnte den Schweizer nicht leiden.«

»Ich auch nicht. Ein Calvinist. Aber das Ministerium wird sich nicht darüber freuen, daß er ermordet wurde.«

Das Schicksal der Südamerikaner war weniger romantisch. Die Polizei holte sie während des Mittagessens.

»Offenbar waren sie weder Argentinier noch Peruaner«, sagte Dr. Antonic. »Nicht einmal Studenten.«

»Was haben sie denn getan?«

»Ich glaube, sie wurden denunziert.«

»Ein recht schurkisches Aussehen hatten sie ja.«

»O ja, und mir schienen sie zu allem fähig – Spione, Bimetallisten, wer weiß? Heutzutage kommt es ja nicht darauf an, was man tut, sondern wer einen denunziert. Ich glaube, jemand an sehr hoher Stelle muß die beiden denunziert haben, sonst hätte Dr. Fe die Sache hinauszögern können, bis unsere kleine Feier vorbei gewesen wäre. Vielleicht ist aber auch Dr. Fes Einfluß im Schwinden begriffen.«

Und so kam es, daß sich am Ende nur noch eine Stimme zu Bellorius' Ehren erhob, wie es sich ja auch eigentlich gehörte.

Das Standbild, das nach mehrmaligem vergeblichem Ziehen an der Schnur schließlich doch enthüllt war und nun frei und steinern in schamloser Unverfrorenheit unter der heißen Sonne Neutraliens stand, während die Bevölkerung juchzte und, wie es ihr Brauch war, Feuerwerkskörper vor die Füße der Honoratioren warf und die Tauben erschrocken in die Höhe stoben und die Blaskapelle nach der Eröffnungsfanfare mit voller Lautstärke einfiel – das Standbild war scheußlich.

Es gibt nirgends eine zeitgenössische Abbildung von Bellorius, und ob dieses Mangels hatte das Ministerium für Muße und Kultur kräftig gemogelt. Die Figur, die jetzt so offen zur Schau gestellt wurde, hatte lange Jahre auf dem Hof eines Steinmetzen gelegen. Zur Zeit des freien Unternehmertums war sie für das Grabmal eines Wirtschaftsmagnaten in Auftrag gegeben worden, dessen Imperium sich jedoch nach seinem Tod als Schimäre entpuppt hatte. Sie stellte nicht Bellorius dar; sie stellte nicht den falschen Unternehmerfürsten dar; sie war nicht einmal unzweideutig männlich; sie war kaum menschlich; vielleicht sollte sie eine der sieben Tugenden sein.

Scott-King stand entsetzt ob der Schändung, die er dieser anmutigen Plaza unwissentlich zugefügt hatte. Aber er hatte seine Rede schon gehalten, und sie war ein Erfolg gewesen. Er hatte auf Lateinisch gesprochen; er hatte aus dem Herzen gesprochen. Er hatte gesagt, daß an diesem Tag eine zerrissene, verbitterte Welt vereint sei in dem Bemühen, sich Bellorius' erhabener Idee zu weihen, sich zuerst in Neutralien, dann in all den andern schmachtenden Völkern des Westens auf den von Bellorius so sicher gelegten Fundamenten zu erneuern. Er hatte gesagt, daß an diesem Tage eine Kerze entzündet werde, die durch Gottes Gnade nie mehr verlöschen solle.

Auf die Einweihung folgte ein üppiges Festmahl in der Universität. Und nach dem Mahl wurde ihm die Ehrendoktorwürde verliehen. Und nach der Investitur wurde er in einen Bus gesetzt und mit Dr. Fe, Dr. Antonic und dem Dichter nach Bellacita zurückgebracht.

Auf direktem Weg war es eine Fahrt von knapp fünf Stunden. Es war noch nicht Mitternacht, als sie den hellerleuchteten Boulevard der Hauptstadt entlangfuhren. Unterwegs war kaum ein Wort gesprochen worden. Als sie vor dem Ministerium hielten, sagte Dr. Fe: »Damit ist unsere kleine Expedition zu Ende. Ich kann nur hoffen, Professor, daß Sie sie wenigstens um einen Bruchteil so genossen haben wie wir.« Er gab ihm die Hand und lächelte ihn unter den Bogenlampen an. Dr. Antonic und der Poet sammelten ihr bescheidenes Gepäck ein. »Gute Nacht«, sagten sie. »Gute Nacht. Wir gehen von hier aus zu Fuß. Die Taxis sind so teuer – nach neun Uhr gilt der doppelte Fahrpreis.«

Sie gingen zu Fuß. Dr. Fe stieg die Treppe zum Ministerium hinauf. »Zurück an die Arbeit«, sagte er. »Ich bin dringend zu meinem Chef gerufen worden, um zu berichten. Im Neuen Neutralien wird lange gearbeitet.«

Er ging nicht verstohlen die Treppe hinauf, aber er ging schnell. Scott-King holte ihn gerade noch ein, als er in den Aufzug stieg.

»Aber wohin soll denn ich jetzt gehen?«

»Professor, unsere bescheidene Stadt gehört Ihnen. Wohin möchten Sie denn?«

»Nun, ich muß wohl in irgendein Hotel. Vorher haben wir im Ritz gewohnt.«

»Dort werden Sie sich bestimmt wohl fühlen. Sagen Sie dem

Portier, er soll Ihnen ein Taxi schicken, und passen Sie auf, daß der Fahrer Sie nicht übers Ohr haut. Doppelter Fahrpreis, aber nicht mehr.«

»Aber wir sehen uns doch morgen?«

»Hoffentlich noch *sehr* oft.«

Dr. Fe verbeugte sich, dann schloß sich die Fahrstuhltür vor seiner Verbeugung und vor seinem Lächeln.

Und in seinem Gebaren lag mehr als nur die Zurückhaltung eines feinfühligen Menschen, der in der Gemütserregung zuviel von sich selbst preisgegeben hatte.

»Offiziell«, sagte Mr. Horace Smudge, »wissen wir nicht einmal, daß Sie hier sind.«

Er blickte Scott-King über den »Unerledigt«-Korb hinweg durch sechseckige Brillengläser an und spielte dabei mit einem neumodischen Füllfederhalter; aus seiner Brusttasche schaute eine Vielzahl von Bleistiften hervor, und sein Gesicht schien sagen zu wollen, daß er jeden Moment einen Anruf auf einem der Telefone auf seinem Schreibtisch erwarte und dann Wichtigeres zu tun haben werde als das, worüber sie hier sprachen. Er war – wie der Beamte im Lebensmittelamt von Granchester, dachte Scott-King – für alle da.

Scott-Kings Leben war fern von Kanzleien verlaufen, aber einmal, vor vielen Jahren, war er in Stockholm versehentlich an eines andern Stelle zum Lunch in der britischen Botschaft eingeladen worden. Sir Samson Courtenay war damals *chargé d'affaires* gewesen, und Scott-King erinnerte sich gern an die gelassene Freundlichkeit, mit der er statt des erwarteten Ministers einen unreifen jungen Studenten empfangen hatte. Sir Samson hatte es in seinem Beruf nicht weit gebracht, aber wenigstens für einen Menschen, Scott-King, war er stets das Muster des britischen Diplomaten geblieben.

Smudge war kein Sir Samson; er war ein Kind gestrengerer Umstände und einer jüngeren Schule des Beamtentums; kein Onkel hatte an höherer Stelle ein gutes Wort für ihn eingelegt; ehrlicher Fleiß, ein klarer Kopf im Examen und echte Begeisterung für Wirtschaftsgeographie hatten ihn auf seinen derzeitigen Posten eines zweiten Botschaftssekretärs in Bellacita gebracht. »Sie haben ja keine Vorstellung«, sagte Smudge, »wie uns die ›Prioritäten‹ auf Trab halten. Schon zweimal mußte ich die Botschafterin in letzter Minute wieder aus dem Flugzeug nehmen, um Platz für ICI-Leute zu machen. Zur Zeit habe ich vier Elektroingenieure, zwei Dozenten des British Council und einen Gewerkschafter, die alle ausfliegen wollen. Offiziell haben wir von Bellorius nie etwas gehört. Die Neutralier haben Sie hergeholt. Es ist ihre Sache, Sie auch wieder nach Hause zu schaffen.«

»Ich bin drei Tage hintereinander zweimal täglich hingegangen. Der Mann, der alles organisiert hat, ein Dr. Fe, hat das Ministerium allem Anschein nach verlassen.«

»Sie können natürlich auch mit dem Zug fahren. Das kostet zwar Zeit, dürfte am Ende aber sogar schneller gehen. Ich darf doch annehmen, daß sie alle notwendigen Visa haben?«

»Nein. Wie lange kann es dauern, bis ich sie bekomme?«

»Vielleicht drei Wochen, vielleicht länger. Die alliierte Interzonenverwaltung hält die Dinge so auf.«

»Aber ich kann es mir nicht leisten, hier unbegrenzt lange zu leben. Ich durfte nur fünfundsiebzig Pfund mitbringen, und die Preise sind horrend.«

»Ja, wir hatten neulich schon so einen Fall. Ein gewisser Whitemaid. Dem war das Geld ausgegangen, und da wollte er einen Scheck einlösen, was natürlich ein krasser Verstoß gegen die Devisenbestimmungen war. Der Konsul hat sich seiner angenommen.«

»Ist er nach Hause gekommen?«

»Das bezweifle ich. Das Konsulat hat solche Leute immer als gestrandete britische Untertanen auf dem Seeweg nach Hause geschickt, wo sie dann von der Polizei in Empfang genommen wurden, aber seit dem Krieg ist das alles eingestellt worden. Ich glaube, er hatte auch etwas mit Ihrer Belloriusfeier zu tun. Die hat uns auf die eine und andere Art schon viel Arbeit gemacht. Aber bei den Schweizern war es noch schlimmer. Denen ist ein Professor ermordet worden, und so etwas zieht immer einen Sonderbericht auf Konsulentenebene nach sich. Tut mir leid, daß ich nicht mehr für Sie tun kann. Ich habe nur mit Prioritäten im Lufttransport zu tun. Sie sind wirklich ein Fall fürs Konsulat. Am besten melden Sie sich dort in ein, zwei Wochen und erklären, wie die Dinge stehen.«

Die Hitze war kaum noch zu ertragen. In den zehn Tagen, die Scott-King jetzt im Land war, schien der Sommer seine Laune zu ändern und sich zornig gegen ihn zu wenden. Das Gras auf der Plaza war grau geworden. Noch immer wurden die Straßen mit dem Schlauch abgespritzt, aber die heißen Steine waren im Nu wieder trocken. Die Saison war vorbei; die Hälfte aller Geschäfte war geschlossen, und die kleinen braunen Edelmänner hatten ihre Sessel im Ritz geräumt.

Es war nicht weit von der Botschaft zum Hotel, aber Scott-King taumelte vor Erschöpfung, als er die Drehtür erreichte. Er ging zu Fuß, denn Sparsamkeit hatte von ihm Besitz ergriffen; er konnte nicht mehr mit Genuß essen, sondern dachte bei jedem Bissen an den Preis, rechnete den Bedienungszuschlag aus, die Stempelsteuer, die Luxussteuer, stöhnte mitten im Hochsommer unter der Last des Winterhilfsfonds. Er wußte, daß er auf der Stelle aus dem Ritz hätte ausziehen müssen, doch er zögerte; einmal in einer bescheidenen kleinen Pension eingenistet, in irgendeiner abgelegenen Seitenstraße, wo nie ein Telefon klingelte und nie ein Durchreisender aus der Außenwelt seinen Fuß hinsetzte – wäre er da nicht für immer unauffindbar, untergetaucht, unkenntlich in seiner Fadheit, vergessen? Würde er irgendwann in späteren Jahren vielleicht ein verblaßtes Schildchen an der Tür hängen haben, auf dem er Unterricht in englischer Konversation anbot? Würde er nicht immer grauer und abgewetzter und feister werden von der willenlosen Übersättigung mit Verzweiflung und Elend, und schließlich dort namenlos sterben? Er war ein Erwachsener, ein Intellektueller, ein humanistischer Gelehrter, fast ein Dichter, doch er konnte nicht ohne Entsetzen in die Zukunft blicken. Also klammerte er sich ans Ritz, so leer es war, so verächtlich er sich dort behandelt fühlte, denn es war der einzige Ort in ganz Neutralien, wo er noch auf Rettung hoffen konnte. Wenn er hier auszog, wußte er, daß es für immer war. Er besaß nicht diese Selbstsicherheit, mit der die einheimische Noblesse hier Tag für Tag versitzen konnte, als wäre dies ihr angestammtes Recht. Scott-Kings einziges Recht waren seine Reiseschecks. Stündlich überschlug er seine Rechnung. Im Augenblick hatte er noch fast vierzig Pfund zur Verfügung. Wenn er auf zwanzig herunter wäre, würde er ausziehen. Jetzt aber sah er sich, wie jeden Tag, ängstlich im Speisesaal um, bevor er ausrechnete, wie billig er lunchen könne.

Und an diesem Tag wurde er belohnt. Seine Nummer wurde gezogen. Keine zwei Tische von ihm saß allein Miss Bombaum. Er stand auf, um sie zu begrüßen. Alle harten Worte, mit denen sie voneinander Abschied genommen hatten, waren vergessen.

»Darf ich mich zu Ihnen setzen?«

Sie sah auf, zuerst ohne ihn zu erkennen, dann erfreut. Vielleicht war es sein verlorener Anblick, vielleicht die Zaghaftigkeit seiner Bitte, die ihn in Miss Bombaums Augen freisprach. Vor ihr stand kein Faschistenschwein, kein reaktionärer Kannibale.

»Gewiß«, sagte sie. »Der Mann, der mich eingeladen hat, ist nicht gekommen.«

Eine schreckliche Angst überlief ihn plötzlich kalt in diesem schwülen Raum, die Angst, er müsse womöglich Miss Bombaums Essen bezahlen. Er sah, daß sie Hummer aß und Rheinwein trank.

»Ich meine, wenn Sie fertig sind«, sagte er. »Hinterher, vielleicht bei einer Tasse Kaffee im Salon.«

»Ich habe in zwanzig Minuten eine Verabredung«, sagte sie. »Nehmen Sie Platz.«

Er nahm Platz, und kaum hatte sie sich beiläufig erkundigt, da schilderte er ihr sein Unglück in allen Einzelheiten. Dabei legte er besondere Betonung auf seine finanzielle Lage und bestellte, so deutlich es ging, das bescheidenste Menü auf der Speisekarte. »Es ist ein Fehler, bei dieser Hitze nicht zu essen«, sagte Miss Bombaum. »Sie müssen bei Kräften bleiben.«

Als er mit seinem Bericht geendet hatte, sagte sie: »Na, es dürfte wohl nicht schwer sein, Sie unterzubringen. Gehen Sie in den Untergrund.«

An der schieren Verzweiflung in Scott-Kings so schon gequältem Gesicht erkannte Miss Bombaum, daß sie sich nicht klar ausgedrückt hatte.

»Sie haben doch sicher schon vom Untergrund gehört? Er ist –« sie zitierte aus einem ihrer jüngsten Artikel über das Thema – »eine alternative Landkarte Europas, wie ein Netz, das alle bestehenden Grenzen und Kommunikationswege überlagert. Es ist die neue Welt, die unter der Oberfläche der alten Gestalt annimmt. Es ist die neue übernationale Staatsbürgerschaft.«

»Na so was!«

»Passen Sie mal auf, ich habe jetzt keine Zeit, aber kommen Sie heute abend hierher, dann führe ich Sie zu dem Verbindungsmann.«

An diesem Nachmittag – seinem letzten in Bellacita, wie sich zeigte – empfing Scott-King seinen ersten Besucher. Er war auf sein Zimmer gegangen, um die Hitze des Tages zu verschlafen, als sein Telefon klingelte und eine Stimme Dr. Antonic anmeldete. Scott-King bat, ihn heraufzuschicken.

Der Kroate trat ein und setzte sich neben sein Bett.

»Sie haben also den neutralischen Brauch der *siesta* übernommen. Ich bin zu alt dafür. Ich kann mich neuen Bräuchen nicht mehr anpassen. Alles in diesem Land ist mir so fremd wie am ersten Tag, als ich hierherkam.

Heute morgen war ich im Außenministerium, um mich nach meinen Einbürgerungspapieren zu erkundigen, und da habe ich zufällig gehört, daß Sie noch hier sind. Da bin ich sofort gekommen. Ich störe doch nicht? Ich hatte gedacht, Sie wären inzwischen schon fort. Sie haben von unserm Unglück gehört? Dr. Fe ist in Ungnade gefallen. Er hat alle Ämter verloren. Außerdem hat er Schwierigkeiten mit seinem Etat. Anscheinend hat er für die Belloriusfeiern mehr ausgegeben, als das Finanzministerium ihm bewilligt hatte. Da er nicht mehr im Amt ist, hat er keinen Zugang zu den Büchern und kann sie nicht korrigieren. Es heißt, er soll vor Gericht gestellt werden, vielleicht auf die Inseln verbannt.«

»Und Sie, Dr. Antonic?«

»Ich habe immer Pech. Ich hatte mich in meiner Einbürgerungsangelegenheit ganz auf Dr. Fe verlassen. An wen soll ich mich jetzt wenden? Meine Frau meinte, Sie könnten vielleicht in England etwas für uns tun, so daß wir britische Staatsbürger werden können.«

»Da kann ich gar nichts tun.«

»Nein, ich hab's mir schon gedacht. Auch nicht in Amerika?«

»Da noch weniger.«

»Das habe ich auch zu meiner Frau gesagt. Aber sie ist Tschechin und gibt nie die Hoffnung auf. Wir Kroaten haben keine Hoffnung. Es wäre eine große Ehre, wenn Sie mitkommen und ihr das erklären könnten. Mir wird sie nicht glauben, wenn ich sage, daß es keine Hoffnung gibt. Ich habe ihr versprochen, Sie mitzubringen.«

Scott-King zog sich also an und ließ sich durch die Hitze in ein neues Viertel außen am Stadtrand führen, wo sie in eine Mietskaserne traten.

»Wir sind wegen des Aufzugs hierhergezogen. Meine Frau hatte die neutralischen Treppen satt. Aber leider funktioniert der Aufzug nicht mehr.«

Sie stiegen müde in den obersten Stock und traten in ein Wohnzimmer voller Kinder, wo die Luft schwer von Kaffeeduft und Zigarettenrauch war.

»Ich schäme mich, Sie in einem Haus ohne Aufzug empfangen zu müssen«, sagte Madame Antonic auf Französisch; dann wandte sie sich in einer andern Sprache an die Kinder. Sie dienerten und knicksten und verließen das Zimmer. Madame Antonic machte Kaffee und holte eine Schale Gebäck aus dem Schrank.

»Ich wußte, daß Sie kommen würden«, sagte sie. »Mein Mann ist zu ängstlich. Sie werden uns mit nach Amerika nehmen.«

»Liebe gnädige Frau, dort war ich selbst noch nie.«

»Dann nach England. Wir müssen dieses Land verlassen. Hier fühlen wir uns nicht wohl.«

»Ich habe selbst die allergrößten Schwierigkeiten, nach England zu kommen.«

»Wir sind anständige Leute. Mein Mann ist Diplomat. Mein Vater hatte eine eigene Fabrik in Budweis. Kennen Sie Mr. Mackenzie?«

»Nein, ich glaube nicht.«

»Er war ein *sehr* angesehener Engländer. Er würde erklären, daß wir aus guten Kreisen kommen. Er hat oft die Fabrik meines Vaters besucht. Wenn Sie Mr. Mackenzie aufsuchen, wird er uns helfen.«

So zog das Gespräch sich hin. »Wenn wir nur Mr. Mackenzie finden könnten«, wiederholte Madame Antonic, »hätte all unsere Not ein Ende.« Jetzt kamen die Kinder zurück.

»Ich gehe mit ihnen in die Küche«, sagte Madame Antonic, »und gebe ihnen etwas Marmelade, damit sie nicht lästig werden.«

»Sie sehen«, sagte Dr. Antonic, als die Tür zuging, »sie hat immer Hoffnung. Ich hoffe jetzt nicht mehr. Glauben Sie«, fragte er, »daß in Neutralien die westliche Zivilisation wiedergeboren werden kann? Daß dieses Land von der Vorsehung vor den Schrecken des Krieges bewahrt wurde, damit es zu einem Leuchtturm der Hoffnung für die Welt werden kann?«

»Nein«, sagte Scott-King.

»Sie glauben es nicht?« fragte Dr. Antonic besorgt. »Sie glauben es nicht? Ich auch nicht.«

Am Abend fuhren Miss Bombaum und Scott-King mit einem Taxi aus der Stadt und stiegen vor einem Café aus, wo sie den Mann trafen, mit dem Miss Bombaum am ersten Abend im Ritz gesessen hatte. Es wurden keine Namen genannt.

»Wer ist das, Martha?«

»Ein englischer Freund von mir, dem Sie helfen sollen.«

»Will er weit?«

»Nach England. Kann er den Chef sprechen?«

»Ich werde fragen. Ist er sauber?«

»Natürlich.«

»Gut. Warten Sie hier solange.«

Er ging zum Telefon, und als er wiederkam, sagte er: »Der Chef empfängt ihn. Wir können ihn dort absetzen und dann miteinander sprechen.«

Sie nahmen wieder ein Taxi und fuhren noch weiter aus der Stadt in eine Gegend mit Gerbereien und Schlachthöfen, die man in der heißen Dunkelheit nur am Geruch erkannte. Kurz darauf hielten sie vor einer dunklen Villa.

»Da ist es. Läuten Sie nicht. Drücken Sie nur die Tür auf.«

»Ich wünsche Ihnen eine gute Reise«, sagte Miss Bombaum.

Scott-King war kein Romanleser und darum mit der Phrase: »Es ging alles so schnell, daß er erst hinterher ...« nicht vertraut. Doch seine Situation war damit exakt beschrieben. Das Taxi fuhr fort, noch während er den Gartenweg hinaufwankte. Er drückte die Tür auf, trat in eine leere, lichtlose Diele, hörte aus einem Zimmer den Ruf »Herein«, ging hinein und sah sich in einem schäbigen Büro einem Neutralier in der Uniform eines Polizeimajors gegenüber.

Der Mann sprach ihn auf Englisch an. »Sie sind also Miss Bombaums Freund? Nehmen Sie Platz. Erschrecken Sie nicht über meine Uniform. Manche von unsern Freunden erschrekken darüber sehr. Irgend so ein dummer Junge hat mich vorige Woche zu erschießen versucht, als er mich so sah. Er glaubte an eine Falle. Sie wollen nach England, soviel ich weiß? Das ist sehr schwierig. Wenn Sie Mexiko oder Brasilien oder Schweiz gesagt hätten, wäre es leichter. Haben Sie Gründe, England vorzuziehen?«

»Ich habe Gründe.«

»Merkwürdig. Ich habe dort viele Jahre gelebt und nicht viel Schönes gesehen. Die Frauen waren unbescheiden, das Essen verdarb mir den Magen. Ich habe eine kleine Gruppe, die nach Sizilien will. Würde das es nicht auch tun?«

»Ich glaube nicht.«

»Nun, dann müssen wir mal sehen, was da zu machen ist. Haben Sie einen Paß? Da haben Sie Glück. Englische Pässe kommen zur Zeit sehr teuer. Miss Bombaum hat Ihnen doch hoffentlich erklärt, daß mein Unternehmen keine karitative Organisation ist? Wir sind dazu da, um Gewinn zu machen, und unsere Unkosten sind sehr hoch. Ich muß mich dauernd mit

Leuten herumplagen, die herkommen und meinen, ich täte das aus Liebe zur Sache. Ich liebe zwar meine Arbeit, aber Liebe allein ist nicht genug. Dieser junge Mann, den ich eben erwähnte, der mich zu erschießen versuchte – er liegt hier draußen unter der Mauer begraben –, der dachte, wir wären eine politische Organisation. Wir helfen Leuten ohne Ansehen ihrer Klasse, Rasse, Partei, Religion oder Hautfarbe – gegen Vorauszahlung in bar. Gewiß, als ich die Sache zum erstenmal in die Hand nahm, gab es gewisse Amateurgruppen, die während des Weltkriegs entstanden waren – entkommene Häftlinge, kommunistische Agenten, Zionisten, Spione und so weiter. Denen habe ich bald das Geschäft verdorben. In diesem Punkt kommt mir meine Stellung bei der Polizei zugute. Jetzt darf ich sagen, daß ich praktisch ein Monopol habe. Täglich bekommen wir mehr zu tun. Es ist nicht zu fassen, wie viele Leute ohne die erforderliche Ausstattung heuzutage unbedingt über die Grenzen wollen. Ich habe auch nützliche Beziehungen zur neutralischen Regierung. Unruhestifter, die sie gern los wäre, gehen in großer Zahl durch meine Hände. Wieviel haben Sie?«

»Ungefähr vierzig Pfund.«

»Zeigen Sie her.«

Scott-King reichte ihm sein Reisescheckheft.

»Das sind doch siebzig Pfund.«

»Ja, aber meine Hotelrechnung . . .«

»Dafür haben wir keine Zeit.«

»Tut mir leid«, sagte Scott-King mit fester Stimme, »ich kann unmöglich aus einem Hotel ausziehen, ohne meine Rechnung zu bezahlen, schon gar nicht in einem fremden Land. Es mag Ihnen lächerlich und übertrieben korrekt erscheinen, aber das ist nun einmal etwas, was ein Granchesterianer einfach nicht tut.«

Der Major war nicht der Mann, über Prinzipien zu streiten. Er nahm einen Menschen, wie er war, und in seinem humanen Gewerbe bekam er es mit mancherlei Typen zu tun.

»Ich bezahle sie jedenfalls nicht«, sagte er. »Kennen Sie sonst niemanden in Bellacita?«

»Nein.«

»Denken Sie nach.«

»In unserer Botschaft sitzt ein gewisser Smudge.«

»Dann soll Ihre Rechnung an Smudge gehen. Diese Schecks müssen noch unterschrieben werden.«

Trotz der hehren Grundsätze seiner Erziehung unterschrieb Scott-King, und die Schecks verschwanden in der Schreibtischschublade.

»Mein Gepäck?«

»Mit Gepäck geben wir uns nicht ab. Sie brechen noch heute abend auf. Eine kleine Gruppe macht sich auf den Weg zur Küste. Wir haben unser Hauptdurchgangslager in Santa Maria. Von dort werden Sie per Schiff weiterreisen, vielleicht nicht in der Luxusklasse, aber was wollen Sie? Als Engländer sind Sie doch sicher seefest.«

Er läutete mit einer Glocke auf seinem Schreibtisch und sprach mit dem Sekretär, der daraufhin erschien, ein paar Worte auf Neutralisch.

»Dieser Mann hier wird sich um Sie kümmern und Sie mit allem Notwendigen ausstatten. Sprechen Sie Neutralisch? Nein? Ist auch vielleicht ganz gut so. Wir halten in unserm Gewerbe nicht viel vom Reden, und ich muß Sie warnen, daß es strengste Disziplin zu wahren gilt. Von jetzt an stehen Sie unter Befehl. Wer widerspricht, erreicht sein Ziel nie. Leben Sie wohl, und gute Reise.«

Ein paar Stunden später holperte eine große, uralte Limousine in Richtung Küste davon. Drinnen saßen in größter Unbequemlichkeit sieben als Ursulinerinnen verkleidete Männer. Einer davon war Scott-King.

Der kleine Mittelmeerhafen Santa Maria lag dem Herzen Europas sehr nah. Zu Perikles' Zeiten hatte dort eine athenische Kolonie geblüht und dem Poseidon ein Denkmal errichtet; karthagische Sklaven hatten den Wellenbrecher gebaut und das Hafenbecken vertieft; die Römer hatten Süßwasser von den Bergquellen herangeführt; Dominikanerbrüder hatten die große Kirche errichtet, die dem Ort jetzt seinen Namen gab; die Habsburger hatten die hübsche kleine Piazza angelegt; einer von Napoleons Marschällen hatte es zu seinem Hauptquartier gemacht und einen klassischen Park hinterlassen. Die Fußabdrücke all dieser vornehmeren Eroberer waren noch deutlich sichtbar, aber Scott-King sah nichts davon, als er an diesem Morgen über das Kopfsteinpflaster zur Küste raste.

Das Durchgangslager der Untergrundorganisation war ein Lagerhaus mit drei großflächigen, durch eine Eisentreppe verbundenen Stockwerken, ohne Trennwände, mit Brettern vor den Fenstern. Es hatte nur eine Tür, bei der die Wächterin ihr großes eisernes Bettgestell aufgeschlagen hatte. Die meiste Zeit des Tages lag sie dort unter einer leichten Decke, auf der neben einem Sammelsurium von Eßwaren, Waffen und Tabak ein kleines Kissen lag, auf das sie irgendein ekklesiastisches Muster stickte. Sie hatte das Gesicht einer *tricoteuse* des Terrors. »Willkommen im modernen Europa«, sagte sie, als die Ursulinerinnen eintraten.

Das Haus war überfüllt. In den sechs Tagen, die Scott-King dort zubrachte, konnte er die meisten Gruppen, die dort herumlungerten, an ihrer Sprache identifizieren. Es waren eine Abteilung slowenischer Royalisten, ein paar Algerier, die Reste einer syrischen Anarchistenorganisation, zehn geduldige türkische Prostituierte, vier französische pétainistische Millionäre, ein paar bulgarische Terroristen, ein halbes Dutzend ehemalige Gestapoleute, ein italienischer Fliegermarschall mit Gefolge, eine ungarische Balletttruppe, ein paar portugiesische Trotzkisten.

Die englischsprechenden Gruppen bestanden vorwiegend aus bewaffneten Deserteuren der britischen und amerikanischen Befreiungsarmeen. Sie hatten große Geldsummen ins Futter ihrer Kleidung eingenäht, den Lohn für vielmonatigen Schwarzhandel in den Häfen des Mittelmeers.

Nur in der Stunde vor Morgengrauen tat sich hier etwas; dann kam der zuständige Offizier, der offenbar der Gatte der Wachhexe an der Tür war, mit Listen und einer Handvoll Pässen; ein Appell wurde abgehalten und eine Gruppe auf die Reise geschickt. Tagsüber spielten die Soldaten Poker – fünfzig Dollar Grundeinsatz und jeweils hundert Dollar Erhöhung. Manchmal kamen im Schutz der Dunkelheit neue Flüchtlinge an. Die Gesamtzahl der Lagerinsassen blieb einigermaßen konstant.

Am sechsten Tag gab es schließlich große Aufregung. Es begann am Mittag mit dem Besuch des Polizeichefs. Er kam mit Seitengewehr und Epauletten und sprach erregt und unwirsch auf Neutralisch mit dem Lagerleiter.

Einer der Amerikaner, der sich während seines Aufenthalts in der Alten Welt mehr Sprachen angeeignet hatte als die meisten Diplomaten, erklärte: »Der Kerl in dem Karnevalskostüm hat gesagt, wir müssen Hals über Kopf hier raus. Ein neuer Offizier will das Nest hier anscheinend ausräuchern.«

Als der Polizeichef fort war, diskutierte der Lagerleiter die Lage mit seiner Frau. »Die Alte sagt, sie sollten uns doch einfach ausliefern und die Belohnung kassieren. Er sagt, zum Teufel, die Belohnung ist wahrscheinlich der Strick. Hier liegen wahrscheinlich ein paar Leichen im Garten herum.«

Kurz darauf erschien ein Kapitän, der Griechisch sprach. Alle Untergrundreisenden saßen stocksteif da und lauschten, und hier und da erhaschten sie ein Wort. »Der Kerl hat ein Schiff, das uns wegbringen kann.«

»Wohin?«

»Irgendwohin. Die scheinen mehr an Geld interessiert zu sein als an Geographie.«

Man wurde handelseinig. Der Kapitän ging, und der Untergrundschaffner erklärte jeder Sprachgruppe einzeln, daß es eine kleine Planänderung gebe. »Machen Sie sich keine Sorgen«, sagte er. »Bewahren Sie Ruhe. Es ist alles in Ordnung. Wir werden für Sie sorgen. Sie werden alle mit der Zeit da ankommen, wo Sie wollen. Im Augenblick müssen Sie nur schnell und in aller Stille hier verschwinden, das ist alles.«

Und so ließ die seltsam gemischte Gruppe sich nach Anbruch der Dunkelheit widerspruchslos an Bord eines Schoners bringen. Noahs Tiere können über Sinn und Zweck ihrer Reise nicht weniger informiert gewesen sein, als sie an Bord gingen. Das kleine Schiff war für solche Fracht nicht gebaut. Sie stiegen in einen dunklen Frachtraum hinunter; die Luken wurden geschlossen; das unverkennbare Geräusch von losgemachten Leinen drang in ihr Holzgefängnis; ein Hilfsdiesel sprang an; Segel wurden gesetzt; und bald darauf befanden sie sich bei sehr häßlichem Wetter auf hoher See.

Dies ist die Geschichte eines Sommerurlaubs; es ist nur eine unterhaltende Geschichte, in der schlimmstenfalls einmal von großen Unannehmlichkeiten und intellektuellen Zweifeln die Rede ist. Es wäre höchst unpassend, hier von den Abgründen der menschlichen Seele zu berichten, von der Angst und Verzweiflung der nächsten Tage in Scott-Kings Leben. Selbst der komischen Muse, dieser flatterhaften, abenteuerlustigen unter den himmlischen Schwestern, der so wenig Menschliches verschlossen bleibt, die in nahezu jeden Kreis paßt und an fast jeder Tür willkommen ist – selbst ihr ist an manchen Orten der Zutritt verboten. Verlassen wir also Scott-King jetzt auf hoher See und treffen ihn wieder, wie er zuletzt – traurig verändert –

doch noch im Hafen landet. Die Luken werden geöffnet, die Augustsonne wirkt kalt und atemlos, die mediterrane Luft ist frisch und frühlingshaft, als er endlich an Deck steigt. Soldaten; Stacheldrahtzäune; ein wartender Lastwagen; eine Fahrt durch sandiges Land; dann wieder Soldaten, wieder Stacheldraht. Die ganze Zeit ist Scott-King halb benommen. Er kommt erstmals wieder voll zu Bewußtsein, als er splitternackt in einem Zelt sitzt und ein Mann in Khaki ihm mit einem Lineal aufs Knie klopft.

»Sagen Sie, Doktor, den Mann kenne ich.« Er schaut auf in ein Gesicht, das ihm irgendwie bekannt vorkommt. »Sie *sind* doch Mr. Scott-King, ja? Mein Gott, was machen Sie denn hier bei diesem Haufen, Sir?«

»Lockwood! Meine Güte, Sie waren in meiner Griechisch-Klasse! Wo bin ich hier?«

»Lager 64 für illegale jüdische Einwanderer, Palästina.«

In Granchester begann in der dritten Septemberwoche wieder die Schule. Am ersten Abend saß Scott-King im Gemeinschaftsraum der Lehrer und hörte zu, wie Griggs von seiner Auslandreise erzählte. »Man bekommt einen andern Blick für die Dinge, wenn man mal für eine Weile aus England rauskommt. Was haben Sie denn gemacht, Scottie?«

»Ach, nichts Besonderes. Ich habe Lockwood getroffen. Sie erinnern sich gewiß. Ein trauriger Fall. Todsicherer Kandidat fürs Balliol-Stipendium, und dann mußte er zur Armee.«

»Ich dachte, da sei er immer noch. Typisch Scottie, daß er uns nach acht Wochen Abwesenheit nichts anderes zu erzählen weiß, als daß er einen Musterschüler wiedergetroffen hat. Wenn Sie uns jetzt erzählen, daß Sie auch noch was gearbeitet haben, würd's mich nicht wundern, Sie alter Streikbrecher.«

»Ich fühle mich, ehrlich gesagt, ein bißchen *désœuvré*. Muß mir ein neues Gebiet suchen.«

»Sind Sie mit dem alten Bellorius endlich fertig?«

»Restlos fertig.«

Später wurde Scott-King zum Direktor gerufen.

»Wissen Sie schon«, sagte er, »daß wir dieses Jahr mit fünfzehn humanistischen Schülern weniger anfangen als im letzten Quartal?«

»Mit dieser Zahl habe ich ungefähr gerechnet.«

»Wie Sie wissen, bin ich selbst ein alter Humanist. Ich beklage das genauso wie Sie. Aber was sollen wir machen? Die Eltern sind nicht mehr daran interessiert, ihre Kinder zu ›ganzen Menschen‹ zu machen. Sie wollen ihre Söhne auf ihre Aufgabe in der modernen Welt vorbereiten. Das kann man ihnen kaum verdenken, oder?«

»O doch«, sagte Scott-King. »Ich kann's, und ich tu's.«

»Ich sage immer, Sie sind hier ein viel wichtigerer Mann als ich. Granchester wäre ohne Scott-King einfach unvorstellbar. Aber haben Sie schon einmal daran gedacht, daß wir eines Tages womöglich gar keine humanistischen Schüler mehr haben werden?«

»O ja, schon oft.«

»Was ich sagen wollte – ich meine, könnten Sie nicht einmal überlegen, ob Sie zur Altphilologie nicht noch ein anderes Fach hinzunehmen möchten? Zum Beispiel Geschichte, am besten Wirtschaftsgeschichte?«

»Nein, Herr Direktor.«

»Aber es könnte doch gewissermaßen eine Krise auf uns zukommen.«

»Ja, Herr Direktor.«

»Und was wollen Sie dann tun?«

»Wenn Sie einverstanden sind, Herr Direktor, bleibe ich hier so lange, wie auch nur ein einziger Schüler alte Sprachen lernen will. Ich halte es wirklich für etwas ausgesprochen Böses, junge Menschen auf die moderne Welt vorzubereiten.«

»Das ist sehr kurzsichtig, Scott-King.«

»Da bin ich, bei allem Respekt, Herr Direktor, völlig anderer Meinung als Sie. Ich halte das für die weitsichtigste Entscheidung, die man überhaupt treffen kann.«

Wer zuerst kommt, mahlt zuerst

1

Als Mrs. Kent-Cumberlands ältester Sohn (in einer teuren Londoner Entbindungsklinik) zur Welt kam, wurde auf Tomb Beacon ein Freudenfeuer angezündet; es verzehrte drei Fäßchen Teer, einen gewaltigen Holzstoß und – wie es so ging, weil die Flammen sich im trockenen Ginster rasch ausbreiteten und die getreuen Pächter zum Löschen zu beschwipst waren – die gesamte Vegetation des Tomb Hill.

Sowie Mutter und Sohn reisefähig waren, fuhren sie standesgemäß aufs Land, wo die Dorfstraße beflaggt war und Spaliere von Immergrünzweigen die hübschen palladianischen Eingangstore zum Herrenhaus zudeckten. Es gab Festessen für die Bauern, sowohl auf Tomb als auch auf dem Kent-Cumberland-Gut in Norfolk, und es wurde widerspruchslos für ein versilbertes Tablett gespendet.

Die Taufe wurde mit einem Gartenfest begangen. Eine Prinzessin übernahm in Vertretung die Patenschaft, und der Junge sollte auf Gervase Peregrine Mountjoy St. Eustace hören – lauter Namen, die in der Familiengeschichte einen großen Klang hatten.

Während der Zeremonie mit anschließender Gratulationscour bewahrte Gervase eine Haltung, die durch ihre phlegmatische Würde alle Anwesenden in der hohen Meinung bestärkte, die man sich über seine Fähigkeiten bereits gebildet hatte.

Nach dem Gartenfest wurden Feuerwerke abgebrannt, und nach den Feuerwerken hatten die Gärtner eine harte Woche lang mit Aufräumen zu tun. Danach lief das Leben der Kent-Cumberlands wieder weiter in seinen beschaulichen Bahnen, bis Mrs. Kent-Cumberland knapp zwei Jahre später – sehr zu ihrem Verdruß – feststellte, daß sie erneut ein Kind bekommen werde.

Das zweite Kind kam im August in einem protzigen modernen Haus an der Ostküste zur Welt, das man für den Sommer genommen hatte, um Gervase die Wohltaten der Seeluft zukommen zu lassen. Geburtshelfer war der Dorfarzt, der Mrs. Kent-Cumberland mit seinem Mittelschichtakzent abstieß und im entscheidenden Moment sehr viel mehr Geschick an den Tag legte als der Londoner Spezialist.

In den tristen Wartemonaten hatte Mrs. Kent-Cumberland sich an der Hoffnung aufgerichtet, sie werde vielleicht eine Tochter bekommen. Auf Gervase, der sich ein wenig unzugänglich entwickelte, konnte ein hübsches, zwei Jahre jüngeres Schwesterchen mit seinem gütigen Wesen nur einen günstigen Einfluß haben. Sie würde debütieren, wenn er nach Oxford ging, und ihn so vor den beiden Extremen schlechter Gesellschaft bewahren, die diesen Lebensabschnitt bedrohten – dem Bücherwurm und dem Taugenichts. Zu Ferien und Feiertagen würde sie die allerliebsten Freundinnen mit nach Hause bringen. Mrs. Kent-Cumberland hatte sich alles genau überlegt. Als sie dann einen zweiten Sohn bekam, nannte sie ihn Thomas und war während der Genesung unleidlich und mit den Gedanken bei der kommenden Jagdsaison.

2

Die Brüder wuchsen zu zwei robusten, nicht weiter bemerkenswerten kleinen Jungen heran; abgesehen von den zwei Jahren Altersunterschied standen sie einander in nichts nach. Beide waren rötlichblond, beherzt und, wenn es sein mußte, wohlerzogen. Beide waren nicht besonders sensibel, talentiert, empfindlich oder fühlten sich mißverstanden. Beide akzeptierten die bedeutendere Stellung des älteren Gervase, wie sie seine Überlegenheit an Kraft und Wissen akzeptierten. Aber Mrs. Kent-Cumberland war eine gerechte Frau, und wenn beide in irgendeine Schelmerei verwickelt waren, erhielt Gervase als der Ältere die schwerere Strafe. Tom fand seine Bedeutungslosigkeit im ganzen vorteilhaft, denn sie stellte ihn von den zahllosen kleinen Gesellschaftspflichten frei, die auf Gervase zukamen.

3

Im Alter von sieben Jahren wünschte Tom sich sehnlichst ein Tretauto, ein teures Spielzeug, in das man sich hineinsetzen und in dem man im Garten umherkutschieren konnte. Wochenlang betete er jeden Abend und fast jeden Morgen ausdauernd darum. Weihnachten nahte.

Gervase besaß ein schmuckes Pony und durfte oft mit zur Jagd. Tom war die meiste Zeit des Tages allein, und seine Gedanken kreisten sehr viel um das Auto. Schließlich vertraute er seinen Wunsch einem Onkel an. Der Onkel hielt nicht übermäßig viel von teuren Geschenken, schon gar nicht für Kinder (denn er war ein Mann von bescheidenen Mitteln und kostspieligen Lebensgewohnheiten), aber der so inständige Wunsch des Neffen beeindruckte ihn.

»Das arme Kerlchen«, dachte er bei sich, »anscheinend ist immer nur alles für seinen Bruder da«, und als er nach London zurückkam, bestellte er für Tom ein Tretauto. Es kam ein paar Tage vor Weihnachten an und wurde zusammen mit den andern Geschenken auf dem Speicher deponiert. Am Heiligabend kam Mrs. Kent-Cumberland sie inspizieren. »Wie nett«, sagte sie jedesmal, wenn sie die Aufschrift las, »wie nett.«

Das Tretauto war mit Abstand das größte Stück. Es war knallrot und hatte elektrisches Licht, Hupe und Ersatzrad.

»Aber wirklich«, sagte sie, »wie *ausgesprochen* nett von Ted.«

Dann sah sie sich die Aufschrift etwas näher an. »Aber wie dumm von ihm! Er hat ja *Toms* Namen daraufgeschrieben.«

»Für Master Gervase ist dieses Buch gekommen«, sagte das Kindermädchen und zeigte ein Buch mit dem Kärtchen: »Für Gervase, mit den besten Wünschen von Onkel Ted.«

»Natürlich haben die im Laden die Pakete vertauscht«, sagte Mrs. Kent-Cumberland. »Das kann nicht für Tom bestimmt sein. Stellen Sie sich mal vor, es muß seine sechs bis sieben Pfund gekostet haben.«

Sie vertauschte die Kärtchen und ging mit dem frohen Gefühl, einen offensichtlichen Justizirrtum korrigiert zu haben, nach unten, um das Schmücken des Christbaums zu beaufsichtigen.

Am nächsten Morgen wurden die Geschenke ausgepackt. »Menschenskind, Ger, hast *du* ein Glück«, rief Tom beim Anblick des Autos. »Darf ich mal darin fahren?«

»Ja, aber sei vorsichtig. Die Nanny sagt, es ist furchtbar teuer.«

Tom drehte zwei Runden im Zimmer. »Darf ich manchmal damit in den Garten?«

»Du kannst es immer haben, wenn ich zur Jagd bin.«

Im Lauf der Woche schrieben sie ihre Dankesbriefe an den Onkel.

Gervase schrieb:

Lieber Onkel Ted,

vielen Dank für das schöne Geschenk. Es ist wunderbar. Dem Pony geht es sehr gut. Ich werde wieder zur Jagd reiten, bevor ich in die Schule zurück muß. Viele Grüße von

Gervase

Lieber Onkel Ted (schrieb Tom),

Vielen Dank für das schöne Geschenk. Genau das habe ich mir immer gewünscht. Noch mal vielen Dank und viele Grüße von

Tom

»So, und das ist alles! So ein undankbarer Lümmel«, dachte Onkel Ted und nahm sich vor, künftig sparsamer zu schenken.

Doch als Gervase wieder zur Schule ging, sagte er zu Tom: »Du kannst das Auto haben und behalten.«

»Was, für *immer?*«

»Ja. Ist doch sowieso ein Kinderspielzeug.«

Und mit diesem Akt der Großherzigkeit steigerte er Toms Achtung und Liebe zu ihm vielhundertfach.

4

Der Krieg kam und veränderte das Leben der beiden Jungen von Grund auf. Sie trugen keine der Neurosen davon, mit denen die Pazifisten drohten. Die Luftangriffe zählten zu Toms schönsten Erinnerungen, denn da wurde die ganze Schule mitten in der Nacht geweckt und mußte rasch in den Keller hinunter, und dort lagen sie alle in Daunendecken gehüllt und wurden von der Hausmutter, die in ihrem Flanellnachthemd überaus lächerlich aussah, mit Kakao und Kuchen verwöhnt. Einmal wurde in Sichtweite der Schule ein Zeppelin abgeschossen. Sie drängten sich alle an die Schlafsaalfenster, um ihn in einem rosa Feuerball langsam zur Erde sinken zu sehen. Ein sehr junger Lehrer, der aus gesundheitlichen Gründen für den Kriegsdienst untauglich war, tanzte auf dem Tennisplatz des Direktors und schrie: »Da brennen sie, die Kindermörder!« Tom legte sich eine Sammlung von »Kriegsandenken« an, worunter sich ein erbeuteter deutscher Stahlhelm, Granatsplitter, die *Times* vom 4. August 1914, Uniformknöpfe, Patronenhülsen und Mützenabzeichen befanden. Sie galt als die beste in der ganzen Schule.

Das Ereignis, das die Beziehung der beiden Brüder radikal veränderte, war der Tod ihres Vaters Anfang 1915. Sie hatten ihn beide nicht besonders gut gekannt oder besonders geliebt. Als Abgeordneter seines Wahlkreises im Unterhaus war er sehr viel in London gewesen, während die Kinder auf Tomb blieben. Seit er auch noch eingerückt war, hatten sie ihn überhaupt nur noch dreimal gesehen. Gervase und Tom wurden aus dem Klassenzimmer gerufen und durch die Frau des Direktors vom Tod ihres Vaters unterrichtet. Sie weinten, weil man das von ihnen erwartete, und ein paar Tage wurden sie von Lehrern und Mitschülern sehr zuvorkommend behandelt.

Erst in den nächsten Ferien bekamen sie die Bedeutung dieser Veränderung vor Augen geführt. Mrs. Kent-Cumberland war plötzlich viel empfindsamer – und viel knauseriger. Sie neigte zu nie gekannten Tränenausbrüchen, wobei sie dann Gervase an sich drückte und rief: »Mein armer vaterloser Junge!« Und dann wieder sprach sie schwermütig von Erbschaftssteuern.

5

Ein paar Jahre blieben die »Erbschaftssteuern« ein stehender Begriff im Haus.

Als Mrs. Kent-Cumberland das Londoner Haus vermietete, als sie auf Tomb einen Gebäudeflügel schloß, als sie das Personal auf vier Dienstboten und zwei Gärtner verkleinerte, als sie die Blumenbeete »fahren ließ«, als sie ihren Bruder Ted nicht mehr zu Besuch einlud, als sie die Ställe leerte und sich geradezu fanatisch gegen die Benutzung des Wagens sperrte; wenn das Badewasser kalt war und es keine neuen Tennisbälle gab, wenn die Schornsteine verschmutzt waren und auf dem Rasen Schafe weideten, wenn Tom die abgelegten Sachen von Gervase nicht mehr paßten, wenn sie ihm in der Schule die »Extraausgaben« für Handwerksstunden und Morgenmilch strich – stets war die »Erbschaftssteuer« schuld.

»Alles für Gervase«, erklärte Mrs. Kent-Cumberland. »Wenn er den Besitz übernimmt, soll er ihn schuldenfrei übernehmen, wie sein Vater.«

6

Im Jahr nach ihres Vaters Tod kam Gervase nach Eton. Normalerweise wäre Tom ihm zwei Jahre später dorthin gefolgt, aber in ihrem neuen Hang zur Sparsamkeit machte Mrs. Kent-Cumberland diese Anmeldung rückgängig und erkundigte sich im Bekanntenkreis nach den weniger berühmten und weniger teuren Privatschulen. »Die Erziehung ist genausogut«, sagte sie, »und viel geeigneter für einen jungen Mann, der in der Welt seinen eigenen Weg zu machen hat.«

Tom fühlte sich durchaus wohl auf der Schule, auf die man ihn schickte. Sie war sehr trist und sehr neu, sehr bekömmlich, progressiv und in dem Aufschwung, den die höhere Bildung in den unmittelbaren Nachkriegsjahren erlebte, auch ganz einträglich und alles in allem »durch und durch geeignet für einen jungen Mann, der in der Welt seinen eigenen Weg zu machen hat.« Er hatte mehrere Freunde, die er in den Ferien nicht mit nach Hause bringen durfte. Er wurde in die Schwimm- und in die Handballmannschaft seiner Schule aufgenommen, spielte ein paarmal in der zweiten Cricketmannschaft und war Zugführer im Kadettenkorps; er ging in die sechste Klasse, schaffte im letzten Jahr die Hochschulreife, wurde Aufsichtsschüler und genoß das Vertrauen des Hausvaters, der ihn als einen »sehr ordentlichen Kerl von einem Jungen« bezeichnete. Er verließ die Schule mit achtzehn und ohne das mindeste Verlangen, sie oder einen seiner Lehrer oder Mitschüler je wiederzusehen.

Gervase ging damals aufs Christ Church College. Tom besuchte ihn dort einmal, aber die großartigen Etonianer, die da in der Wohnung seines Bruders ein- und ausgingen, verschüchterten und deprimierten ihn. Gervase war der Großkotz, der mit dem Geld um sich warf und sich eine schöne Zeit machte. Er gab in seiner Wohnung eine Party, aber Tom saß stumm dabei, betrank sich, um seine Verlegenheit zu überspielen, und mußte sich später auf dem Peckwater-Hof heftig übergeben. Am Tag darauf kehrte er zutiefst bedrückt nach Tomb zurück.

»Tom ist ja nicht unbedingt ein Gelehrtentyp«, sagte Mrs. Kent-Cumberland zu ihren Freundinnen. »Natürlich bin ich froh, daß er es nicht ist. Andernfalls wäre es vielleicht nur recht und billig gewesen, das Opfer zu bringen und ihn auf die Universität zu schicken. Aber so ist es nur um so besser, je eher er auf den Weg gebracht wird.«

7

Das aber – Tom »auf den Weg« zu bringen – erwies sich als eine schwierige Angelegenheit. Während der Erbschaftssteuerepoche hatte Mrs. Kent-Cumberland sich von vielen ihrer Freunde ferngehalten; jetzt warf sie vergebens die Angel nach jemandem aus, der Tom irgendwo hätte »unterbringen« können. Es wurde Wirtschaftsprüfung vorgeschlagen, Steuerberatung, Immobilienvermittlung, »die City«, doch alles wurde wieder verworfen. »Dummerweise hat er gar keine speziellen Fähigkeiten«, erklärte sie. »Er ist vielseitig – einer von denen, die überall ihren Mann stehen können – aber er hat natürlich kein Kapital.«

August, September und Oktober vergingen; Gervase war

wieder in Oxford und bewohnte eine schicke Wohnung in der High Street, während Tom weiter ohne Beschäftigung zu Hause blieb. Tag für Tag setzten er und seine Mutter sich zum Mittag- und Abendessen hin, und seine dauernde Gegenwart stellte Mrs. Kent-Cumberlands Geduld auf eine harte Probe. Sie selbst war unablässig beschäftigt, und während sie emsig ihren Pflichten nachging, schockierte und ärgerte es sie jedesmal, wenn sie die kräftige Gestalt ihres Sohnes im Damenzimmer auf dem Sofa liegen oder an der steinernen Terrassenbrüstung lehnen und apathisch über eine wohlvertraute Landschaft starren sah.

»Kannst du dir nicht *irgendeine* Beschäftigung suchen?« klagte sie oft. »In und an einem Haus gibt es doch *immer* was zu tun. Ich habe weiß Gott nie einen Augenblick Ruhe.« Und als er eines Nachmittags von Nachbarn eingeladen war und zu spät zurückkam, um sich noch zum Abendessen umzuziehen, sagte sie: »Aber wirklich, Tom, man sollte meinen, *du* hättest die Zeit dafür.«

»Es ist eine sehr ernste Sache«, bemerkte sie bei anderer Gelegenheit, »wenn ein junger Mann in deinem Alter aus der Gewohnheit des Arbeitens kommt. Es untergräbt seine Moral.«

Und so verfiel sie schließlich auf das seit Jahrhunderten beim Landadel bewährte Hausrezept, ihn die Bibliothek katalogisieren zu lassen. Diese bestand aus einer umfangreichen, verstaubten Büchersammlung, von Generationen um Generationen einer Familie zusammengetragen, in der sich noch nie einer als großer Mäzen der Literatur hervorgetan hatte; die Bibliothek war schon einmal um die Mitte des neunzehnten Jahrhunderts in der spinnwebeartigen altjüngferlichen Handschrift eines armen Verwandten katalogisiert worden; seitdem war nichts Nennenswertes hinzugekommen oder verändert worden; dennoch kaufte Mrs. Kent-Cumberland eine Vitrine aus dunklem

Eichenholz und ein paar Karteikästchen und erklärte Tom, nach welchem System sie die Regale umnumiert und die Bücher je zweimal unter Autor und Thema erfaßt haben wollte.

Es war ein System, mit dem ein junger Mann eine Weile zu tun haben würde, und so ärgerte es sie, als sie ihn schon ein paar Tage nach Arbeitsbeginn bei einem Überraschungsbesuch am Arbeitsplatz lesend in einem Sessel sitzen oder vielmehr, mit den Füßen auf einer Sprosse des Bibliothekstritts, halb liegen sah.

»Freut mich, daß du etwas Interessantes gefunden hast«, sagte sie in einem Ton, der wenig Freude ausdrückte.

»Also, ehrlich gesagt, ich glaube, ja«, sagte Tom und zeigte ihr das Buch.

Es war ein handgeschriebenes Tagebuch, das ein Colonel Jasper Cumberland während des Peninsularkriegs geführt hatte. Es besaß keine ungeahnten literarischen Vorzüge, und die Kritik am Generalstab warf auch kein neues Licht auf die Strategie dieses Feldzugs, aber es war eine lebendige, hautnahe Schilderung jener Tage und atmete den Hauch seiner Zeit; eingestreut waren ein paar lustige Anekdötchen, spannende Geschichten von Fuchsjagden hinter den Linien von Torres Vedras, ein Besuch des Herzogs von Wellington in der Offiziersmesse, eine drohende Meuterei, die noch nicht in die Geschichtsschreibung eingegangen war, der Sturm auf Badajoz; dazwischen ein paar anzügliche Bemerkungen über portugiesische Frauen und ein paar fromme Gedanken über Patriotismus.

»Ich habe schon mal gedacht, ob das nicht wert wäre, veröffentlicht zu werden«, meinte Tom.

»Das glaube ich kaum«, antwortete seine Mutter. »Aber ich zeige es auf alle Fälle Gervase, wenn er wieder hier ist.«

Für den Augenblick brachte der Fund ein wenig Abwechslung in Toms Leben. Er befaßte sich mit der Geschichte jener

Epoche sowie seiner Familie. Jasper Cumberland identifizierte er als einen »jüngeren Sohn« von damals, der später nach Kanada ausgewandert war. In den Archiven fanden sich Briefe von ihm, darunter die Nachricht von seiner Verehelichung mit einer Papistin, die offenbar die Bindung zwischen ihm und seinem älteren Bruder zerrissen hatte. Im Salon fand er in einem Kästchen mit unkatalogisierten Miniaturen das Porträt eines gutaussehenden, backenbärtigen Soldaten, den er nach einer längeren Beschäftigung mit historischen Uniformen unschwer als den Tagebuchschreiber erkannte.

Und bald schon war Tom dabei, seine Notizen in seiner krakeligen, unausgereiften Handschrift zu einem Essay zusammenzufassen. Seine Mutter sah es mit vorbehaltlosem Wohlwollen. Es freute sie, ihn beschäftigt zu sehen, und es freute sie, daß er so interessierten Anteil an der Geschichte seiner Familie nahm, hatte sie doch schon ein wenig gefürchtet, den Jungen womöglich zum Sozialisten gemacht zu haben, indem sie ihn auf eine »traditionslose« Schule geschickt hatte. Und als sich kurz vor Weihnachten eine Arbeitsstelle für Tom auftat, nahm sie seine Notizen in ihre Obhut. »Gervase wird sich gewiß sehr dafür interessieren«, sagte sie. »Vielleicht findet er es sogar lohnenswert, sie einem Verleger zu zeigen.«

8

Die Arbeit, die sich für Tom gefunden hatte, konnte man nicht von vornherein lukrativ nennen, aber, wie seine Mutter sagte, immerhin ein Anfang. Er sollte in Wolverhampton die Autobranche von der Pike auf kennenlernen. Die ersten beiden Jahre sollte er in der Fabrik arbeiten, und falls er dann Talent zeigte, würde er in den Verkaufsraum eines Londoner Automobilsalons aufsteigen. Anfangs bekam er fünfunddreißig Shilling die Woche, aufgebessert durch ein Taschengeld von einem Pfund. Man fand ein Zimmer für ihn über einem Obst- und Gemüseladen am Stadtrand, und Gervase schenkte ihm seinen alten Zweisitzer, mit dem er zwischen Arbeitsplatz und Wohnung hin und her fahren und gelegentlich zum Wochenende nach Hause kommen konnte.

Bei einem dieser Besuche daheim erfuhr er dann von Gervase, daß ein Londoner Verleger das Tagebuch gelesen habe und Chancen dafür sähe. Sechs Monate später erschien es unter dem Titel: *Journal eines englischen Kavallerieoffiziers im Peninsularkrieg. Herausgegeben und mit Anmerkungen sowie einer biographischen Einführung versehen von Gervase Kent-Cumberland.* Das Miniaturporträt zierte das Büchlein als Titelbild, und im Innern fanden sich eine Collotypie des Originalmanuskripts, ein zeitgenössischer Stich von Tomb Park und eine Landkarte zur Schlacht. Es erreichte eine verkaufte Auflage von fast zweitausend Exemplaren zu zwölfeinhalb Shilling und wurde in der einen und anderen Samstags- oder Sonntagszeitung anerkennend erwähnt.

Das Erscheinen des Tagebuchs fiel fast auf den Tag mit Gervases einundzwanzigstem Geburtstag zusammen. Das Ereignis wurde mit einem langen, rauschenden Fest begangen, gipfelnd in einem Ball, bei dem auch Toms Gegenwart gewünscht wurde.

Er fuhr nach der Arbeit nach Hause, kam gerade zum Abendessen zurecht und fand das Haus gefüllt mit etwa dreißig Festgästen und im übrigen völlig verwandelt.

Sein Zimmer war von einem Gast belegt (»denn du bleibst ja doch nur für eine Nacht«, erklärte seine Mutter). Er wurde in die Cumberland Arms geschickt, wo er sich bei Kerzenlicht in einem winzigen Zimmerchen über der Bar umzog, um dann zu spät und ein wenig außer Atem zum Abendessen zu erscheinen, wo er zwischen zwei hübschen Mädchen saß, die weder wußten, wer er war, noch es der Mühe wert fanden, danach zu fragen. Der anschließende Tanz fand in einem Zelt auf der Terrasse statt, das ein Londoner Partydienst zur halbwegs gelungenen Kopie eines Pont-Street-Salons gemacht hatte. Tom tanzte ein paarmal mit Töchtern von Nachbarsfamilien, die er von klein auf kannte. Sie fragten ihn nach Wolverhampton und seiner Arbeit aus. Er mußte andern Morgens früh aufstehen; um Mitternacht verzog er sich in sein Herbergsbett. Der Abend hatte ihn gelangweilt, denn er war verliebt.

9

Er hatte ja daran gedacht, seine Mutter zu fragen, ob er seine Verlobte zum Ball mitbringen dürfe, aber nach nochmaligem Nachdenken hatte er bei aller Liebesblindheit eingesehen, daß es nicht ging. Das Mädchen hieß Gladys Cruttwell. Sie war zwei Jahre älter als er und hatte flaumiges, strohblondes Haar, das sie einmal wöchentlich zu Hause wusch und vor dem Gasofen trocknete; am Tag nach der Kopfwäsche war es sehr hell und seidig; gegen Ende der Woche war es etwas dunkler und leicht fettig. Sie war tugendhaft, zärtlich, selbstbewußt, ruhig, unintelligent und couragiert, aber Tom kam nicht um die Einsicht herum, daß sie auf Tomb nicht gut ankommen würde.

Sie arbeitete im Büro der Firma. Tom hatte sie an seinem zweiten Tag dort über den Hof tänzeln sehen, pünktlich wie die Uhr, barhäuptig (am Tag nach der Kopfwäsche), in einem selbstgestrickten wollenen Kostüm. Er kam in der Kantine mit ihr ins Gespräch, indem er ihr mit einer in so einem Betrieb nicht selbstverständlichen Ritterlichkeit den Vortritt ließ. Daß er ein Auto besaß, brachte ihn gegenüber den andern jungen Männern in der Fabrik eindeutig in Vorteil.

Sie stellten fest, daß sie nur ein paar Straßen weit voneinander entfernt wohnten, und bald gewöhnte Tom sich an, sie morgens abzuholen und abends wieder nach Hause zu bringen. Er blieb dann vor ihrem Törchen im Wagen sitzen und hupte, und sie kam zu ihm herausgelaufen. Als der Sommer nahte, unternahmen sie auch Spazierfahrten über die baumbeschatteten Landstraßen von Warwickshire. Im Juni verlobten sie sich. Es war ein Erlebnis für Tom, das ihn ganz aus dem Häuschen brachte, fast schwindlig machte, doch er hatte Hemmungen, seiner Mutter etwas davon zu sagen. »Es ist schließlich etwas anderes, als wenn ich Gervase wäre«, dachte er zwar, aber im tiefsten Herzen wußte er genau, daß er Ärger bekommen würde.

In den Kreisen, aus denen Gladys stammte, waren lange Verlöbnisse gang und gäbe; Heirat lag in weiter Ferne; eine Verlobung bedeutete für sie nur das öffentliche Bekenntnis dazu, daß sie ihre Freizeit miteinander verbrachten. Ihre Mutter, bei der sie wohnte, akzeptierte ihn unter dieser Voraussetzung. Irgendwann, in ein paar Jahren, wenn Tom seinen festen Platz in einem Londoner Autosalon hatte, war immer noch Zeit, ans Heiraten zu denken. Aber Tom war in eine weniger geduldige Tradition hineingeboren. Im Herbst begann er von Heirat zu sprechen.

»Das wäre herrlich«, sagte Gladys in einem Ton, als spräche sie von einem Tombolagewinn.

Er hatte bisher noch sehr wenig von seiner Familie erzählt. Gladys wußte nur ungefähr, daß diese in einem großen Haus wohnte, aber das war eine Welt, die ihr nie als wirklich vorgekommen war. Sie wußte, daß man dort Herzoginnen und Marquisen in einer sogenannten Gesellschaft traf; man begegnete ihnen in Zeitungen und Filmen. Sie wußte, daß es Direktoren mit sehr hohen Gehältern gab; aber Menschen wie Gervase oder Mrs. Kent-Cumberland, die sich wirklich für etwas ganz anderes hielten als sie selbst, waren ihr noch nie begegnet. Als sie zu guter Letzt dann doch einmal zusammenkamen, war Mrs. Kent-Cumberland äußerst liebenswürdig, und Gladys hielt sie für eine sehr nette alte Dame. Aber Tom wußte, daß die Begegnung eine Katastrophe war.

»Das Ganze ist natürlich vollkommen unmöglich«, sagte Mrs. Kent-Cumberland. »Diese Miss Egal-wie-sie-heißt mag ja ein recht nettes Mädchen sein, aber du bist doch gar nicht in der Position, an Heiraten überhaupt zu denken. Außerdem«, fuhr sie im Ton absoluter Endgültigkeit fort, »darfst du auch nicht vergessen, daß du hier der Erbe wärst, falls Gervase etwas zustoßen sollte.«

Und so mußte Tom kurzerhand die Autobranche verlassen und eine Stelle auf einer Schaffarm in Südaustralien antreten.

10

Es wäre nicht gerecht zu sagen, Mrs. Kent-Cumberland habe in den darauffolgenden zwei Jahren ihren jüngeren Sohn vergessen. Sie schrieb ihm jeden Monat und schickte ihm zu Weihnachten ein paar Halstücher. In der ersten Zeit der Einsamkeit schrieb Tom ihr regelmäßig, doch als mit der Eingewöhnung in das neue Leben seine Briefe seltener wurden, vermißte sie diese nicht sehr. Kam einer, war er meist recht lang, so daß sie ihn dann für den Augenblick beiseite legte, um ihn später in Ruhe lesen zu können, und öfter als einmal verlegte sie ihn auf diese Weise ungeöffnet. Aber wann immer Bekannte sich nach Tom erkundigten, antwortete sie getreulich: »Es geht ihm ausgezeichnet. Und es macht ihm ja *solchen* Spaß.«

Es gab soviel anderes, was sie beschäftigte und manchmal auch bedrückte. Gervase war jetzt Herr auf Tomb und verkehrte die Sparsamkeit, die während seiner Minderjährigkeit das Haus regiert hatte, in ihr Gegenteil. Im Stall standen sechs teure

Jagdpferde. Die Rasen wurden gemäht, Zimmer wieder benutzt, zusätzliche Badezimmer installiert; es war sogar die Rede von der Anlage eines Swimming-pools. An jedem Wochenende gab es Gesellschaften von Samstag bis Montag. Und schließlich wurden zwei Romneys und ein Hopper unter Preis verkauft.

Mrs. Kent-Cumberland sah das alles mit einer Mischung aus Stolz und Sorge. Besonders aufmerksam beäugte sie die endlose Prozession von Mädchen, die zu Besuch kamen, stets hin und her gerissen zwischen den einander widersprechenden Ängsten, daß Gervase heiraten werde oder eben nicht. Beides erschien ihr gefährlich; eine Frau für Gervase mußte natürlich aus guter Familie sein, wohlerzogen, reich, von makellosem Ruf und Mrs. Kent-Cumberland in Liebe zugetan. Eine solche Partie schien schwer zu finden. Das Anwesen war frei von den wegen der Erbschaftssteuer notwendig gewordenen Hypotheken, aber die Rendite war unsicher, und obwohl sie sich, wie sie immer wieder betonte, »nie einmischte«, sagten schlichte Arithmetik sowie die eigene hautnahe Erfahrung mit der Hauswirtschaft ihr, daß Gervase den Lebensstil, den er da eingeführt hatte, nicht lange durchhalten konnte.

Bei so vielen Dingen, die ihr durch den Kopf gingen, konnte es ja gar nicht ausbleiben, daß Mrs. Kent-Cumberland erstens sehr viel an Tomb und sehr wenig an Südaustralien dachte und es ihr zweitens den Schock ihres Lebens bereitete, als sie in einem von Toms Briefen las, daß er zu Besuch nach England kommen und nebst einer Verlobten auch gleich einen künftigen Schwiegervater mitbringen werde; daß er sogar schon aufgebrochen und auf See war und in etwa zwei Wochen in London eintreffen werde. Hätte sie seine vorherigen Briefe aufmerksamer gelesen, vielleicht hätte sie darin schon Andeutungen zu einer solchen Entwicklung gefunden, aber das hatte sie eben nicht, und so war nun diese Ankündigung eine durch und durch unangenehme Überraschung.

»Dein Bruder kommt.«

»Ach, schön! Wann?«

»Er kommt mit einer Farmerstochter, mit der er sich verlobt hat, und den Farmer bringt er auch gleich mit. Sie wollen hierher.«

»Mein Gott, wie lästig. Sagen wir ihnen doch, wir lassen gerade die Boiler reinigen.«

»Dir scheint nicht klar zu sein, daß die Sache ernst ist, Gervase.«

»Na schön, dann mach du das. Es ginge ja noch, wenn sie nächsten Monat kämen. Irgendwann müssen wir auch mal die Anchorages einladen. Da könnten wir das beides auf einmal hinter uns bringen.«

Und so beschlossen sie, daß Gervase den Immigranten nach London entgegenfahren, sie sich ansehen und seiner Mutter berichten solle, ob sie als Mitgäste der Anchorages in Frage kamen oder nicht. Als er eine Woche später nach Tomb zurückkehrte, empfing ihn seine Mutter voll Ungeduld.

»Nun, was ist? Du hast nicht geschrieben!«

»Geschrieben? Sollte ich? Ich schreibe doch nie. Habe ich am Ende einen Geburtstag vergessen oder was?«

»Rede nicht solchen Unsinn, Gervase. Ich spreche von dieser unglückseligen Liaison deines Bruders. Hast du sie gesehen?«

»Ach so, *die.* Ja, ich habe mit ihnen zu Mittag gegessen. Tom hat sich nicht übel gebettet. Blond, ein bißchen dick, große runde Augen und sieht gutartig aus.«

»Spricht sie – mit australischem Akzent?«

»Ist mir nicht aufgefallen.«

»Und der Vater?«

»Ein aufgeblasener alter Knacker.«

»Würde er zu den Anchorages passen?«

»Wie angegossen. Aber sie können gar nicht kommen. Sie sind bei den Chasms.«

»Was du nicht sagst! Nicht zu fassen! Das heißt, Archie Chasm war ja mal Generalgouverneur. Immerhin kann man daraus schließen, daß sie einigermaßen angesehen sein müssen. In welchem Hotel sind sie abgestiegen?«

»Im Claridge.«

»Dann müssen sie auch noch ziemlich reich sein. Wie interessant! Ich schreibe ihnen noch heute abend.«

II

Drei Wochen später kamen sie. Mr. MacDougal, der Vater, war ein großer, hagerer Mann mit Kneifer auf der Nase und einer Vorliebe für Statistiken. Gemessen an seinen Ländereien war Tomb ein niedliches Gärtchen. Er prahlte nicht damit, aber in seinem statistischen Eifer nannte er Mrs. Kent-Cumberland ein paar atemberaubende Zahlen. »Ist Bessie Ihr einziges Kind?« fragte diese.

»Meine einzige Tochter und Alleinerbin«, kam Mr. MacDougal gleich zur Sache. »Sie haben sich wahrscheinlich schon gefragt, was sie denn so von mir mitbekommen wird. Aber das ist nun leider eine Frage, die man nicht so genau beantworten kann. Wir haben gute Jahre, Mrs. Kent-Cumberland, und wir haben schlechte Jahre. Je nachdem.«

»Aber auch in schlechten Jahren kann sich das Einkommen doch sicher noch sehen lassen?«

»In einem schlechten Jahr«, sagte Mr. MacDougal, »in einem *sehr* schlechten Jahr wie diesem, liegt der Nettogewinn nach Abzug aller laufenden Kosten, Versicherungen, Steuern und Wertminderungen irgendwo zwischen – « Mrs. Kent-Cumberland wagte nicht zu atmen – »irgendwo zwischen fünfzig- und zweiundfünfzigtausend Pfund. Ich weiß, das ist sehr ungenau, aber bevor die letzte Abrechnung gemacht ist, kann man unmöglich Genaueres sagen.«

Bessie war sanft und freundlich. Alles fand sie wunderbar. »Es ist so *antik*«, begeisterte sie sich jedesmal, egal ob sie nun gerade die normannische Kirche von Tomb, die viktorianische Täfelung des Billardzimmers oder die Zentralheizung bewunderte, die Gervase vor kurzem hatte installieren lassen. Mrs. Kent-Cumberland schloß sie sehr ins Herz.

»Man könnte *durchaus* etwas aus ihr machen«, erklärte sie. »Aber ob sie nun wirklich bei *Tom* in den richtigen Händen ist ... ich weiß nicht, ich *weiß* nicht ...«

Die MacDougals blieben vier Tage, und zum Abschied drängte Mrs. Kent-Cumberland sie, doch recht bald zu einem längeren Besuch wiederzukommen. Bessie war von allem, was sie gesehen hatte, hingerissen gewesen.

»Am liebsten würde ich hier wohnen«, hatte sie am ersten Abend zu Tom gesagt, »in diesem *süßen* alten Haus.«

»Ja, Schatz, ich auch. Es gehört natürlich alles Gervase, aber ich betrachte es auch immer als mein Zuhause.«

»Genauso geht es uns Australiern mit England.«

»Eben.«

Sie hatte unbedingt alles sehen wollen: das gegiebelte alte Herrenhaus, das seit dem Bau des jetzigen Herrenhauses im 18. Jahrhundert nur noch als Wittum diente – dieses häßlich proportionierte, unbequem eingerichtete Haus, in dem sich Mrs. Kent-Cumberland in trüben Momenten ihre letzten Lebensjahre verbringen sah; die Mühle und die Steinbrüche; die Farm, die den MacDougals so winzig und durchorganisiert vorkam wie die Arche Noah. Auf diesen Expeditionen spielte Gervase den Führer. »Er weiß natürlich über alles viel besser Bescheid als Tom«, erklärte Mrs. Kent-Cumberland.

Überhaupt fand Tom sich selten mit seiner Verlobten allein. Als sie einmal nach dem Abendessen alle zusammensaßen, kam die Rede kurz auf ihre Heirat. Er fragte Bessie, ob sie nun, nachdem sie Tomb gesehen habe, vielleicht lieber hier in der Dorfkirche heiraten möchte als in London.

»Ach, mit dieser Entscheidung hat es noch gar keine Eile«, sagte Mrs. Kent-Cumberland. »Laß doch Bessie sich erst einmal ein wenig umsehen.«

Nach diesem Besuch machten die MacDougals sich auf den Weg nach Schottland, zum Schloß ihrer Ahnen. Mr. MacDougal hatte verschiedene Zweige seiner Familie aufgespürt, gelegentlich mit ihnen korrespondiert und wollte sie nun gern kennenlernen.

Bessie schrieb allen, die auf Tomb geblieben waren; Tom schrieb sie täglich, aber wenn sie nachts schlaflos in dem schrecklichen Bett lag, das die entfernte Verwandtschaft ihr zugewiesen hatte, fühlte sie zum erstenmal eine gewisse Enttäuschung und Unsicherheit. In Australien war Tom ihr so anders als alle andern vorgekommen, so nett und würdevoll und kultiviert. Hier in England verblaßte er zur Bedeutungslosigkeit. Hier schienen alle so zu sein wie Tom.

Und dann das Haus! Es war genauso, wie sie sich ein Haus immer vorgestellt hatte, in dem Engländer lebten, mit diesem *süßen* kleinen Park – nicht einmal vierhundert Hektar –, dem weichen Rasen und den alten Steinen. Tom paßte gut in dieses Haus. Er paßte zu gut, verschwand geradezu darin, verschmolz mit der Umgebung. Das Haupthaus gehörte Gervase – er war Tom so ähnlich, nur hübscher, hatte Toms ganzen Charme, aber mehr Persönlichkeit. Von solchen Gedanken geplagt, wälzte sie sich also in dem harten, unebenen Bett, bis die Morgendämmerung durch das Spitzbogenfenster ihres viktorianisch-prunkvollen Turmzimmers drang. Sie liebte dieses Turmzimmer trotz all seiner Unbequemlichkeiten. Es war so *antik*.

Mrs. Kent-Cumberland war eine aktive Frau. Noch keine zehn Tage waren die MacDougals fort, als sie triumphierend von einem Tagesbesuch in London zurückkam. Als sie nach dem Abendessen allein mit Tom im kleinen Salon saß, sagte sie:

»Du wirst sehr überrascht sein, wenn du hörst, wen ich heute getroffen habe. *Gladys.*«

»Gladys?«

»Gladys Cruttwell.«

»Du lieber Himmel! Wo bist du denn der begegnet?«

»Es war reiner Zufall«, antwortete seine Mutter ausweichend. »Sie arbeitet jetzt dort.«

»Wie geht's ihr?«

»Sie sieht sehr hübsch aus. Eigentlich noch hübscher als früher.«

Es trat eine Pause ein. Mrs. Kent-Cumberland stickte konzentriert an ihrem Kissenbezug. »Du weißt doch, mein Junge, daß ich mich *nie einmische*, aber manchmal habe ich mich ja doch gefragt, ob es sehr nett war, wie du dich gegenüber Gladys verhalten hast. Ich weiß, daß ich da teilweise mitverantwortlich bin, aber ihr wart damals beide so jung, und eure Zukunft war so ungewiß. Ich dachte, ein paar Jahre Trennung könnten eine gute Probe sein, ob ihr euch wirklich liebt.«

»Ach was, sie hat mich sicher längst vergessen.«

»O nein, Tom. Sie kam mir sehr unglücklich vor.«

»Aber woher willst du denn das wissen, Mutter, wenn du sie doch nur so zufällig getroffen hast?«

»Wir haben dann zusammen gegessen. In einem ABC-Laden.«

Erneute Pause.

»Aber hör mal, *ich* habe *sie* vergessen. Für mich gibt es nur noch Bessie.«

»Du weißt, Lieber, ich mische mich nie ein. Ich finde ja auch, daß Bessie ein reizendes Mädchen ist. Aber bist du frei? Wirklich nach deinem Gewissen frei? Du weißt natürlich besser als ich, was du Gladys versprochen hast, als du dich von ihr verabschiedetest.«

Und so stand nun nach langer, langer Zeit die Szene wieder vor seinen Augen, die ihm in den ersten Monaten seines australischen Abenteuers unentwegt im Kopf herumgegangen war: ein Abschied unter Tränen und heiligen Schwüren. Er antwortete nicht. »Ich habe Gladys nichts von deiner Verlobung gesagt, weil ich fand, daß es dein Recht ist, ihr das auf deine Weise zu sagen, so gut du kannst. Ich habe ihr allerdings gesagt, daß du in England bist und sie gern wiedersehen möchtest. Sie kommt morgen für ein, zwei Tage her. Die Ärmste sah wirklich aus, als ob sie ein paar Tage Urlaub brauchen könnte.«

Als er Gladys am Bahnhof abholte, standen sie erst ein paar Minuten auf dem Bahnsteig und waren sich nicht sicher, ob sie einander wirklich erkannten. Dann gaben beide zögernde Zeichen des Wiedererkennens. Gladys war in den vergangenen zwei Jahren zweimal verlobt gewesen und ging zur Zeit mit einem Autoverkäufer. Es war eine große Überraschung für sie gewesen, als Mrs. Kent-Cumberland sie aufsuchte und ihr erklärte, Tom sei wieder in England. Sie hatte ihn nicht vergessen, denn sie war ein treues und gutherziges Mädchen, und es machte sie verlegen und rührte sie, als sie erfuhr, daß seine Liebe zu ihr ungebrochen sei.

Sie heirateten zwei Wochen später, und Mrs. Kent-Cumberland übernahm die heikle Aufgabe, »das alles den MacDougals beizubringen.«

Sie gingen nach Australien, wo Mr. MacDougal ihnen großherzig die Verwaltung eines seiner abgelegeneren Güter übertrug. Er war mit Toms Arbeit zufrieden. Gladys hat einen sonnigen Bungalow und vor den Fenstern weites Weideland und Zäune. Viel Gesellschaft hat sie nicht, und was sie hat, gefällt ihr nicht besonders. Die benachbarten Rancher finden sie sehr englisch und eingebildet.

Bessie und Gervase heirateten nach sechswöchiger Verlobungszeit. Sie wohnen auf Tomb. Bessie hat zwei Kinder und Gervase sechs Rennpferde. Mrs. Kent-Cumberland lebt bei ihnen im Haus. Sie und Bessie sind selten verschiedener Meinung, und wenn es doch einmal vorkommt, ist Mrs. Kent-Cumberland diejenige, die sich durchsetzt.

Das Wittum ist langfristig an einen Sportartikelhersteller vermietet. Gervase hat die Jagd übernommen und gibt das Geld mit vollen Händen aus; die ganze Nachbarschaft ist sehr zufrieden.

Engländers Heim und Herd

I

Mr. Beverley Metcalfe klopfte auf das Barometer in der Diele und stellte zufrieden fest, daß es im Lauf der Nacht ein paar Striche gefallen war. Eigentlich liebte er von seinem ganzen Naturell her mehr den Sonnenschein, aber er hielt es für ein Wahrzeichen des echten Landmanns, daß er jederzeit Regen herbeisehnte. Mit diesem Thema hatte er sich eingehend befaßt und sich die Wahrzeichen des echten Landmanns gut eingeprägt. Wäre er ein Mann von literarischen Ambitionen und aus einer früheren Generation gewesen, so hätten seine Beobachtungen gewiß ein Aphorismenbüchlein ergeben. Der echte Landmann trug, im Gegensatz zu dem salopp gekleideten Besuch aus der Stadt, am Sonntag stets einen dunklen Anzug; gern machte er Gelegenheitsgeschäfte und scheute keine Zeit und Kosten, wenn er etwas unter der Hand statt über die normalen Wege des Einzelhandels bekommen konnte; nach außen hin skeptisch und konservativ, war er doch sofort von jeder technischen Spielerei fasziniert; er war freundlich, aber ungastlich, schwatzte mit jedem vorüberkommenden Fremden stundenlang über den Zaun, ließ aber selbst die besten Feunde nur widerstrebend in sein Haus ... Diese und noch hunderterlei andere Merkmale hatte Mr. Metcalfe sich sorgsam eingeprägt, um es dem Landmann gleichzutun.

»Ja, das brauchen wir – Regen«, sagte er bei sich, indem er die Tür zum Garten öffnete und in die milde Frühlingsluft hinaustrat. Kein Wölkchen drohte am Himmel. Gerade schob der Gärtner den Wasserwagen an ihm vorbei.

»Morgen, Boggett. Das Barometer ist endlich gefallen.«

»Hrrm.«

»Das heißt, es gibt Regen.«

»Nööö.«

»Es steht sehr tief.«

»Aha.«

»Jetzt noch zu gießen wäre schade um die Zeit.«

»Das Zeug verbrennt sonst.«

»Wenn's regnet, nicht.«

»Regnet aber nicht. Hier regnet's nur, wenn man rübergukken kann.«

»Rübergucken?«

»Hrrm. Wenn Regen kommt, sieht man den Kirchturm von Pilbury.«

Mr. Metcalfe nahm die Belehrung würdevoll an. »Diese Alten wissen so einiges, wovon die Wissenschaft keine Ahnung hat«, kommentierte er gelegentlich im Ton einer Überlegenheit, die er ganz und gar nicht empfand. Zwar war Boggett, der Gärtner, keineswegs besonders alt, und er wußte auch recht wenig; was er säte, ging selten auf; wenn man ihn ein Gartenmesser in die Hand nehmen ließ, lief er damit Amok; sein gärtnerischer Ehrgeiz erschöpfte sich darin, den dickstmöglichen Kürbis aufzupäppeln; aber Mr. Metcalfe sah mit der schlichten Ehrfurcht des kleinen Bauern vor dem Priester zu ihm auf. Mr. Metcalfe hatte die Weihen des Landlebens nämlich erst vor kurzer Zeit empfangen, und alles, was damit zusammenhing, erweckte seine ehrfürchtige Bewunderung – die landwirtschaftliche Arbeit, die ländliche Gesellschaftsordnung, der Wortschatz, die Zerstreuungen; ebenso der Anblick, der sich ihm jetzt unter der kühlen Maisonne glitzernd darbot: Obstbäume in Blüte, Kastanien im vollen Laub, die knospenden Eschen; die Geräusche und Gerüche: wenn Mr. Westmacott früh am Morgen seine Kühe rief; der Duft der feuchten Erde und Boggetts unbeholfenes Geplansche um den Goldlack herum. Rings um ihn pulsierte das Herz des Landlebens – oder was Mr. Metcalfe für das Herz des Landlebens hielt – und mit ihm sein eigenes Herz, denn war er nicht ein Teil davon, ein wahrer Landmann, ein Grundbesitzer?

Gewiß, der Grundbesitz hielt sich in bescheidenen Grenzen, aber wie er so auf seiner Terrasse stand und auf das unberührte Tal vor ihm hinunterblickte, beglückwünschte er sich, daß er sich von den Grundstücksmaklern nicht zu einem größeren Territorium mit seinen vielfachen Sorgen hatte verleiten lassen. Er besaß nicht ganz drei Hektar, und diese Größe erschien ihm gerade richtig; sein verbriefter Besitz umfaßte das Haus und eine Koppel; weitere vierundzwanzig Hektar Kulturland hätte er auch noch haben können, und ein paar Tage hatte er mit der fast berauschenden Idee gespielt, sie zu erwerben. Natürlich hätte er sie sich ohne weiteres leisten können, aber es wäre gegen seine sämtlichen Grundsätze und für einen Mann wie ihn geradezu pervers gewesen, sein Kapital in etwas zu investieren, was gerade zwei Prozent Rendite abwarf. Er suchte ein Heim, keinen »Sitz«, und die Ironie dieses Wortes beschäftigte ihn noch eine Weile; er dachte nämlich an Lord Brakehurst, mit dessen Anwesen er, wie er sich manchmal gern ausdrückte, »eine gemeinsame Grenze« hatte – in der Tat lagen nur etwa hundert Meter Nichts zwischen Mr. Metcalfes Koppel und einer von Lord Brakehursts Wiesen. Was konnte denn mit Sitzen weniger zu tun haben als das Leben, das Lord Brakehurst führte – jeder Tag von mit einem großen Besitz verbundenen Obliegenheiten ausgefüllt? Nein, drei Hektar, klug gewählt, das war der ideale Grundbesitz, und Mr. Metcalfe *hatte* klug gewählt. Der Häusermakler hatte nichts als die Wahrheit gesagt, als er Much Malcock eines der unberührtesten Dörfer der Cotswolds nannte. Von eben so einem Plätzchen hatte Mr. Metcalfe die ganzen langen Jahre geträumt, die er in Alexandria im Baumwollhandel zugebracht hatte. Und der Vorbesitzer hatte Mr. Metcalfes Residenz, die man seit Generationen unter dem einzigartigen Namen Grumps kannte, in »Hof Much Malcock« umgetauft. Der neue Name paßte gut. Es handelte sich um »ein würdevolles georgianisches Gebäude aus warmem Cotswoldstein; vier Wohn-, sechs Schlaf- und Ankleideräume; reich an Zeitgeschichte.« Nur die Dorfbewohner waren zu Mr. Metcalfes Leidwesen nicht zu bewegen, von »Hof Much Malcock« zu sprechen. Boggett sagte immer noch, er arbeite »auf Grumps« – aber der Name war nicht Mr. Metcalfes Erfindung, und er machte sich zudem gut auf seinem Briefpapier. Er gab ihm einen Rang im Dorf, der nicht unumstritten war.

Lord Brakehurst war natürlich in einer Klasse für sich; er war Lord Lieutenant der Grafschaft und hatte Grundbesitz in fünfzig Gemeinden. Lady Brakehurst hatte Mrs. Metcalfe noch nicht einmal besucht, denn in der Welt, in der sie lebte, hatten Antrittsbesuche ihre Bedeutung verloren. Aber in die Besuchsklasse fielen in Much Malcock noch zwei weitere Häuser sowie ein Grenzfall – ohne den Pfarrer, der wie ein Plebejer sprach und mit Vorliebe gegen Bankiers predigte.

Die Konkurrenz bestand aus Lady Peabury und Colonel Hodge, die zwar beide für die Alteingesessenen noch immer Zugezogene waren, aber immerhin schon zwanzig Jahre länger in Much Malcock wohnten als Mr. Metcalfe.

Lady Peabury wohnte im Gut Much Malcock, dessen Schornsteine demnächst hinter dem vollen Sommerlaub versteckt sein würden, jetzt aber noch durch den knospenden Limes auf dem gegenüberliegenden Hang zu erkennen waren. Zwischen ihrem und Mr. Metcalfes Anwesen lagen anderthalb Hektar Wiesen, auf denen Westmacotts fette Herde die Landschaft bereicherte und ein Gegengewicht zur eher vorstädtischen Pracht ihrer Blumenbeete bildete. Sie war Witwe und wie Mr. Metcalfe aus dem Ausland nach Much Malcock gekommen. Sie war reich, gutherzig und ziemlich habgierig, eine fleißige Romanleserin, Herrin über viele Cairnterrier sowie fünf zuverlässige alte Dienerinnen, die nie das Crown-Derby-Porzellan zerbrachen.

Colonel Hodge wohnte in der Villa Much Malcock, einem schönen, gegiebelten Haus an der Dorfstraße, dessen Garten ebenfalls an Westmacotts Wiese grenzte. Der Colonel war unbegütert, aber dafür betätigte er sich aktiv für die Britische Legion und die Pfadfinder. Er nahm Mr. Metcalfes Einladung zum Abendessen an, nannte ihn im Familienkreis aber den »Baumwollverkäufer.«

Dies waren die Nachbarn, deren Stellung nicht in Frage stand. Die Hornbeams in der Alten Mühle waren ein kinderloses Ehepaar in mittleren Jahren, das sich dem Kunsthandwerk verschrieben hatte. Mr. Hornbeam senior war ein echter Töpfereibesitzer in Staffordshire; er unterstützte sie widerstrebend und nicht sehr großzügig, aber der nicht mit eigener Arbeit verdiente Scheck, den sie alle drei Monate bekamen, hob sie unbestritten in die Sphäre der örtlichen Oberschicht. Mrs. Hornbeam war eine regelmäßige Kirchgängerin, und Mr. Hornbeam verstand etwas von Gemüseanbau. Überhaupt hätten sie, wenn statt des Küchengartens ein Tennisplatz vor ihrem Haus gewesen wäre und Mr. Hornbeam einen Abendanzug besessen hätte, ohne weiteres mit ihren Nachbarn auf der Basis von Gleichgestellten verkehren können. Zur Zeit des Friedensbegehrens hatte Mrs. Hornbeam alle erreichbaren Häuser der Umgebung mit dem Fahrrad abgeklappert, aber dem Frauenverein blieb sie fern, und nach Lady Peaburys Ansicht versäumte sie es, mit der Dorfgemeinschaft am selben Strang zu ziehen. Für Mr. Metcalfe war Mr. Hornbeam ein Bohemien, und für Mr. Hornbeam war Mr. Metcalfe ein Spießer. Colonel Hodge war schon seit langem wegen irgendeiner Geschichte mit seinem Airedale mit ihnen zerstritten und schnitt sie jahraus, jahrein, drei- bis viermal täglich.

Die Dorfbewohner unter ihren Ziegeldächern zogen aus all

diesen Fremden beträchtlichen Nutzen. Ausländische Besucher drücken angesichts der Preise in den Londoner Restaurants und der Pracht der leichter erreichbaren Herzogspaläste oft ihre Bewunderung für den Wohlstand Englands aus. Sie wissen nicht, wovon sie reden. Der wirklich große Reichtum des Landes sikkert in abgelegenen Weilern wie Much Malcock in die Erde zurück. Das Dorf hatte seine Festhalle und seinen Club. Im Gebälk der Dorfkirche hatte man ihnen für teures Geld die Totenuhr ausräuchern lassen; die Pfadfinderschaft besaß ein Gruppenzelt und silberne Fanfaren; die Gemeindeschwester fuhr ihr eigenes Auto; zu Weihnachten wurden die Kinder mit Bäumen und Festen verwöhnt und die Kätner mit Geschenkkörben überhäuft; wenn einer krank wurde, kamen Portwein, Suppe und Trauben die Menge und Fahrkarten ans Meer; abends kamen die Männer des Dorfes mit den Taschen voller Trinkgelder nach Hause, und das ganze Jahr über lebten sie von Treibhausgemüse. Der Pfarrer hatte es schwer, sie für den Linken Buchclub zu interessieren.

»Den Menschen allen gab Gott alle Erde, sie zu lieben«, zitierte Mr. Metcalfe, der sich dunkel erinnerte, diese Zeilen einmal auf einem Abreißkalender in seinem Büro in Alexandria gelesen zu haben. »Doch da zu klein sind unsre Herzen, sei jedem doch ein Fleckchen zugeteilt, das ihm vor allem teuer sei.«

Er sah sich im Geräteschuppen um, wo sein Chauffeur über ein paar Batterien grübelte. Er steckte den Kopf in einen andern Schuppen und sah, daß dem Rasenmäher im Lauf der Nacht kein Leid geschehen war. Er blieb im Küchengarten kurz stehen, um von einer frisch gepflanzten Schwarzen Johannisbeere, die in diesem Sommer noch keine Früchte tragen durfte, die Blüten abzuschnippen. Und nach diesem Rundgang schlenderte er zum Frühstück zurück ins Haus.

Seine Frau war schon da.

»Ich habe mal nach dem Rechten gesehen«, sagte er.

»Ja, Lieber.«

»Es klappt alles wunderbar.«

»Ja, Lieber.«

»Aber man sieht den Kirchturm von Pilbury nicht.«

»Großer Gott, Beverley! Wozu willst du den denn sehen?«

»Wenn man ihn sieht, gibt es Regen.«

»Ach, Unsinn. Du hast dir mal wieder was von Boggett erzählen lassen.«

Sie stand auf und ließ ihn mit seinen Zeitungen allein. Sie mußte die Köchin sprechen. In England kosteten einen die Dienstboten offenbar sehr viel Zeit; wehmütig dachte sie an die weißgewandeten Berberjungen zurück, die in Alexandria über die kühlen Fliesenböden ihres Hauses gehuscht waren.

Mr. Metcalfe beendete sein Frühstück und zog sich mit Pfeife und Zeitungen in sein Arbeitszimmer zurück. Die *Gazette* war heute morgen frisch herausgekommen. Der wahre Landmann las immer zuerst sein »Lokalblatt«, und so las Mr. Metcalfe sich geduldig durch die Aktivitäten des Frauenvereins und einen Bericht über eine Gemeinderatssitzung zum Thema Kanalisation, bevor er sich gestattete, die *Times* aufzuschlagen.

So heiter begann ein Tag der Zähren!

2

Gegen elf Uhr legte Mr. Metcalfe das Kreuzworträtsel beiseite. In der Diele zum Garten hatte er diverse Gartengeräte, die speziell für die Älteren konstruiert waren. Er wählte ein frisch erworbenes Werkzeug aus und spazierte hinaus in den Sonnenschein, um sich den Wegerich auf dem Rasen vorzunehmen. Das Gerät hatte einen schönen, lederbezogenen Griff und bestand aus einem zweigeteilten Holzstiel mit einer Spitze aus rostfreiem

Stahl; es funktionierte wunderbar, und schon bald hatte Mr. Metcalfe mit minimalem Kraftaufwand eine große Rasenfläche mit ordentlichen kleinen Grübchen verunziert.

Jetzt hielt er inne und rief zum Haus hinüber: »Sophie, Sophie, komm doch mal her und sieh, was ich gemacht habe!«

In einem der oberen Fenster erschien der Kopf seiner Frau. »Sehr schön, Lieber«, sagte sie.

Ermutigt machte er sich weiter an die Arbeit. Boggett kam vorbei.

»Ein sehr nützliches Gerät ist das, Boggett.«

»Hrrrm.«

»Meinen Sie, wir sollten die freien Stellen mit Grassamen besäen?«

»Nööö.«

»Sie meinen, das Gras wächst von selbst darüber?«

»Nööö. Der Wegerich kommt wieder raus.«

»Glauben Sie nicht, daß ich die Wurzeln abgetötet habe?«

»Nööö. Macht die Wurzeln nur noch kräftiger, wenn man sie so abschneidet wie Sie.«

»Hm. Was hätte ich denn tun sollen?«

»Gegen Wegerich kann man gar nichts tun. Der kommt immer wieder raus.«

Boggett ging weiter. Mr. Metcalfe betrachtete sein Werkzeug mit plötzlicher Abneigung, lehnte es trotzig an die Sonnenuhr, steckte die Hände in die Hosentaschen und starrte über das Tal. Selbst auf die Entfernung bildete Lady Peaburys Arboretum einen Mißklang in der Landschaft. Er ließ den Blick sinken und sah, zuerst ohne sich etwas dabei zu denken, dann mit wachsender Neugier, zwei ihm unbekannte Gestalten zwischen Westmacotts Kühen umhergehen. Es waren zwei junge Männer in dunkler Städterkleidung, und sie waren mit irgend etwas sehr beschäftigt. Sie hielten Papiere in den Händen, auf denen sie immerzu etwas nachschauten; sie schritten auf der Wiese auf und ab, wie um etwas nachzumessen; dann gingen sie in die Hocke, wie um ungefähres Höhenmaß zu nehmen; und dabei zeigten sie in die Luft, auf den Boden und zum Horizont.

»Boggett«, befahl Mr. Metcalfe scharf, »kommen Sie doch mal einen Moment hierher.«

»Hrrrm.«

»Sehen Sie die zwei Männer auf Mr. Westmacotts Wiese?«

»Nööö.«

»Nein?«

»Ist nicht Mr. Westmacotts Wiese. Der hat sie verkauft.«

»Verkauft? Mein Gott! An wen?«

»Kann ich ehrlich nicht sagen. Ein Herr aus London, wohnt im Brakehurst. Hab gehört, er soll einen ordentlichen Preis dafür bezahlt haben.«

»Was will er denn bloß damit?«

»Kann ich ehrlich nicht sagen, aber er wird sich wohl ein Haus drauf bauen wollen.«

Bauen. Ein Wort so häßlich, daß man es in Much Malcock höchstens im Flüsterton auszusprechen wagte. »Bebauungsplan«, »Erschließung«, »Bereinigung«, »Gemeindehäuser«, »Planung« – solche obszönen Wörter waren aus dem feinen Wörterbuch des Bezirks gestrichen und wurden nur gelegentlich mit der dem Anthropologen zugestandenen Freiheit im Zusammenhang mit den wilden Stämmen jenseits der Gemeindegrenzen in den Mund genommen. Und jetzt war das Grauen in ihrer Mitte, das Pestmal am Hofe des Decamerone.

Nach dem Schock des ersten Augenblicks drängte es Mr. Metcalfe zur Tat. Einen Moment lang war er drauf und dran, ins Tal hinunter zu stürmen und den Feind auf seinem eigenen Grund zu stellen, doch er entschied sich anders; dies war der Augenblick für umsichtiges Handeln. Er mußte Lady Peabury konsultieren.

Es war eine dreiviertel Meile zum Gut. Der Weg führte an dem Gatter zu Westmacotts Wiese vorbei; ein schief eingehängtes Ulmengatter und tiefer, von Kühen zerstampfter Matsch, der in Mr. Metcalfes Phantasie schon bald durch einen ligustergesäumten Kiesweg ersetzt sein würde. Mr. Metcalfe sah die Köpfe der Eindringlinge über der Hecke schweben; sie trugen städtische, ernste, schwarze Hüte. Bedrückt fuhr er weiter.

Lady Peabury war im Damenzimmer und las in einem Roman; frühe Erziehung gab diesem Vergnügen die Würze des Unschicklichen, denn sie war in der Ansicht aufgewachsen, Bücherlesen vor dem Mittagessen sei eine der schwersten Sünden, die eine Dame überhaupt begehen könne. Sie schob das Buch verstohlen unter ein Kissen und erhob sich, um Mr. Metcalfe zu begrüßen.

»Ich wollte mich gerade zum Ausgehen fertig machen«, erklärte sie.

Mr. Metcalfe hatte keine Zeit für Höflichkeiten.

»Lady Peabury«, begann er ohne Umschweife, »ich bringe schreckliche Neuigkeiten.«

»Ach du lieber Gott! Hat der arme Mr. Cruttwell wieder Ärger mit der Kasse des Wölflingklubs?«

»Nein; das heißt ja; es fehlen wieder vier Pence, diesmal auf der Habenseite, was es noch ärgerlicher macht. Aber ich bin nicht deswegen gekommen. Es geht um etwas, was unser ganzes Leben hier bedroht. Auf Westmacotts Wiese soll gebaut werden.« Und er berichtete Lady Peabury erregt, was er gesehen hatte.

Sie hörte ihm ernst zu. Als er endete, war es ganz still im Damenzimmer; sechs kleine Uhren tickten zwischen den Chintzvasen und Azaleentöpfen vor sich hin. Endlich sprach Lady Peabury.

»Das war sehr ungehörig von Mr. Westmacott«, sagte sie.

»Ihm kann man es wohl nicht übelnehmen.«

»Nehme ich aber, Mr. Metcalfe, ich nehme es ihm sehr übel. Ich verstehe das gar nicht. Er schien mir immer so ein anständiger Mensch zu sein ... ich habe schon daran gedacht, Mrs. Westmacott zur Schriftführerin des Frauenvereins zu machen. Er hatte kein Recht, so etwas zu tun, ohne mit uns zu sprechen. Denken Sie mal, ich blicke von meinem Schlafzimmer aus direkt auf diese Wiese. Außerdem habe ich ja nie verstanden, warum Sie die Wiese nicht selbst gekauft haben.«

Die Wiese brachte eine Pacht von 3 Pfund 18 Shilling; es waren 170 Pfund dafür gefordert worden; dazu kamen Zehnt und Grunderwerbssteuer. Das wußte Lady Peabury.

»Jeder von uns hätte sie seinerzeit kaufen können«, antwortete Mr. Metcalfe recht scharf.

»Sie gehörte immer zu Ihrem Haus.«

Mr. Metcalfe dachte, noch eine Minute, und sie sagt, daß es ungehörig von *mir* war und sie *mich* doch immer für einen anständigen Menschen gehalten hat.

Ihre Gedanken gingen tatsächlich soeben in diese Richtung. »Es wäre doch wohl auch jetzt noch nicht zu spät für Sie, ein Angebot zu machen«, sagte sie.

»Wir sind alle gleichermaßen bedroht«, sagte Mr. Metcalfe. »Und ich finde, wir sollten gemeinsam handeln. Hodge wird auch nicht besonders erfreut sein, wenn er davon hört.«

Colonel Hodge hatte davon gehört und war nicht besonders erfreut. Er wartete schon auf Hof Much Malcock, als Mr. Metcalfe zurückkam.

»Wissen Sie schon, was dieser nichtsnutzige Westmacott getan hat?«

»Ja«, sagte Mr. Metcalfe recht müde. Sein Gespräch mit Lady Peabury war nicht so verlaufen, wie er gehofft hatte. Sie hatte wenig Begeisterung für gemeinsames Handeln an den Tag gelegt.

»Hat seine Wiese irgendeinem Reihenhausbauer verkauft.«

»Ja, ich weiß.«

»Komisch, und ich dachte immer, das ist *Ihre* Wiese.«

»Nein«, sagte Mr. Metcalfe, »sie hat mir nie gehört.«

»Aber sie gehörte immer zu diesem Haus.«

»Das weiß ich, aber ich wollte sie nun einmal nicht haben.«

»Nun, das bringt uns jedenfalls jetzt alle arg in die Klemme, muß ich sagen. Meinen Sie, die würden Ihnen die Wiese jetzt noch zurückverkaufen?«

»Ich wüßte nicht, warum ich sie kaufen sollte. Auf alle Fälle würden sie jetzt auch den Baulandpreis dafür haben wollen – hundertsiebzig bis zweihundert Pfund pro Hektar.«

»Wahrscheinlich mehr. Meine Güte, Mann, aber das wird Sie doch nicht abhalten! Stellen Sie sich mal vor, wie Ihr Anwesen entwertet wird, wenn hier direkt vor Ihrem Fenster eine Reihenhaussiedlung steht!«

»Immer langsam, Hodge. Bisher haben wir keinen Hinweis darauf, daß da Reihenhäuser hinkommen sollen.«

»Gut, dann meinetwegen Einfamilienhäuser. Sie treten doch hier nicht etwa für diese Burschen ein?«

»Ganz gewiß nicht. Wir werden unter jedweder Entwicklung dort alle sehr zu leiden haben. Aber meines Erachtens könnte man dagegen rechtlich vorgehen. Es gibt schließlich noch die Gesellschaft zum Schutz des ländlichen England. Die könnten wir dafür interessieren. Man kann den Kreistag ansprechen. Wir könnten an die Zeitungen schreiben und eine Eingabe an das Ministerium für Bauwesen machen. Das Entscheidende ist, daß wir in dieser Sache alle zusammenstehen.«

»Dabei wird viel herauskommen! Denken Sie mal an all die Bauerei, die sich drüben in Metbury abspielt.«

Mr. Metcalfe dachte daran und schauderte.

»Ich würde sagen, in so einem Fall spricht Geld noch immer

die deutlichste Sprache. Haben Sie Lady Peabury schon angesprochen?«

Zum erstenmal, seit sie sich kannten, entdeckte Mr. Metcalfe einen unverkennbar gewöhnlichen Zug an Colonel Hodge.

»Ich habe mit ihr gesprochen. Sie ist natürlich sehr besorgt.«

»Diese Wiese war immer als Untere Grumps bekannt«, nahm der Colonel seinen vorigen, jetzt doppelt kränkenden Gedanken wieder auf. »Lady Peabury hat eigentlich nichts damit am Hut.«

»Wir haben sie alle am Hut«, antwortete Mr. Metcalfe, mit Recht nicht sicher, ob er die Redensart richtig abgewandelt hatte.

»Also, ich weiß nicht, was Sie da von mir erwarten«, sagte Colonel Hodge. »Sie wissen, wie ich situiert bin. Kommt alles von diesem Pfaffen, der Sonntag für Sonntag den Bolschewismus predigt.«

»Wir sollten uns zusammensetzen und darüber sprechen.«

»Oh, darüber sprechen werden wir. Ich glaube nicht, daß wir in den nächsten drei Monaten noch über irgend etwas anderes sprechen werden.«

Niemand in Much Malcock nahm es sich mehr zu Herzen als die Hornbeams. Die Kunde erreichte sie mittags aus dem Mund der Aufwartefrau, die zweimal wöchentlich ihre Speisekammer plündern kam. Sie erzählte es ihnen mit einem gewissen Stolz und in der unschuldigen Annahme, daß alle Herrschaften aus der Stadt – und als solche sah sie Mr. Hornbeam trotz Strickjacke und Bart an – sich über Zuwachs in ihren Reihen freuen würden.

Angespannte Trübsal legte sich über die Alte Mühle. Es gab keine Zornesausbrüche wie in der Villa; keine moralische Entrüstung wie auf dem Gut; keinen Ruf nach Taten wie auf dem Hof. Hoffnungslose Trauer regierte ohn Unterlaß. Mrs. Hornbeams Töpfe gingen zu Bruch. Mr. Hornbeam saß teilnahmslos vor dem Webstuhl. Es war in ihrer Arbeitszeit; sie saßen an entgegengesetzten Enden unter dem Dachgebälk des Getreidespeichers. An anderen Nachmittagen sangen sie einander oft Melodienfetzen oder Liedrefrains vor, während ihre Finger emsig mit Ton und Weberschiffchen hantierten. Heute saßen sie beide schweigend da und versuchten die neue Gefahr nach Art eines alten japanischen Ritus in die Welt des Nicht-Seins zu verbannen. Bei Colonel Hodges Airedale, dem abessinischen Krieg und dem jährlichen Besuch von Mr. Hornbeam senior hatte das bisher immer geklappt, aber als die Sonne sank, war die neue Gefahr noch da, störrisch und so konkret wie zu Beginn.

Mrs. Hornbeam tischte ihr bescheidenes Mahl aus Milch, Rosinen und rohen Rüben auf; Mr. Hornbeam schob seinen Holzteller von sich. »In der modernen Welt ist für den Künstler kein Platz mehr«, sagte er. »Wir verlangen doch von ihrer primitiven Zivilisation nichts weiter, als in Ruhe gelassen zu werden, ein kleines Fleckchen Erde und vielleicht noch einen Spaltbreit Himmel darüber, wo wir in Frieden leben und unsere Tage damit verbringen können, schickliche und schöne Dinge zu machen. Das kann doch nicht zuviel verlangt sein. Wir lassen ihnen den ganzen übrigen Globus für ihre Maschinen. Aber das genügt ihnen nicht. Sie müssen uns aufstöbern und schikanieren, weil sie wissen, solange es noch ein einziges Fleckchen gibt, wo Anstand und Schönheit Platz haben, ist dies ein lebender Vorwurf an sie.«

Es wurde dunkel; Mrs. Hornbeam zündete mit einem Feuerzeug die Binsenlichter an. Sie ging zur Harfe und zupfte ein paar ergreifende Töne. »Vielleicht tut Mr. Metcalfe etwas dagegen«, meinte sie.

»Daß wir in den Grundbedürfnissen unseres Lebens auf so einen Neureichen angewiesen sein sollen ...«

Und in dieser Stimmung erhielt er eine Einladung von Mr.

Metcalfe zu einer Konferenz mit den Nachbarn am nächsten Nachmittag auf Gut Much Malcock.

Die Wahl des Konferenzorts war eine delikate Angelegenheit gewesen, denn Lady Peabury war weder geneigt, ihre generell führende Rolle im Dorf niederzulegen, noch in dieser speziellen Angelegenheit als der führende Kopf in Erscheinung zu treten; andererseits berührte die Sache sie zu sehr, als daß sie sich einfach hätte heraushalten können. So wurden die Einladungen also von Mr. Metcalfe verschickt, der damit für die Tagesordnung verantwortlich zeichnete, während die Konferenz dadurch, daß sie in Lady Peaburys Damenzimmer stattfand, ein wenig von der Atmosphäre einer Kabinettssitzung im Buckinghampalast verliehen bekam.

Die Meinungen hatten sich im Lauf des Tages verhärtet, und es herrschte allgemeine Übereinstimmung mit Colonel Hodges Urteil: »Metcalfe hat uns in diese Bredouille geritten, indem er die Wiese nicht von vornherein gekauft hat; jetzt soll er uns da auch wieder raushauen.« Wenngleich derart Kompromißloses nicht vor Mr. Metcalfe ausgesprochen wurde, spürte er es doch in der Atmosphäre. Er kam als letzter. Lady Peaburys Willkommensgruß an ihre Gäste war lauwarm ausgefallen: »Nett, daß Sie gekommen sind. Ich kann mir zwar nicht recht vorstellen, wozu das nötig ist, aber Mr. Metcalfe hat es ausdrücklich gewünscht. Er wird uns wohl sagen wollen, was er vorhat.« Zu Mr. Metcalfe sagte sie: »Wir sind voller Neugier.«

»Entschuldigen Sie die Verspätung«, sagte Metcalfe. »Ich habe einen Tag hinter mir, kann ich Ihnen sagen! War bei sämtlichen Behörden, habe bei allen Gesellschaften angeklopft, und ich kann Ihnen gleich sagen, daß von dieser Seite nichts zu erwarten ist. Wir sind nicht einmal als ländliches Gebiet ausgewiesen!«

»Nein, nein«, sagte Colonel Hodge. »Dafür habe ich gesorgt. Das würde den potentiellen Grundstückswert halbieren.«

»Ausgewiesen«, stöhnte Mr. Hornbeam. »So weit sind wir schon gekommen, daß man erst *ausgewiesen* sein muß, um ein freies Leben führen zu können.«

»... Und also«, fuhr Mr. Metcalfe mit seiner Aufsichtsratsstimme fort, »bleibt uns nichts anderes übrig, als selbst eine Lösung zu finden. Nun hat dieser junge Mann, wie ich mir vorstelle, keinen besonderen Grund, unsere Gegend irgendeiner anderen vorzuziehen. Mit den Bauarbeiten ist noch nicht begonnen; er ist noch keine Verpflichtungen eingegangen. Ich habe das bestimmte Gefühl, daß man nur taktvoll an ihn heranzutreten und ihm einen vertretbaren Profit auf den Handel anzubieten braucht, dann wäre er vielleicht zum Wiederverkauf bereit.«

»Jedenfalls«, sagte Lady Peabury, »werden wir Mr. Metcalfe alle zu tiefstem Dank verpflichtet sein.«

»Das nenne ich Gemeinsinn«, sagte Colonel Hodge.

»Profit, das Krebsgeschwür unserer Zeit ...«

»Ich bin jederzeit bereit«, sagte Mr. Metcalfe, »meinen Teil der Bürde zu tragen ...« Bei dem Wort »Teil« erstarrten die Zuhörer sichtlich. »Mein Vorschlag wäre, wir bilden einen Fonds, anteilig nach unserm derzeitigen Grundbesitz. Nach einer groben Überschlagsrechnung komme ich auf ein Verhältnis von einem Anteil für Mr. Hornbeam, zwei Anteilen für Colonel Hodge, zweien für mich und fünf für unsere Gastgeberin. Die Zahlen sind natürlich variabel«, fügte er rasch hinzu, als sein Vorschlag keine überschäumende Begeisterung auslöste.

»Auf mich können Sie nicht zählen«, sagte Colonel Hodge. »Kann ich mir einfach nicht leisten.«

»Ich auch nicht«, sagte Mr. Hornbeam.

Lady Peabury saß mit einem schwierigen Blatt in der Hand da. Der Takt verbot ihr einen Hinweis auf die entscheidende Tatsache, daß Mr. Metcalfe von ihnen beiden der weitaus Reichere war – Takt gemischt mit Stolz. Die Wiese mußte gerettet werden, aber offenbar gab es kein System des Gemeinschaftskaufs, bei dem sie mit Anstand darum herumkam, den größten Anteil zu übernehmen. Hier war klar und unverkennbar Mr. Metcalfe allein aufgerufen. Sie hielt ihre Karten verdeckt und paßte. »Als Geschäftsmann«, sagte Sie, »sehen Sie doch gewiß die zahlreichen Einwände, die gegen einen Gemeinschaftsbesitz sprechen. Wollen Sie die Wiese in Parzellen aufteilen, oder sollen wir uns alle die Pacht, den Zehnt und die Steuern teilen? Das wäre sehr unpraktisch. Ich weiß nicht einmal, ob es erlaubt wäre.«

»Gewiß, gewiß. Ich wollte Ihnen auch nur meine Bereitschaft zur Kooperation zeigen. Die Wiese an sich ist für mich von keinerlei Interesse, das kann ich Ihnen versichern. Ich stehe gern zurück.«

Es lag etwas Drohendes, fast Unhöfliches in seinem Ton. Colonel Hodge witterte Gefahr.

»Wäre es nicht am besten«, sagte er, »sich zunächst einmal zu erkundigen, ob dieser Kerl überhaupt zum Rückverkauf bereit ist? Dann können Sie immer noch entscheiden, wer von Ihnen beiden die Wiese übernimmt.«

»Wir werden alle mit Interesse hören, was für einen Handel Mr. Metcalfe abschließen wird«, sagte Lady Peabury.

Das hätte sie nicht sagen dürfen. Wie gern hätte sie die Worte, kaum ausgesprochen, wieder zurückgeholt! Zwar hatte sie sehr wohl etwas Unfreundliches sagen wollen, um Mr. Metcalfe für das Ungemach zu bestrafen, in dem sie sich befand. Aber sie hatte ihn nicht vor den Kopf stoßen wollen, und genau das hatte sie unzweifelhaft getan.

Mr. Metcalfe verließ das Haus abrupt, fast überstürzt, und den ganzen Abend wütete er. Fünfzehn Jahre lang war Mr. Metcalfe Präsident der Britischen Handelskammer gewesen. Er hatte in der ganzen Wirtschaft das höchste Ansehen genossen. Niemand schob ihm irgend etwas unter, und er rührte nichts an, was nicht völlig astrein war. Ägyptische und levantinische Kaufleute, die versucht hatten, Mr. Metcalfe für zwielichtige Geschäfte zu interessieren, hatten sich jedesmal eine kräftige Abfuhr geholt. Es war sinnlos, Metcalfe übers Ohr hauen zu wollen. So sprach man von ihm im Union Club, und hier, zu Hause, in seinem eigenen Dorf, hatte eine alte Frau ihn doch glatt zu überfahren versucht. Eine plötzliche Wandlung trat ein. Den gemeinsinnigen Landmann gab es nicht mehr; er war wieder Metcalfe, und das hieß Karten-auf-den-Tisch-und-Nägel-mit-Köpfen-und-hundert-Pfund-auf-den-Zentner-und-wer-nicht-hören-will-muß-fühlen; der kämpferische Metcalfe, der sich lieber ins eigene Fleisch schnitt und ganze Schiffe untergehen ließ, bevor ein Fäßchen Teer nicht sauber abgerechnet war – Metcalfe, der Löwe der Rotarier.

»Das hätte sie nicht sagen dürfen«, sagte Colonel Hodge, als er zu Hause beim trübsinnigen Mahl den Vorfall seiner Frau berichtete. »Jetzt tut Metcalfe überhaupt nichts mehr.«

»Warum gehst *du* nicht hin und redest mal mit dem Mann, der die Wiese gekauft hat?« fragte Mrs. Hodge.

»Das könnte ich eigentlich ... sollte ich vielleicht ... weißt du was, ich gehe gleich hin.«

Er ging.

Er fand den Mann ohne weiteres, denn in den Brakehurst Arms wohnte kein anderer Gast außer ihm. Vom Wirt erfuhr er den Namen: Mr. Hargood-Hood. Er saß gerade über einem Whisky-Soda und dem Kreuzworträtsel der *Times* allein im Salon.

»Guten Abend«, sagte der Colonel. »Hodge ist mein Name.«

»Ja, bitte?«

»Sie wissen wahrscheinlich, wer ich bin.«

»Bedauere außerordentlich, aber ...«

»Mir gehört die Villa. Mein Garten grenzt an Westmacotts Wiese – die Sie gekauft haben.«

»Oh«, sagte Mr. Hargood-Hood, »Westmacott heißt er? Wußte ich gar nicht. Solche Dinge überlasse ich alle meinem Anwalt. Ich habe ihm nur gesagt, er soll mir für meine Arbeit ein geeignetes, möglichst abgelegenes Grundstück suchen. Letzte Woche hat er mir gesagt, daß er hier eins gefunden hat. Kommt mir sehr geeignet vor. Aber Namen hat er mir nicht genannt.«

»Sie haben sich dieses Dorf also nicht aus einem bestimmten Grund ausgesucht?«

»Bewahre, nein! Aber finde es richtig bezaubernd«, fügte er artig hinzu.

Es trat eine Pause ein.

»Ich wollte gern mit Ihnen sprechen«, sagte Colonel Hodge überflüssigerweise. »Trinken Sie einen mit?«

»Danke, gern.«

Erneute Pause.

»Der Bauplatz wird Ihnen nicht viel Freude machen«, sagte der Colonel. »So ungesund, da unten in diesem Loch.«

»Nach so etwas frage ich nie. Was ich brauche, ist nur Zurückgezogenheit.«

»Ah, dann sind Sie gewiß Schriftsteller?«

»Nein.«

»Maler?«

»Nein, nein. Man könnte mich vielleicht einen Wissenschaftler nennen.«

»Ach so. Dann werden Sie Ihr Haus hier also nur an Wochenenden benutzen?«

»Ganz im Gegenteil. Meine Leute und ich werden hier die ganze Woche arbeiten. Und es ist nicht gerade ein Haus, was ich baue, obschon natürlich auch Wohnquartiere dazugehören. Aber da wir so enge Nachbarn sein werden, möchten Sie vielleicht einmal die Pläne sehen ...?«

»... So was haben Sie noch nie gesehen«, sagte Colonel Hodge andern Morgens zu Mr. Metcalfe. »Ein industrielles Versuchslabor nennt er das! Zwei Riesenschornsteine – muß er haben, sagt er, gesetzlich vorgeschrieben, wegen der Giftgase, und einen Wasserturm, um hohen Druck in der Leitung zu haben, sechs Bungalows für die Mitarbeiter ... schaurig. Das Komische ist, daß er ein ganz ordentlicher Kerl zu sein scheint. Sagt, er sei gar nicht auf den Gedanken gekommen, daß sich jemand daran stören könnte. Dachte, wir würden alle interessiert sein. Als ich den Wiederverkauf zur Sprache brachte – diskret, versteht sich –, sagte er nur, das überlasse er alles seinem Anwalt ...«

3

Hof Much Malcock

Sehr geehrte Lady Peabury,

Bezugnehmend auf unser Gespräch vor drei Tagen möchte ich Sie davon in Kenntnis setzen, daß ich mit Mr. Hargood-Hood, dem Käufer der Wiese, die unsere beiden Anwesen trennt, und seinem juristischen Vertreter Verbindung aufgenommen habe. Wie Col. Hodge Ihnen schon mitgeteilt hat, beabsichtigt Mr. Hargood-Hood ein industrielles Versuchslabor zu errichten, welches den Annehmlichkeiten unseres Dorfes den Todesstoß versetzen würde. Wie Sie zweifellos wissen, haben die Bauarbeiten noch nicht begonnen, und Mr. Hargood-Hood ist bereit, gegen eine angemessene Entschädigung das Anwesen zurückzuverkaufen. Der Preis soll den Wiederverkaufswert der Wiese, die Abgaben und eine Erstattung des Architektenhonorars einschließen. Dieser junge Taugenichts hat uns völlig in der Hand. Er verlangt 500 Pfund. Das ist ein Wucherpreis, aber ich bin bereit, die Hälfte davon zu übernehmen, wenn Sie die andere Hälfte bezahlen. Sollten Sie auf dieses großzügige Angebot nicht eingehen wollen, werde ich geeignete Schritte zum Schutz meiner eigenen Interessen unternehmen, koste es die Nachbarn, was es wolle.

Ihr sehr ergebener
Beverley Metcalfe

P.S.: Das heißt, daß ich den Hof verkaufen und das Grundstück als Baugelände erschließen werde.

Gut Much Malcock

Lady Peabury möchte Mr. Metcalfe davon in Kenntnis setzen, daß sie seine Mitteilung heute morgen erhalten hat, für deren Ton ich keine Rechtfertigung weiß. Sie möchte Sie weiterhin davon in Kenntnis setzen, daß sie nicht das Verlangen habe, meine jetzt schon sehr ausgedehnten Verpflichtungen in dieser Gegend noch auszuweiten. Sie kann das Prinzip einer gleich großen Verpflichtung wie Mr. Metcalfe nicht akzeptieren, da er sich um weit weniger Land zu kümmern hat und die in Frage stehende Wiese von Rechts wegen Teil Ihres Besitzes sein sollte. Sei glaubt nicht, daß dem Plan, Ihren Garten als Baugelände zu erschließen, Erfolg beschieden sein wird, wenn Mr. Hargood-Hoods Laboratorium so unansehnlich ist wie dargestellt, was ich eigentlich bezweifle.

»Na schön«, sagte Mr. Metcalfe. »Das wär's dann also. Soll sie doch der Teufel holen.«

4

Es war zehn Tage später. Das schöne Tal, dem schon so bald die Schändung drohte, lag strahlend im Sonnenuntergang. In einem Jahr, dachte Mr. Metcalfe, wird Ruß dieses schöne frische Laub ersticken und Rauch es welken lassen; diese gediegenen Dächer und Kamine, die seit zwei Jahrhunderten oder länger die Landschaft unter der Terrasse bereichern, werden von nüchternen Abscheulichkeiten aus Stahl und Glas und Beton verdeckt sein. Auf der todgeweihten Wiese rief Mr. Westmacott gewissermaßen zum letztenmal seine Kühe; nächste Woche sollten die Bauarbeiten beginnen, dann würden sie sich andere Weiden suchen müssen. Und in gewisser Weise mußte Mr. Metcalfe das auch. Auf seinem Schreibtisch stapelte sich schon die Korrespondenz mit Häusermaklern. Und das alles wegen 500 Pfund, dachte er bei sich. Es würde Renovierungskosten geben, Umzugskosten. Die Bauspekulanten, an die er sich in seiner Bosheit gewandt hatte, zeigten kein Interesse an dem Grundstück. Er würde an dem Umzug weit mehr einbüßen als 500 Pfund. Aber Lady Peabury eben auch, dachte er grimmig. Sie würde schon noch merken, daß man einen Beverley Metcalfe nicht einfach überfuhr.

Und auf dem gegenüberliegenden Hang blickte Lady Peabury genauso melancholisch auf die Szene. Die großen Zedern warfen ihre Schatten über den Rasen; sie hatten sich in der langen Zeit, die sie hier wohnte, kaum verändert; aber die Buchsbaumhecke hatte sie selbst gepflanzt; sie hatte den Seerosenteich angelegt und mit bleiernen Flamingos geschmückt; sie hatte den Steingarten auf der Westseite aufgeschichtet und mit Alpengewächsen bepflanzt; die blühenden Büsche waren die ihren; sie konnte sie nicht mitnehmen, wohin sie ging. Wohin? Sie war zu alt, um einen neuen Garten anzulegen, neue Freunde zu gewinnen. Sie würde, wie so viele Frauen in ihrem Alter, von Hotel zu Hotel ziehen, im In- und Ausland, ein paar Kreuzfahrten machen und ihren Verwandten mit langen, nicht mehr willkommenen Besuchen zur Last fallen. Und das alles für 250 Pfund, für 12 Pfund und Shilling im Jahr, weniger, als sie der Wohlfahrt spendete. Aber es ging nicht ums Geld, es ging ums *Prinzip*. Sie würde keine Kompromisse mit dem Unrecht schließen; nicht mit diesem ungehobelten Menschen auf dem Hang gegenüber.

Trotz des prachtvollen Abends lag eine gedrückte Stimmung über Much Malcock. Die Hornbeams ließen die Köpfe hängen und bliesen Trübsal; Colonel Hodge grämte sich. Er schritt auf dem abgetretenen Teppich seines Herrenzimmers auf und ab. »Da kann man regelrecht zum Bolschewisten werden, wie dieser Pfaffe«, sagte er. »Was kümmert es Metcalfe? Er ist reich. Er kann überallhin. Was kümmert es Lady Peabury? Zu leiden hat immer der kleine Mann, der von der Hand in den Mund lebt.«

Sogar Mr. Hargood-Hood schien von dem allgemeinen Trübsinn angesteckt. Sein Anwalt war bei ihm im Brakehurst zu Besuch. Den ganzen Tag hatten sie sich fast unablässig beraten. »Ich glaube, ich gehe noch mal hin und rede mit dem Colonel«, sagte er und machte sich unter den länger werdenden Schatten der Dorfstraße auf zur Villa Much Malcock. Und aus diesem dramatischen Versöhnungsschritt in letzter Minute erwuchs der Große Hodge-Plan zu Aussöhnung und Frieden-in-unserer-Zeit.

5

»... die Pfadfinder brauchen dringend eine neue Hütte«, sagte Colonel Hodge.

»Zwecklos, zu mir zu kommen«, sagte Mr. Metcalfe. »Ich verlasse die Gegend.«

»Ich dachte mir nur«, fuhr Colonel Hodge fort, »daß Westmacotts Wiese dafür genau der richtige Platz wäre ...«

Und so wurde es geregelt. Mr. Hornbeam gab ein Pfund, Colonel Hodge gab eine Guinee, Lady Peabury gab 250 Pfund. Ein Flohmarkt, ein Nachmittagstee, eine Tombola, ein Umzug und eine Haussammlung erbrachten weitere 30 Shilling. Den Rest brachte Mr. Metcalfe auf. Es kostete ihn alles in allem weit mehr als 500 Pfund, aber er gab von Herzen. Hier ging es ja nicht mehr darum, ihn zu einem schlechten Handel zu nötigen. In der Rolle des öffentlichen Wohltäters gab er mit echter Freude, und als Lady Peabury vorschlug, die Wiese vorerst nur als Zeltpaltz zu benutzen und mit dem Bau der Hütte noch zu warten, war es Mr. Metcalfe, der auf den Bau drängte und die Dachziegel von einer abgerissenen alten Scheune beschaffte. Unter diesen Gegebenheiten konnte Lady Peabury keine Einwände dagegen erheben, daß man der Hütte den Namen Metcalfe-Peabury-Heim gab. Mr. Metcalfe fand den Namen so belebend, daß er bald mit der Brauerei in Verhandlungen wegen einer Umbenennung der Brakehurst Arms trat. Es stimmt zwar, daß Boggett nach wie vor vom »Brakehurst« spricht, aber der neue Name steht für alle deutlich lesbar über der Tür. *The Metcalfe Arms.*

Und so verabschiedete sich Mr. Hargood-Hood aus der Geschichte des Dorfes Much Malcock. Er und sein Anwalt fuhren in ihren Heimatort jenseits der Berge zurück. Der Anwalt war Mr. Hargood-Hoods Bruder.

»Das haben wir fein hingekriegt, Jock. Einmal dachte ich schon, wir würden darauf sitzenbleiben.«

Sie fuhren zu Mr. Hargood-Hoods Haus, einem großen Bauwerk aus gelben Ziegeln, das weit über die Kreisgrenzen hinaus berühmt war. An den Tagen, an denen der Park der Öffentlichkeit zugänglich war, strömten Besucher in Rekordzahlen herbei, um die Formbäume – Eiben und Buchsbäume von überwältigenden Größen und phantastischsten Formen – zu bewundern, die allein drei Gärtnern eine Lebensstellung sicherten. Mr. Hargood-Hoods Vorfahren hatten Haus und Park in den guten alten Zeiten angelegt, als es noch keine Grundsteuern und

Getreideimporte gab. Härtere Zeiten erforderten jetzt zu ihrer Erhaltung ausgefallenere Maßnahmen.

»Also, damit wäre Plan A für ein weiteres Jahr finanziert, und es bleibt sogar noch etwas für die Reinigung der Fischteiche übrig. Aber es war ein banger Monat. Den möchte ich nicht unbedingt noch einmal durchmachen. Nächstes Mal müssen wir besser aufpassen, Jock. Wie wär's, wenn wir weiter nach Osten gingen?«

Und einträchtig breiteten die beiden Brüder ein Meßtischblatt der Grafschaft Norfolk auf dem Tisch in der Großen Halle aus und forschten mit kundigem Blick nach einem wohlgeeigneten, unberührten und innig geliebten Dörfchen.

Rückfällig

AN MRS. IAN FLEMING

Liebe Ann,
in diesem senilen Versuch, noch einmal so zu schreiben wie früher, habe ich auch Figuren aus früheren Geschichten wiederbelebt, die Du, falls Du sie gelesen haben solltest, sicher längst vergessen hast.

Basil Seal war der Held in *Black Mischief* (1932) und *Put Out More Flags* (1942). Dank meines Unvermögens hat er in den dazwischenliegenden zehn Jahren eine neue Augenfarbe bekommen. Am Ende des letztgenannten Buchs dachte er an eine Heirat mit der sehr reichen, frisch verwitweten Angela Lyne, die lange seine Maitresse gewesen war. Ambrose Silk, der Ästhet, kam in diesem Buch ebenfalls vor. Peter Lord Pastmaster trat erstmals als Peter Beste-Chetwynde in *Auf der schiefen Ebene* (1928) auf. Seine Mutter, die spätere Lady Metroland, erschien auch da sowie in *Lust und Laster* (1930). Alastair Digby-Vane-Trumpington war 1928 Lady Metrolands Liebhaber und 1942 Sonias Gatte.

Albright ist neu: Ich wollte etwas von der komischen modernen Welt verwerten, in die Du mir in Deinem gastlichen Haus gelegentlich einen kleinen Einblick gewährst.

In herzlicher Liebe, Dein Vetter
E. W.

Combe Florey
Dezember 1962

I

»Ja.«

»Was meinst du mit ›Ja‹?«

»Ich konnte nicht hören, was du gesagt hast.«

»Ich sagte, er ist mit meinen sämtlichen Hemden auf und davon.«

»Hör mal, ich bin nicht taub. Ich kann mich nur nicht konzentrieren, wenn ein Haufen Leute solchen Krach macht.«

»Jetzt ist wieder Krach.«

»Scheint eine Rede zu sein.«

»Und die andern machen alle ›Pssst!‹«

»Eben. Da kann ich mich nicht konzentrieren. Was hast du gesagt?«

»Dieser Kerl ist mit meinen sämtlichen Hemden davon.«

»Der da redet?«

»Nein, ein ganz anderer – Albright heißt er.«

»Glaub ich nicht. Der ist doch tot, hab ich gehört.«

»Nicht der. Dabei hat er sie nicht mal direkt gestohlen. Meine Tochter hat sie ihm geschenkt.«

»Alle?«

»Fast. Ein paar hatte ich in London, ein paar waren in der Wäsche. Hab's gar nicht glauben können, als mein Diener mir das sagte. Dann hab ich selbst in allen Schubladen nachgesehen. Alles weg.«

»Schöner Mist. Meine Tochter täte *so was nicht.*«

Die Proteste der Tischnachbarn nahmen an Lautstärke zu.

»Die können doch unmöglich diese Rede hören wollen. So ein vollendeter Blödsinn.«

»Wir scheinen uns hier unbeliebt zu machen.«

»Weiß gar nicht, wer diese Leute alle sind. Außer Ambrose habe ich noch nie einen davon gesehen. Hab nur gedacht, ich könnte mich mal blicken lassen und ihm den Rücken stärken.«

Peter Pastmaster und Basil Seal nahmen selten an öffentlichen Diners teil. Sie saßen am Ende eines langen Tischs unter Kerzenleuchtern und Pfeilerspiegeln und sahen bei allem traditionellen Glanz dieses Hotels für ihre Umgebung viel zu glanzvoll und privat aus. Peter war ein oder zwei Jahre jünger, aber er hatte es wie Basil verschmäht, sein Leben so einzurichten, daß ihm die ewige Jugend lange erhalten bleibe. So saßen also hier zwei stattliche, rotgesichtige, aufwendig gekleidete alte Käuze, die genau gleichaltrig wirkten.

Die auf sie gerichteten finsteren Gesichter waren jeden Alters, vom keltischen Barden mit einem Fuß im Grab bis zum mürrischen jugendlichen Kritiker, für den Mr. Bentley, der Organisator des Abends, das Essen bezahlte. Mr. Bentley hatte sein Netz sehr weit ausgeworfen, wie er es nannte. Politiker und Publizisten, Professoren, Kulturattachés, Fulbright-Stipendiaten, Vertreter des Pen-Clubs und Verleger waren da; Mr. Bentley hatte in seinem Heimweh nach der *belle époque* der amerikanischen Depression, als sich in England die Welten der Kunst, Mode und Politik so harmonisch zusammenfügten, Wert darauf gelegt, daß ein paar frühe Freunde des Ehrengasts anwesend waren, und so hatten Peter und Basil, als sie sich vor ein paar Wochen zufällig trafen, beschlossen, hinzugehen. Zu feiern gab es die mit seinem sechzigsten Geburtstag fast zusammenfallende Verleihung des Verdienstordens an Ambrose Silk.

Ambrose saß weißhaarig, bläßlich und abgezehrt zwischen Dr. Parsnip, Professor für dramatische Poesie in Minneapolis, und Dr. Pimpernell, Professor für poetisches Drama in St. Paul. Diese beiden würdevollen Exulanten waren eigens nach London geflogen gekommen. Es war nicht die Art Gesellschaft, auf der man Orden und Rangabzeichen trug, doch immer wenn Ambrose sich zierlich verneigte, um sich für die honigsüßen Worte zu bedanken, die von allen Seiten auf ihn eintropften, konnte keiner seine mühelose Distinktion anzweifeln. Soeben war Parsnip aufgestanden und bemühte sich um Gehör.

»Ich vernehme den Ruf nach ›Stille‹«, rief er mit wohlüberlegter Spontaneität. Sein Tonfall war ein wenig vom Akzent seines Gastlandes geprägt, doch seine Wortwahl war konventionell – ja erhaben; jene vor dreißig Jahren geduldig erarbeitete proletarische Umgangssprachlichkeit hatte er gänzlich abgelegt. »Recht so, denn ist nicht dieses goldene Wort der Inbegriff des Mannes, den wir heute abend ehren? Die Stimme, die einst so klar die Botschaft ihrer Zeit gesprochen, einer Zeit, die für mich und viele andere hier Anwesende stets die glorreichste Dekade englischer Literatur sein wird, die Zeit der Dreißiger« (mißfälliges Murren des jugendlichen Kritikers), »die Stimme, die nun, vielleicht verspätet, zuletzt aber doch so glanzvoll geehrt wird durch die öffentliche Anerkennung, diese Stimme war ein Vierteljahrhundert still. Still in Irland, still in Tanger, still in Tel Aviv und Ischia und Portugal, still jetzt auch in seiner Londoner Heimat, war unser Ehrengast uns allen strenger Tadel, Gemahnung an künstlerische Zurückhaltung und Integrität. Bücher fließen aus den Druckpressen, doch keines ist dabei von Ambrose Silk. Sein sind nicht Podium noch Fernsehschirm; sein ist das geheimnisvolle, das gewaltige Schweigen des Genies ...«

»Ich muß mal pinkeln«, sagte Basil.

»Das muß ich neuerdings immer.«

»Dann komm mit.«

Langsam und steif verließen sie den Speisesaal.

Als sie in der Toilette nebeneinander standen, sagte Basil: »Freut mich für Ambrose, daß er endlich so ein Klimperding gekriegt hat. Sag mal, will der Kerl, der da die Rede hält, ihn eigentlich verulken?«

»Muß wohl. Ist doch klar.«

»Du wolltest mir was von irgendwelchen Hemden erzählen.«

»Hab ich doch schon.«

»Und wie hieß der Kerl, der damit abgehauen ist?«

»Albright.«

»Ach ja, ich erinnere mich; ein Kerl namens Clarence Albright. Schrecklicher Mensch. Ist im Krieg gefallen.«

»Von denen, die ich kenne, ist keiner im Krieg gefallen, nur Alastair Trumpington.«

»Und Cedric Lyne.«

»Ach ja, Cedric auch.«

»Und Freddy Sothill.«

»Den hab ich eigentlich nie zu meinen Bekannten gezählt«, sagte Peter.

»Aber dieser Albright, der hat doch irgendeine geheiratet – Molly Meadows vielleicht?«

»*Ich* habe Molly Meadows geheiratet.«

»Stimmt. Ich war ja da. Aber es war irgendeine von denen, die damals die Runde machten – vielleicht Sally, die Schwester von John Flintshire. Dein Albright ist vielleicht ihr Sohn.«

»Der sieht nicht nach irgend jemandes Sohn aus.«

»Jeder ist irgend jemand anderes Tochter oder Sohn«, sagte Basil.

Diese Binsenweisheit hatte eine zweite, antiquierte und für Peter auf der Hand liegende Bedeutung, bezeichnend für Basils gründlichen Wandel vom *enfant terrible* zum »Pumpel«, als den die Freundinnen und Freunde seiner Tochter ihn kannten.

Der Wandel hatte sich sehr schnell vollzogen. 1939 hatten seine Mutter, seine Schwester, Barbara Sothill, und seine Maitresse, Angela Lyne, den Krieg als eine Chance zu seiner Errettung gesehen. Sein zur Schlacht gerüstetes Land werde, wie sie meinten, ehrenvolle Verwendung für jene beklagenswerten Energien finden, die ihn so oft schon mit einem Bein ins Gefängnis gebracht hatten. Schlimmstenfalls werde er ein Soldatengrab belegen, bestenfalls zu einem zweiten Lawrence von Arabien aufsteigen. Es kam aber ganz anders.

Gleich zu Beginn seiner militärischen Karriere brachte er es fertig, sich bei der Demonstration einer von ihm selbst ersonnenen Methode zur Zerstörung von Eisenbahnbrücken die Zehen eines Fußes abzusprengen, und wurde aus der Armee entlassen. Aus diesem Mißgeschick leitete sich dann auch, allerdings erst später, der Spitzname »Pumpel« ab. Kaum aus dem Krankenhaus entlassen, humpelte er geradewegs zum Standesamt und ehelichte die frisch verwitwete Angela Lyne. Sie nannte eines jener wenigen großen und geschickt gestreuten Vermögen ihr eigen, denen weder internationale Katastrophen noch nationale Experimente mit dem Sozialismus ernsthaft etwas anhaben konnten. Basil nahm den Reichtum hin, wie er den Verlust seiner Zehen hinnahm. Er vergaß, daß er je ohne Stock gegangen, je rank und schlank und aktiv gewesen und oft wegen unbedeutender Summen zu regelrechten Verzweiflungstaten genötigt gewesen war. An dieses abenteuerliche Jahrzehnt erinnerte er sich, wenn überhaupt, dann nur wie an etwas in weiter Ferne Liegendes, was mit seiner Stellung im Leben so wenig zu tun hatte wie etwa die vierteljährlich wiederkehrende Taschengeldknappheit in der Schule.

Für die restliche Dauer des Krieges und die eintönigen ersten Friedensjahre wurde er bei den Behörden als »Landwirt« geführt, was nichts anderes hieß, als daß er irgendwo auf dem Land in Muße und Wohlstand lebte. Zwei Tote, nämlich Freddy Sothill und Cedric Lyne, hatten wohlgefüllte Keller hinterlassen, die Basil leerte. Früher einmal hatte er den Wunsch geäußert, einer jener »kantigen Männer« zu werden, die es »durch den Krieg zu etwas brachten«. Basils einstmals kantiges Gesicht war indessen immer weicher und runder geworden. In der rosigen Fülle fiel seine Narbe fast gar nicht mehr auf. Seine wenigen Anzüge ließen sich bald alle nicht mehr bequem zuknöpfen, und als er in dieser für Europa so mageren Zeit mit Angela in New York war, wo der Kundige solche Dinge noch auftreiben konnte, kaufte er sich Anzüge, Hemden und Schuhe gleich im Dutzend, legte sich wahre Schätze an Uhren, Krawattennadeln, Manschettenknöpfen und Uhrketten zu, bis er nach ihrer Rückkehr – bei der er das alles pflichtgemäß ohne Murren verzollte, was er in seinem ganzen Leben noch nie getan hatte – über seinen älteren Bruder, der sich nach mühsam erfolgreicher, in Goldlitzen und steifen Hemden verbrachter Diplomatenkarriere nun im Ruhestand (und bei geschmälertem Einkommen) eine gewisse Nachlässigkeit in der Kleidung erlaubte, die Bemerkung machte: »Der arme Tony läuft herum wie eine Vogelscheuche.«

Als die Lebensmittelrationierung aufgehoben wurde, verlor das Landleben seinen Reiz. Angela überschrieb das Haus, das sie »Cedric's Folly« genannt hatten, mitsamt seinen Grotten auf ihren Sohn Nigel, als dieser einundzwanzig wurde, und bezog ein großes, unauffälliges Haus in der Hill Street. Sie hatte noch andere Wohnsitze: eine getäfelte Wohnung aus dem siebzehnten Jahrhundert in Paris, eine Villa auf Cap Ferrat, einen erst jüngst erworbenen Bungalow nebst Strand auf den Bermudas, ein Schlößchen in Venedig, das sie einstmals für Cedric Lyne gekauft, zu seinen Lebzeiten aber nie aufgesucht hatte – und so zogen sie zusammen mit ihrer Tochter Barbara von einem zum andern. Basil faßte in der wohlgeordneten Welt der Reichen mühelos Tritt. Er legte sich seine festen Gewohnheiten und seine festen Ansichten zu. Als ihm der Londoner Bratt's and Bellamy's Club zu ordinär wurde, trat er in jenen betulichen Club an der Pall Mall ein, der schon die Szene so manchen peinlichen Interviews mit seinem selbsternannten Mentor, Sir Joseph Mannering, gewesen war; da saß er dann oft in dem Sessel, der Sir Josephs gewohnheitsrechtliches Eigentum gewesen war, und wie Sir Joseph tat er jedem, der ihm zuhörte, seine Meinung über das Neueste vom Tage kund.

Basil drehte sich um, ging zum Spiegel, rückte seine Krawatte zurecht und bürstete sich durch das füllige graue Haar. Er betrachtete sich mit den blauen Augen, die schon soviel gesehen hatten, aber jetzt nur das runde, rosige Gesicht sahen, in dem sie saßen, den feinen Anzug englischer Machart, der die amerikanischen Improvisationen ersetzt hatte, das gestärkte Hemd, das er so ziemlich als einziger noch trug, die Kragenknöpfe aus schwarzen Perlen, die Knopflochblume.

Vor knapp zwei Wochen hatte er hier in diesem Hotel etwas Bestürzendes erlebt. Er war schon sein Leben lang, vor allem aber in den letzten Jahren, hier regelmäßig zu Gast gewesen und pflegte mit dem Mann, der in einer Nische am Eingang Piccadilly den Herren die Hüte abnahm, einen herzlichen Umgangston. Basil bekam nie eine Garderobennummer und nahm an, daß er hier namentlich bekannt sei. Dann aber kam der Tag, an dem er sich länger als sonst beim Essen aufgehalten hatte und beim Weggehen den Mann nicht mehr im Dienst antraf. Er hatte die Klappe gehoben, sich zu den Garderobeständern begeben und seinen Hut und Schirm geholt, und da hatte er im Hutband ein Zettelchen gefunden, das zur Identifizierung dort hineingesteckt worden war. Nur ein einziges, mit Bleistift hingekritzeltes Wort stand darauf: »Pausbacke.« Als er das seiner Tochter Barbara erzählte, sagte sie: »Ich würde dich nicht anders haben wollen. Geh mir nur ja nicht zu einer von diesen Kuren. Da würdest du verrückt.«

Basil war nicht eitel; ob in Lumpen, ob in Seide, hatte er sich nie viel darum gekümmert, wie er auf andere wirkte. Doch als er sich jetzt im Spiegel sah, fiel ihm die angetane Schmach wieder ein.«

»Würdest du Ambrose als Pausbacke bezeichnen, Peter?«

»Was soll das heißen?«

»Daß er ein dickes, rotes Gesicht hat.«

»Hat Ambrose nicht.«

»Eben. Aber mich hat man Pauspacke genannt.«

»Du bist ja auch dick und rot.«

»Du auch.«

»Und warum nicht? Sind doch fast alle.«

»Nur Ambrose nicht.«

»Der ist ein Halbseidener und paßt wahrscheinlich auf.«

»Wir aber nicht.«

»Himmel, wozu denn auch?«

»Wir tun's einfach nicht.«

»Eben.«

Die beiden alten Freunde hatten das Thema erschöpft.

Basil sagte: »Noch mal zu diesen Hemden. Wie ist deine Tochter denn bloß an so einen gekommen?«

»In Oxford. Da wollte sie unbedingt hin und Geschichte studieren. Dabei hat sie sich ein paar recht merkwürdige Vögel angelacht.«

»Zu meiner Zeit gab's da auch schon Mädchen, soviel ich weiß. Von denen haben wir nur nie was gesehen.«

»Zu meiner Zeit auch nicht.«

»Wer sich mit Studenteusen einläßt, kann sowieso nicht ganz sauber sein.«

»Dieser Albright ist es jedenfalls nicht.«

»Wie sieht er aus?«

»Hab ihn nie gesehen. Meine Tochter hatte ihn nach King's Thursday eingeladen, als ich im Ausland war. Da hat sie gesehen, daß er keine Hemden hatte, und ihm meine geschenkt.«

»War er knapp bei Kasse?«

»Sagt sie.«

»Clarence Albright hatte nie Geld. Sally kann ihm nicht viel eingebracht haben.«

»Vielleicht besteht da gar keine Verbindung.«

»Muß. Wenn zwei Männer kein Geld haben und beide Albright heißen, muß es sich doch um ein und denselben handeln.«

Peter sah auf die Uhr.

»Halb zwölf. Ich hab gar keine Lust, wieder da raufzugehen und mir diese Reden anzuhören. Wir waren ja da. Ambrose wird sich gefreut haben.«

»Hat er sicher. Aber er kann nicht von uns verlangen, daß wir uns auch noch diesen ganzen Schwachsinn anhören.«

»Wie hat der Kerl das eigentlich mit dieser ›Stille‹ gemeint? Ich kenne keinen, der soviel redet wie Ambrose.«

»Alles Humbug. Wohin jetzt?«

»Mir fällt gerade ein, daß meine Mutter hier oben wohnt. Wir könnten mal nachsehen, ob sie da ist.«

Sie gingen nach oben, wo Lady Metroland eine Suite bewohnte, seit Pastmaster House zerstört war. Die Tür zum Flur war nicht abgeschlossen. Während sie in dem kleinen Vestibül standen, hörten sie von drinnen laute, ordinäre Stimmen.

»Scheint eine Party im Gang zu sein.«

Peter öffnete die Tür zum Wohnzimmer. Es lag, abgesehen vom fahlen Licht eines Fernsehapparats, im Dunkeln. Vor dem Apparat saß Margot, das angespannte Gesicht so nah vor dem Schirm, daß es im Widerschein gespenstisch weiß wirkte.

»Dürfen wir reinkommen?«

»Wer sind Sie? Was möchten Sie? Ich kann Sie nicht sehen.«

Peter knipste das Licht bei der Tür ein.

»Lassen Sie das. Ach, du bist es, Peter. Und Basil.«

»Wir haben unten gegessen.«

»Also, tut mir leid, aber wie ihr seht, bin ich beschäftigt. Macht das Licht aus und kommt rein, wenn ihr wollt, aber stört mich nicht.«

»Wir gehen lieber wieder.«

»Gut. Kommt ein andermal wieder, wenn ich nicht so beschäftigt bin.«

Draußen sagte Peter: »In letzter Zeit glotzt sie unentwegt in dieses Ding. Es macht ihr großen Spaß.«

»Wohin jetzt?«

»Ich dachte, wir könnten mal in den Bellamy's reingucken.«

»Ich gehe nach Hause. Angela ist allein. Barbara ist auf einer Party bei Robin Trumpington.«

»Dann gute Nacht.«

»Sag mal, diese Häuser, wo sie einen verhungern lassen – du weißt, was ich meine –, taugen die was?«

»Molly kennt eins und schwört darauf.«

»Sie ist ja auch nicht dick und rot.«

»Eben, sie geht ja zu so was.«

»Also, gute Nacht.«

Peter wandte sich nach Osten, Basil in der milden, dunstigen Oktobernacht nach Norden. Die Straßen waren um diese Zeit leer. Basil stapfte die Piccacilly entlang und durch Mayfair hinauf zur Hill Street, wo von den Privathäusern seiner Jugend fast nur noch Angelas Haus übrig war. Wie viele dieser Türen waren ihm damals verschlossen gewesen, die jetzt als Geschäfte und Büros für jeden offen standen!

Die Lichter brannten. Er warf Hut und Mantel auf einen Marmortisch und ging die Treppe zum Salon hinauf, blieb aber unterwegs noch einmal auf dem Treppenabsatz stehen, um Luft zu holen.

»Oh, Pumpel, du zehenloses Wundertier! Du kommst doch immer wie gerufen.«

Er mochte ja pausbäckig sein, aber das hatte auch Vorteile. Als ranker, schlanker Jüngling war Basil nicht oft so begrüßt worden. Zwei Arme schlangen sich um seinen Hals und zogen ihn nach unten, eine grazile Gestalt beugte sich über die Wölbung seines gestärkten Hemds, eine Wange schmiegte sich an die seine, und zärtliche Zähne knabberten an seinem Ohrläppchen.

»Babs! Ich denke, du bist auf einer Party. Mein Gott, wie hast du dich denn angezogen?«

Seine Tochter trug sehr enge, sehr kurze Hosen, Pantoffeln und einen sehr dünnen Pullover. Er befreite sich und gab ihr einen lauten Klaps auf den Allerwertesten.

»Sadist! Unsere Party ist eben ein ›Happening.‹«

»Du sprichst in Rätseln, mein Kind.«

»Das ist eine neue Art Party, die sie in Amerika erfunden haben. Es wird nichts vorbereitet. Man läßt einfach alles passieren. Heute abend haben sie einer mit einer Nagelschere die Kleider vom Leib geschnitten und sie grün angestrichen. Sie hatte eine Maske auf, drum weiß ich nicht, wer's war. Muß wohl irgendwie dafür bezahlt worden sein. Und dann passierte als nächstes, daß Robin die Getränke ausgingen; da sind wir alle losgezogen, um welche zu besorgen. Mama liegt im Bett und weiß nicht, wo der alte Nudge den Schlüssel hat, und wir kriegen ihn nicht wach.«

»Du und deine Mutter wart in Nudges Schlafzimmer?«

»Charles und ich. Charles habe ich zum Tragen mitgebracht. Er ist gerade unten und versucht, das Schloß aufzubrechen. Ich glaube, Nudge hat ein Schlafmittel genommen, denn er hat sich nur umgedreht und weitergeschnarcht, als wir ihn rüttelten.«

Am Fuß der Treppe führte eine Tür zu den Dienstbotenräumen. Sie ging soeben auf, und jemand Fremder erschien mit einem Armvoll Flaschen. Basil sah unter sich einen schlanken, vielleicht einundzwanzigjährigen jungen Mann mit ungekämmtem, dichtem schwarzem Haar, einem spärlichen Bartkranz um Wangen und Kinn, sehr großen, verächtlich blickenden blauen Augen über grauen Tränensäcken und einem stolzen, recht kindlichen Mund. Er trug ein plissiertes weißes Seidenhemd mit offenem Kragen, eine Flanellhose, eine grüne Schärpe und Sandalen. So grotesk seine Erscheinung war, konnte man sie doch nicht direkt vulgär nennen, und als er sprach, war seine Stimme klar und rein und ganz ohne Akzent.

»Das Schloß ging leicht«, sagte er, »aber ich finde nur Wein. Wo habt ihr denn den Whisky?«

»Himmel, das weiß ich doch nicht«, sagte Barbara.

»Guten Abend«, sagte Basil.

»Oh, guten Abend. Wo haben Sie den Whisky?«

»Ist das ein Kostümball?« fragte Basil.

»Nicht direkt«, antwortete der junge Mann.

»Was haben Sie denn da?«

»Irgendwelchen Champagner. Hab nicht auf das Etikett geachtet.«

»Er hat den Cliquot rosé genommen!« sagte Basil.

»Wie schlau von ihm«, sagte Barbara.

»Der wird schon gehen«, meinte der junge Mann, »obwohl die meisten ja lieber Whisky trinken.«

Basil wollte etwas sagen, fand aber keine Worte.

Barbara deklamierte:

»›Von Tante Jakoba kriegt' er 'ne Pinte
Lavendelwasser mit roter Tinte,
denn schließlich weiß die ganze Welt,
Daß Pumpel auf seine Zehen hält.‹ Komm, Charles, ich glaube, mehr kriegen wir hier nicht. Ich meine schon ein leises Zähneknirschen zu hören.«

Sie hüpfte die Treppe hinunter, winkte von der Diele zurück und war draußen, noch ehe Basil die Sprache wiedergefunden hatte.

Endlich setzte er, noch schwerfälliger als eigentlich nötig, seinen Weg nach oben fort. Angela lag im Bett und las.

»Du kommst aber früh nach Hause.«

»Peter war da. Sonst außer Ambrose keiner, den ich kannte. Irgendein Trottel hat eine Rede gehalten. Da bin ich gegangen.«

»Sehr klug.«

Basil stellte sich vor Angelas langen Spiegel. Er konnte sie hinter sich sehen. Sie setzte ihre Brille auf und nahm das Buch wieder zur Hand.

»Angela, ich trinke doch zur Zeit nicht viel, oder?«

»Nicht so viel wie früher.«

»Und essen?«

»Mehr.«

»Aber man kann doch sagen, daß ich ein maßvolles Leben führe?«

»Im großen und ganzen ja.«

»Es ist nur das Alter«, sagte Basil. »Aber hol's der Teufel, ich bin noch keine sechzig.«

»Worüber machst du dir Sorgen, Lieber?«

»Immer wenn ich jungen Männern begegne. So ein Würgen, als wenn ich gleich einen Erstickungsanfall bekäme. Einmal habe ich so einen Anfall bei einem miterlebt – muß ungefähr in meinem jetzigen Alter gewesen sein – der Kommandeur des Artilleriebataillons. Schön war das nicht. Und in letzter Zeit habe ich das Gefühl, daß es mir jeden Moment auch so ergehen kann. Vielleicht sollte ich doch mal in eine Kur gehen.«

»Da komme ich mit.«

»Wirklich, Angela? Du bist eine Heilige.«

»Ob ich nun dort bin oder woanders. Die Kuren sollen ja auch gut gegen Schlaflosigkeit sein. Und das Personal braucht mal Urlaub. Die machen in letzter Zeit alle so schrecklich überarbeitete Gesichter.«

»Babs mitzunehmen hätte keinen Sinn. Wir könnten sie solange nach Malfrey schicken.«

»Ja.«

»Angela, ich habe heute abend einen ganz schrecklichen jungen Mann mit so was wie einem Bart gesehen – hier im Haus, einen Freund von Babs. Sie nannte ihn ›Charles‹.«

»Ja, irgendein neuer.«

»Wie heißt er sonst noch?«

»Ich hab's nicht gehört. Klang so ähnlich wie eine Fuchsmeute, mit der ich mal geritten bin. Ach ja – Albrighton.«

»Albright«, rief Basil, und die unsichtbare Schlinge zog sich fester. »Albright, mein Gott!«

Angela sah ihn aufrichtig besorgt an. »Hör mal«, sagte sie, »du siehst wirklich recht komisch aus. Am besten gehen wir doch in so eine Hungerkur.«

Aber was sich wie ein Todesröcheln angehört hatte, verwandelte sich auf einmal in ein prustendes Lachen.

»Es war eines von Peters Hemden«, rief er, und Angela verstand kein Wort mehr.

2

Irgendeinem Pionier der Therapeutik wird wohl eines Tages die Erkenntnis dämmern, daß Leute, die für den Entzug von Essen und Trinken fünfzig Pfund pro Woche hinzublättern bereit sind, eigentlich nur leiden wollen, so daß man sie ebensogut in irgendeinem billigen Rattenloch unterbringen könnte. Derzeit aber werden die Gewinne dieser vielen florierenden Unternehmen im Dienste des Askesewilligen noch durch gepflegte Gartenanlagen draußen, gemütliche Inneneinrichtung und eine aufwendige Apparateausstattung kräftig geschmälert.

Basil und Angela fanden in dem Sanatorium, das ihnen Molly Pastmaster empfohlen hatte, nicht sofort Platz. Es gab eine Warteliste von Leuten mit allerlei Wehwehchen. Zuletzt überboten sie ganz einfach ihre Leidenskonkurrenz. So bekamen ein Mann, dessen Leibesfülle schon eine Gefahr für seine Fußgelenke darstellte, und eine Frau, die unter rasenden Halluzinationen litt, die Mitteilung, daß ihre Aufnahmegesuche fehlerhaft seien, und an einem warmen Nachmittag fuhren Basil und Angela hin und nahmen ihre Zimmer in Beschlag.

Dieses so entgegenkommende Haus hatte sogar einen eigenen Arzt, der gleich nach der Ankunft mit jedem Patienten einzeln sprach und so tat, als ob er auf seine individuellen Bedürfnisse einginge.

Zuerst empfing er Angela. Derweil saß Basil teilnahmslos im Wartezimmer, den Kopf auf seinen Spazierstock gestützt, und starrte vor sich hin ins Leere. Endlich wurde auch er vorgelassen und nannte sein Begehr. Der Arzt untersuchte ihn gar nicht erst. Der Fall war klar.

»Sie klagen also, um auf fachliche Termini zu verzichten, über Sprachlosigkeit, Erhitzung und Atemnot, Schwindelgefühl und anschließendes Zittern?« fragte der Mann der Wissenschaft.

»Ich habe das Gefühl, zu platzen«, sagte Basil.

»Eben. Und diese Symptome treten nur auf, wenn Sie junge Männer sehen?«

»Haarige junge Männer vor allem.«

»Aha.«

»Diese *Welpen!*«

»Ach, bei jungen Hunden auch? Das ist sehr interessant. Wie reagieren Sie auf junge Katzen?«

»Mit den Welpen meinte ich junge Männer.«

»Ja. Aber Sie mögen junge Hunde, Mr. Seal?«

»Einigermaßen.«

»Aha.« Der Mann der Wissenschaft studierte das Karteiblatt auf seinem Schreibtisch. »Ist Ihnen diese Vorliebe für Ihr eigenes Geschlecht je bewußt gewesen?«

»Sie ist mir bis heute nicht bewußt.«

»Sie sind jetzt achtundfünfzig Jahre und zehn Monate alt. Das ist oft ein entscheidendes Alter, eine Zeit des Wandels, in der unterdrückte und unvermutete Neigungen plötzlich hervorbrechen und sich Ihrer bemächtigen können. Ich würde Ihnen dringend empfehlen, sich einem Psychoanalytiker anzuvertrauen. Diese Art Behandlung machen wir hier nicht.«

»Ich will nur das Gefühl loswerden, daß ich platzen muß.«

»Nun, zweifellos wird unsere Kur die Symptome lindern. Sie begegnen hier nicht vielen jungen Männern, die Sie aus der Ruhe bringen könnten. An Patienten haben wir vorwiegend reifere Frauen. Dann haben wir einen ausgesprochen maskulinen jungen Gymnastiklehrer. Er hat zwar ganz kurze Haare, aber Sie sollten sich doch lieber vom Gymnastikraum fernhalten. Ach ja, und wie ich aus Ihren Unterlagen ersehe, sind Sie durch eine Kriegsverletzung behindert. Dann kann ich ja allen Sport aus Ihrer Therapie herausnehmen und durch Spezialmassagen durch eine weibliche Bedienstete ersetzen. Hier ist Ihr Diätplan. Sie sehen, daß Sie in den ersten achtundvierzig Stunden ausschließlich Rübensaft bekommen. Danach können wir zu Karotten übergehen. Nach den ersten vierzehn Tagen dürfen Sie dann, wenn alles gutgeht, schon rohe Eier und Gerstensuppe zu sich nehmen. Und haben Sie keine Hemmungen, mich aufzusuchen, wenn Sie irgendein Problem mit mir besprechen wollen.«

Die Schlafquartiere der weiblichen und männlichen Hausinsassen waren durch die ganze Länge des Hauses voneinander getrennt. Basil fand Angela im Salon. Sie verglichen ihre Diätpläne.

»Komisch, daß dieselbe Behandlung gegen Schlaflosigkeit und Erstickungsanfälle gut sein soll.«

»Dieser Pfuscher hält mich für andersrum.«

»Um so etwas herauszufinden, braucht's schon einen Mediziner. All die Jahre, und ich hatte keine Ahnung! Die haben nämlich immer recht. Darum gehst du also immer in diesen komischen Club.«

»Hier ist jetzt nicht die Zeit für Witze. Es kommen erst mal bittere vierzehn Tage auf uns zu.«

»Auf mich nicht«, sagte Angela. »Ich bin wohlversorgt hierhergekommen. Schließlich will ich dir ja nur Gesellschaft leisten. Und neben mir wohnt irgendeine Mrs. Dingsda, die ich früher mal gekannt habe. Sie hat eine große Privatsammlung mit sämtlichen Schlaftabletten der Welt. Wir sind schon dicke Freundinnen. *Mir* wird hier nichts fehlen.«

Am dritten Tag seines Fegefeuers, dem schlimmsten, wie die alten Hasen übereinstimmend sagten, kam ein Anruf von Barbara.

»Pumpel, ich möchte wieder nach London. Ich langweile mich.«

»Du langweilst dich bei Tante Barbara?«

»Nicht bei ihr, aber *hier.*«

»Sklavin, du bleibst, wo du bist.«

»Nein, *bitte.* Ich will nach Hause.«

»Dein Zuhause ist, wo ich bin. Und hierher kannst du nicht.«

»Ich will ja auch nur nach London.«

»Geht nicht. Ich habe das Personal für vierzehn Tage weggeschickt.«

»Die meisten meiner Freunde leben ohne Dienstboten.«

»Du bist in tiefe Kreise gesunken, Barbara.«

»Rede doch nicht so albern. Sonia Trumpington hat auch keine Dienstboten.«

»Sie wird dich nicht haben wollen.«

»Pumpel, du klingst so entsetzlich schwach.«

»Wer die letzten drei Tage nur eine Karotte gegessen hat, der soll nicht schwach sein!«

»Du bist ja so tapfer.«

»Ja.«

»Wie geht's Mama?«

»Deine Mutter hält nicht so streng Diät wie ich.«

»Kann ich mir denken. Aber darf ich nicht doch wieder nach London?«

»Nein.«

»Heißt das ›nein‹?«

»Ja.«

»Scheusal.«

Basil hatte im Leben schon Hunger gekannt. In seiner wildbewegten Jugend hatte er in Wüste und Tundra, Gletscher und Dschungel, Mansarde und Keller von Zeit zu Zeit die größten Entbehrungen erduldet. Und wenn er jetzt in den Phasen der Ruhe und Einsamkeit, nachdem er das Dampfbad und die nadelscharfe Brause überstanden hatte und, von der gewaltigen Masseuse gehörig durchgeknetet, nur in ein Badetuch gehüllt, bei zugezogenen Chintzvorhängen in seinem Zimmer lag und auf das Muster der Deckentapete starrte, gemahnte ein wohlvertrautes, vergessenes Bohren ihn an vergangene Ruhmestaten.

Nach der ersten Behandlungswoche beschrieb er Angela seinen Zustand. »Ich fühle mich weder verjüngt noch belebt, eher vergeistigt.«

»Du siehst auch aus wie ein Gespenst.«

»Eben. Ich habe schon über sechzehn Pfund abgenommen.«

»Du übertreibst es. Kein anderer hält sich an diese absurden Vorschriften. Das erwartet auch keiner von uns. Es ist nur wie das *rien ne va plus* beim Roulette. Diese Mrs. Dingsda hat im Gymnastikraum einen florierenden Schwarzmarkt entdeckt, den dieser Sportfeldwebel da betreibt. Heute morgen hatten wir Wildgeflügelpastete.«

Das Haus war gut geführt. Glöckchengebimmel erinnerte soeben an das Ende der kurzen Ruhepause. Basil wankte zurück zur Massage.

Danach lag er wieder schlapp und schwindlig auf dem Rükken und starrte an die Decke.

Wie ein verurteilter Verbrecher in langen, durchwachten Nächten nach dem ersten Gesetzesverstoß in seiner Vergangenheit suchen mag, der ihn schließlich in seine jetzige Lage brachte, so erforschte nun Basil sein Gewissen. Wie er wußte, galt Fasten in allen Religionen als die Tür zur Selbsterkenntnis. Wann hatte er zum erstenmal mit seinem Schicksal falschgespielt? Nach Barbaras Empfängnis; nach ihrer Geburt. Irgendwie befand sie sich an der Wurzel des Übels. Zwar hatte er mit ihrer Vergötterung erst angefangen, als sie schon acht war, aber seiner Vaterschaft war er sich von Anfang an bewußt gewesen. 1947 waren Angela und er, als Babs ein Jahr alt war, nach New York und Kalifornien gereist, damals ein ruchloses Unterfangen, denn ein ganzes Netz von Gesetzen schränkte Ausgaben in fremder Währung ein, und dagegen hatten sie verstoßen, indem sie von unangemeldeten Guthaben hemmungslos abhoben. Bei der Rückkehr hatte er dann aber eine vollständige Zollerklärung abgegeben. Es wäre gar nicht unmittelbare Aufgabe des Zolls gewesen, nach der Herkunft des Inhalts seiner vollgepackten Kisten zu fragen. Er hatte in einem Anfall von Arroganz alles offengelegt und ohne Murren gezahlt. Und da lag der Quell und Ursprung seines Irrwegs in die Rechtschaffenheit, der ihn in den letzten Jahren so verunstaltet hatte. Wie einer, der nach durchzechter Nacht aufwacht – eine ihm von früher nicht unbekannte Erfahrung – und verwirrt seine verschwommenen Erinnerungen an Schmach und Komik zusammenkramt, so machte er sich nun reuevolle Gedanken über seine selbstverschuldete Veränderung. Seine Stimme war nicht mehr das Instrument von früher. Anfangs hatte er es als bewußte Posse angesehen; dann hatte er sich daran gewöhnt; die antiquierten allgemeinen Moralveranstaltungen, die er mit dieser Stimme äußern zu müssen glaubte, hatten sich als seine eigene Meinung in ihm festgesetzt. Was als Spiel zu Barbaras Belustigung angefangen hatte, eine Parodie auf Sir Joseph Mannering, ein Stück, in dem der liebe alte Pumpel die von ihm erwartete verknöcherte Rolle spielte, diese Parodie war zur *persona* geworden.

Das Telefon riß ihn aus seinen Betrachtungen. »Nehmen Sie ein Gespräch von Mrs. Sothill an?«

»Babs.«

»Basil. Ich möchte nur mal wissen, wie's dir so geht.«

»Man ist sehr zufrieden mit mir.«

»Abgenommen?«

»Nur noch Haut und Knochen. Und jetzt sorge ich mich um meine Seele.«

»Affe. Aber ich sorge mich zur Zeit um Barbaras Seele.«

»Was hat sie ausgefressen?«

»Ich glaube, sie ist verliebt.«

»Quatsch.«

»Jedenfalls bläst sie Trübsal.«

»Wahrscheinlich vermißt sie mich.«

»Wenn sie gerade nicht Trübsal bläst, telefoniert sie oder schreibt Briefe.«

»Nicht an mich.«

»Nein. An irgendwen in London.«

»Robin Trumpington?«

»Sie sagt mir ja nichts.«

»Kannst du denn nicht mal zuhören, wenn sie telefoniert?«

»Das habe ich natürlich schon versucht. Es ist auf jeden Fall ein Mann, mit dem sie redet. Ich kann nicht direkt verstehen, was sie reden, aber es klingt sehr zärtlich. Du möchtest doch sicher nicht, daß sie durchbrennt, oder?«

»So was würde ihr im Traum nicht einfallen. Setz dem Kind um Gottes willen keine Flöhe ins Ohr. Gib ihr Rizinus.«

»Also bitte, wenn es *dir* egal ist, kann es mir schon lange egal sein. Ich wollte dich nur warnen.«

»Sag ihr, daß ich bald wieder zurück bin.«

»Das weiß sie schon.«

»Na gut, dann halt sie hinter Schloß und Riegel, bis ich hier rauskomme.«

Basil berichtete Angela von dem Gespräch. »Barbara sagt, Barbara ist verliebt.«

»Welche Barbara?«

»Meine. Unsere.«

»Das ist in ihrem Alter doch ganz normal. In wen?«

»Robin Trumpington, denke ich.«

»Na, der wäre doch recht.«

»Mein Gott, Angie, sie ist noch ein Kind!«

»In ihrem Alter habe ich mich auch verliebt.«

»Und man weiß ja auch, was daraus geworden ist. Der Kerl ist nur hinter meinem Geld her.«

»*Meinem* Geld.«

»Ich hab's immer als meins angesehen. Jedenfalls bekommt sie davon keinen Penny. Nicht bevor ich tot bin.«

»Du siehst schon halbtot aus.«

»Ich habe mich nie wohler gefühlt. Du hast dich nur noch nicht an meinen neuen Anblick gewöhnt.«

»Du bist ganz wacklig.«

»›Entkörpert‹ wäre der richtige Ausdruck. Vielleicht brauche ich was zu trinken. Ich weiß sogar ganz genau, daß ich etwas brauche. Diese Geschichte mit Babs war ein zu großer Schock für mich – und genau im falschen Augenblick. Ich werde mal hingehen und mit dem Medizinmann reden.«

Und so trat er etwas später den Gang über die langen Korridore an, die zum Verwaltungstrakt führten. Er trat ihn an, doch kaum war er sechs kurze Schritte gehumpelt, da fiel ihm sein wiedererwachtes Gewissen in den Rücken. Schlich sich hier wirklich der vergeistigte, der neugeborene Basil wie ein Schuljunge hin, um sich von einem Kurpfuscher die Erlaubnis zu einer schlichten Selbstverständlichkeit zu holen? Schon bog er um die Ecke und machte sich auf den Weg zum Gymnastikraum.

Dort saßen rittlings auf einem niedrigen Pferd zwei korpulente Damen in Badeanzügen, die bei seinem Eintreten hastig schluckten und sich die Krümel von den Lippen wischten. Ein elastischer junger Mann in Pullover und Shorts sprach ihn streng an: »Einen Moment, Sir. Sie können hier nicht einfach ohne Termin hereinkommen.«

»Ich bin ganz privat hier«, sagte Basil, »weil ich ein Wörtchen mit Ihnen reden möchte.«

Der junge Mann sah ihn skeptisch an. Basil zückte seine Brieftasche und klopfte damit auf den Knauf seines Spazierstocks.

»Also, meine Damen, dann sind wir wohl für heute fertig. Wir sind schön vorangekommen. Augenblickliche Erfolge sind natürlich nicht zu erwarten, klar? Morgen dasselbe noch einmal.« Damit tat er den Deckel auf ein kleines Emaillegefäß zurück. Die Damen warfen noch einen hungrigen Blick darauf, doch dann gingen sie in Frieden.

»Whisky«, sagte Basil.

»Whisky? Hören Sie mal, so etwas könnte ich Ihnen gar nicht geben, selbst wenn ich welchen hätte. Es würde mich meine Stelle kosten.«

»Ganz recht, es wird Sie sonst Ihre Stelle kosten.«

»Ich kann Ihnen nicht ganz folgen, Sir.«

»Meine Frau hatte heute früh Wildgeflügelpastete.«

Der junge Mann wurde in seinem Milieu sehr für seine Unverfrorenheit bewundert und ließ sich so leicht nicht erschrekken. Über sein Gesicht ging ein vertrauensinniges Feixen. »Wildgeflügelpastete ist gut«, sagte er. »Nur alte Leberwurst, die im Laden übrig geblieben war. Die armen Kreaturen werden hier so ausgehungert, daß sie gar nicht mehr merken, was sie essen.«

»Reden Sie nicht so von meiner Frau«, sagte Basil, und dann: »Ich werde jedenfalls wissen, was ich trinke. Ein Pfund das Glas.«

»Aber ich habe keinen Whisky, ehrlich nicht. Vielleicht ist im Erste-Hilfe-Kasten ein Schlückchen Kognak.«

»Dann sehen wir uns den mal an.«

Es war eine ordentliche Marke. Basil trank zwei Gläser. Er keuchte. Tränen stiegen ihm in die Augen. Er suchte Halt an den Gymnastikstangen neben ihm. Zuerst fürchtete er schon, ihm werde übel. Dann wallte heiße Freude in ihm auf. Das war wieder Jugend; Kindheit sogar. Genauso herrlich hatte er sich gefühlt, als er zum erstenmal heimlich an den Getränkeschrank seines Vaters gegangen war. Sein ganzes Erwachsenenleben lang hatte er fast täglich mindestens doppelt soviel Kognak getrunken wie jetzt, die diversen Aperitifs nicht mitgezählt, und mehr als eine gewisse Schwere hatte er nie davon gespürt. Doch jetzt, in seinem vergeistigten Zustand, hob es ihn gleichsam von der Erde hoch, hielt ihn in der Luft und setzte ihn behutsam wieder ab; ein mystisches Erlebnis, wie am Gangesufer oder auf einem Gipfel des Himalaja.

Neben ihm lag eine Matte, dick und weich; wie ein Bett. Darauf ließ er sich nieder, glückselig, in Ekstase; hoch schwebte sein Geist über seinem Körper; er schloß die Augen.

»Sie können hier nicht liegen bleiben, Sir. Ich muß doch abschließen.«

»Nur keine Unruhe«, sagte Basil. »Ich bin gar nicht da.«

Der Gymnastiklehrer war sehr stark; es war ihm ein Leichtes, Basil auf einen der flachen Karren zu wuchten, die in den verschiedensten Größen zur Ausstattung des Sanatoriums gehörten; und so gebettet, nicht sinnlos betrunken, aber benebelt, glitt Basil schwerelos den Korridor entlang und begegnete dem gestrengen Herrn Doktor.

»Was haben Sie denn da, Sergeant?«

»Keine Ahnung. Hab den Herrn noch nie gesehen.«

»Sieht aus wie Mr. Seal. Wo haben Sie ihn gefunden?«

»Der ist einfach zu mir in den Gymnastikraum gekommen,

Sir; sah mir ziemlich komisch aus, und mit einemmal war er weg.«

»Er hat Sie also komisch angesehen, ja?«

»›Es schwebt hoch oben ohne Netz der kühne Jüngling am Trapez‹«, lallte Basil mit kaum zu erkennender Melodie vor sich hin.

»Er wird sich etwas übernommen haben, Sir.«

»Da könnten Sie recht haben, Sergeant. Lassen Sie ihn am besten jetzt hier; die Frauen können sich weiter um ihn kümmern. Ah, Schwester Gamage! Mr. Seal braucht Ihre Hilfe, um in sein Zimmer zu kommen. Die Kur war wohl ein bißchen zu streng für ihn. Geben Sie ihm ruhig ein Gläschen Kognak. Ich komme später nach ihm sehen.«

Doch als er endlich in Basils Zimmer kam, fand er den Patienten in tiefem Schlaf.

Er blieb neben dem Bett stehen und sah lange auf ihn hinab. Das eingefallene Gesicht hatte einen Ausdruck betonter Unschuld. Aber der Doktor wußte es besser.

»Ich werde morgen früh nach ihm sehen«, sagte er, und er ging hin und wies seine Sekretärin an, den früheren Bewerbern mitzuteilen, daß unverhofft zwei Plätze frei geworden seien.

3

»Vor die Tür gesetzt, rausgeschmissen, achtkantig. Ich muß das Haus innerhalb einer Stunde verlassen.«

»Aber Basil, ist das nicht wie in alten Zeiten?«

»Nur eine Tiefenpsychoanalyse kann mir helfen, sagt er, und in meinem jetzigen Zustand bin ich eine Gefahr für sein Institut.«

»Wohin gehen wir jetzt? In der Hill Street ist alles zu. Bis Montag ist dort überhaupt niemand.«

»Das Merkwürdige ist, daß ich gar keinen Kater habe.«

»Noch immer vergeistigt?«

»So ist es. Dann werden wir wohl in ein Hotel ziehen. Du könntest Barbara anrufen und ihr sagen, sie soll auch kommen. Sie hat ja gesagt, daß sie unbedingt da weg will.«

Doch als Angela ihre Schwägerin anrief, bekam sie zu hören: »Ist Barbara denn nicht bei euch in London? Sie hat mir gestern gesagt, ihr hättet nach ihr geschickt. Sie ist mit dem Nachmittagszug gefahren.«

»Meinst du, sie ist zu diesem jungen Mann gegangen?«

»Ich möchte wetten.«

»Ob ich das Basil sagen soll?«

»Behalt's lieber für dich.«

»Ich finde das sehr egoistisch von ihr. Basil ist gar nicht gut beieinander. Wenn er das erfährt, trifft ihn der Schlag. Er hatte gestern schon fast einen Anfall.«

»Armer Basil. Aber er muß es ja nicht erfahren.«

Basil und Angela bezahlten ihre horrende Rechnung. Ihr Wagen wurde vor die Tür geholt. Der Chauffeur fuhr. Angela saß neben Basil, der sich ins Polster kuschelte und gelegentlich ein paar schlecht gemerkte Melodienfetzen vom »Kühnen Jüngling am Trapez« vor sich hin säuselte. Als sie sich London näherten, kam ihnen der ganze Freitagsverkehr entgegen. In ihrer Fahrtrichtung war die Straße frei. Im Hotel angekommen, ging Basil unverzüglich ins Bett – »Ich glaube, ich werde nie mehr ein Bad brauchen, solange ich lebe«, sagte er – und Angela ließ ihm ein leichtes Essen mit Austern und Starkbier bringen. Gegen Abend hatte er sich wieder soweit erholt, daß er eine Zigarre rauchen konnte.

Am nächsten Morgen war er früh auf und sprach davon, in den Club zu gehen.

»In diesen komischen?«

»Nein, Bellamy's. Aber da wird am Samstagmorgen kaum jemand sein.«

Es war gar niemand da. Der Barkeeper quirlte ihm ein Ei mit Portwein und Kognak. Dann nahm Basil ein Taxi und fuhr in die Hill Street, um ein paar Bücher zu holen. Es war noch nicht elf Uhr, als er das vermeintlich leere und stille Haus aufschloß und eintrat. Aus einem Zimmer im Erdgeschoß, wo kleine Gesellschaften vor einem Lunch oder Diner zusammenzusitzen pflegten, drang Musik. Es war ein dunkles Zimmer mit Wandbehängen und Bühl-Möbeln. Und dort saß mit einem Pelzmantel ihrer Mutter über dem Pyjama seine Tochter auf dem Boden und hielt ein Transistorradio an die Wange gedrückt. Hinter ihr im Kamin lagen ein paar dicke Kohleklumpen in der Asche des Anmachholzes, das sie nicht zum Brennen gebracht hatte.

»Ach Pumpel, du kommst doch wieder einmal wie gerufen. Ich hatte dich erst Montag erwartet, und bis dahin wäre ich erfroren. Ich komme einfach mit dieser Heizung nicht zurecht. Hab immer gedacht, die muß man nur aufdrehen und braucht sonst keinen dazu. Im Kamin kriege ich auch kein Feuer an. Und bevor du jetzt fragst: ›Babs, was machst du denn hier?‹ sage ich dir gleich, daß ich mich totfriere und sonst gar nichts.«

»Stell mal dieses verdammte Ding da ab.«

Es wurde still, und Barbara sah sich ihren Vater jetzt etwas genauer an. »Aber Pumpel, was haben sie denn mit dir gemacht? Du bist ja gar nicht mehr derselbe. Nur noch ein Klappergestell und gar nicht mehr mein dicker alter Pumpel. Setz dich sofort hin. Armer Pumpel! Verschrumpelt wie eine Mumie. Diese Untiere!«

Basil setzte sich. Barbara rutschte heran und legte ihren Kopf auf seine Knie. »Armes Gerippe«, sagte sie zärtlich. Saphirblaue Augen strahlten unter wirrem schwarzem Haar hervor und blickten tief in zwei saphirblaue Augen zwischen eingefallenen Tränensäcken. »KZ-Krüppel. Gespenst. Knochenmann. Arme ausgebuddelte Leiche.«

»Genug geschmeichelt. Und jetzt raus mit der Sprache.«

»Ich hab dir doch gesagt, daß es mir langweilig war. Du weißt so gut wie ich, wie es auf Malfrey ist. Diese blöde Nationalstiftung. Im Sommer geht's noch, wenn die Touristenbusse kommen. Aber jetzt laufen da nur französische Kunstexperten herum – ein halbes Dutzend pro Woche, und überall die Gänge mit Öltuch ausgelegt und mit Seilen abgesperrt, und Tante Barbara haust in dieser Wohnung über den Ställen und diese lächerlichen Sothills im Junggesellenflügel, und das Höchste der Gefühle ist mal eine Fasanenjagd mit anschließendem Picknick in der Jagdhütte, wo es dann nichts als Fasan zu esssen gibt und ... Also, ich habe mich rechtzeitig beschwert, oder nicht? Du warst nur zu sehr mit Verhungern beschäftigt, um mir zuzuhören, und wenn das Glück deiner einzigen, angebeteten Tochter nicht mehr zählt als senile Eitelkeit ...« Erschöpft hielt sie inne.

»Es steckt doch noch was anderes dahinter.«

»*Etwas* schon.«

»Was?«

»Also, Pumpel, jetzt mußt du mal ganz ruhig bleiben. Zu deinem eigenen Wohl, nicht zu meinem. Ich bin Gewalttätigkeiten weiß Gott gewöhnt. Wie du mich die ganzen Jahre geprügelt hast, wäre dir längst die Polizei auf die Pelle gerückt, wenn du arm wärst. Ich werd's überleben; aber du, Pumpel, bist in einem Alter, wo das gefährlich werden kann. Bleib also jetzt ganz ruhig, dann sag ich es dir. Ich habe mich verlobt.«

Es war kein Schock, keine Überraschung. Es war nur genau, was Basil erwartet hatte. »Quatsch«, sagte er.

»Aber ich bin nun mal verliebt. Du mußt doch wissen, was das heißt. Irgendwann bist du doch sicher auch mal verliebt gewesen – in Mama oder eine andere.«

»Quatsch. Und flenn gefälligst nicht, ja? Wenn du alt genug zu sein glaubst, um dich zu verlieben, dann sei gefälligst auch alt genug, um nicht zu flennen.«

»Da sagst du aber etwas ganz Dummes. Ich flenne doch, *weil* ich verliebt bin. Du hast ja keine Ahnung. Er ist nicht nur der perfekte Mann und furchtbar lustig, er ist auch ein künstlerisches Genie, hinter dem alle her sind, und ich hatte unwahrscheinliches Glück, daß ich ihn mir geschnappt habe, und du wirst ihn auch sofort gern haben, wenn du dich nur nicht so stur stellst, und nachdem wir uns am Telefon verlobt haben, bin ich gleich hergekommen, aber da war er weg, und ich hab natürlich gedacht, jetzt hat ihn mir doch noch eine andere weggeschnappt, und dann bin ich fast erfroren, und jetzt kommst du und guckst mich an wie ein Vampir und nicht wie ein Papa und sagst nur: ›Quatsch.‹«

Sie drückte ihr Gesicht an seinen Oberschenkel und schluchzte.

Nach einer Weile fragte Basil: »Wieso glaubst du eigentlich, daß Robin malt?«

»Robin? Robin Trumpington? Du denkst doch nicht etwa, ich bin mit *Robin* verlobt? Der hat doch schon eine, auf die er ganz verrückt ist. Weißt du denn gar nicht, was sich in der Welt tut, Pumpel? Also, wenn du nur gegen Robin etwas hast, ist ja alles in Ordnung.«

»Und mit wem, zum Teufel, bildest du dir ein, verlobt zu sein?«

»Mit Charles natürlich.«

»Charles Gebührlich? Nie gehört.«

»Stell dich nicht taub. Du weißt ganz genau, wen ich meine. Neulich hast du ihn mal abends hier kennengelernt, da hast du ihn dir anscheinend nur nicht richtig angesehen.«

»*Albright*«, sagte Basil. Es sprach sehr für die wohltätige Wirkung des Sanatoriums, daß er nicht etwa rot anlief, nicht loskollerte. Er fragte nur ruhig: »Warst du mit diesem Mann im Bett?«

»Nicht im *Bett*.«

»Hast du mit ihm geschlafen?«

»Nicht *geschlafen*.«

»Du weißt, was ich meine. Hattest du mit ihm Geschlechtsverkehr?«

»Na ja, vielleicht; nicht im Bett; auf dem Fußboden und hellwach *könnte* man es wohl Geschlechtsverkehr nennen.«

»Heraus mit der Sprache, Babs. Bist du noch Jungfrau?«

»So was möchte sich ja kein Mädchen gern nachsagen lassen, aber ich glaube ja.«

»Du *glaubst*?«

»Na ja, ich nehme es an. Doch, wirklich. Aber das können wir alles sehr bald ändern. Charles will ja unbedingt heiraten. Er sagt, man kann ein Mädchen leichter heiraten, wenn es noch Jungfrau ist. Kann mir nicht vorstellen, wieso. Und ich rede nicht von einer großen Hochzeit. Charles ist sehr ungesellig, und Waise ist er auch – kein Vater, keine Mutter, und seine Verwandten mögen ihn nicht, also werden wir in ein, zwei Tagen ganz still heiraten, und ich hab mir gedacht, wenn es dir und Mama nicht recht ist, können wir ja in das Haus auf den Bermudas ziehen. Wir werden euch überhaupt nicht zur Last fallen, wirklich. Wenn ihr aber selbst auf die Bermudas wollt, sind wir auch mit Venedig zufrieden, obwohl Charles ja sagt, es ist ein bißchen spießig, und im November wird's kalt, darum wären die Bermudas schon besser.«

»Ist eins von euch eigentlich schon mal auf die Idee gekommen, daß ihr zum Heiraten meine Erlaubnis braucht?«

»Nun komm mir nicht juristisch, Pumpel. Du weißt, daß ich dich viel zu lieb habe, um etwas zu tun, was du nicht möchtest.«

»Zieh dich jetzt lieber mal an und geh zu deiner Mutter ins Claridge.«

»Ich kann mich nicht anziehen. Kein warmes Wasser da.«

»Du kannst dort baden. Und dann sollte ich mit dem jungen Mann wohl mal ein Wörtchen reden.«

»Er kommt um zwölf hierher.«

»Dann warte ich auf ihn.«

»Du wirst erfrieren.«

»Steh auf und mach, daß du rauskommst.«

Es folgte eine jener Balgereien, die zwischen Vater und Tochter selbst in ihrem achtzehntem Lebensjahr noch üblich waren und stets damit endeten, daß Babs quiekend aus dem Zimmer flüchtete.

Basil setzte sich und wartete. Man konnte im Vestibül die Hausglocke nicht hören, also setzte er sich in die Fensternische und beobachtete die Haustür; er sah ein Taxi vorfahren und Barbara, immer noch in Pyjama und Pelzmantel und ein Köfferchen in der Hand, einsteigen. Später sah er dann seinen Feind siegessicher vom Berkeley Square herüberkommen. Basil öffnete die Tür.

»Mich haben Sie wohl hier nicht erwartet?«

»Nein, aber ich bin ganz froh darum. Wir haben viel zu besprechen.«

Sie gingen zusammen ins Vestibül. Der junge Mann war nicht mehr ganz so phantasievoll gekleidet wie bei ihrer letzten Begegnung, aber sein Haar wucherte noch genauso, und der Bart kündete der Welt seinen verrufenen Stand. Sie sahen einander schweigend an, bis Basil sagte: »Lord Pastmasters Hemden sind Ihnen zu groß.«

Eine schwache Eröffnung.

»Ich hätte es ja nicht von mir aus angesprochen«, sagte Albright, »aber *Ihnen* scheinen Ihre *sämtlichen* Sachen zu groß zu sein.«

Basil steckte den Niederschlag ein, indem er sich eine Zigarre anzündete.

»Barbara hat mir erzählt, Sie wären in diesem Sanatorium in Kent gewesen«, fuhr der junge Mann in leichtem Ton fort. »Da gibt es aber jetzt ein viel besseres in Sussex.«

Basil wurde sich eines immer rascheren Erkennens bewußt, eines aufkommenden unangenehmen Gefühls der Artverwandtschaft; hatte er nicht vor langer, langer Zeit einmal jemanden gekannt, der zu den Älteren ebenso gesprochen hatte? Er sog tief an seiner Zigarre und musterte Albright. Die Augen, das ganze Gesicht kam ihm entfernt bekannt vor; es war das Spiegelbild eines Spiegelbilds, das er früher oft genug beim Rasieren gesehen hatte.

»Barbara sagt, Sie hätten ihr einen Heiratsantrag gemacht.«

»Na ja, eigentlich hat *sie* davon angefangen. Aber ich habe gern angenommen.«

»Sind Sie Clarence Albrights Sohn?«

»Ja. Kannten Sie ihn? Ich kaum. Wie ich höre, muß er ein recht fürchterlicher Mensch gewesen sein. Falls der Stammbaum Ihnen wichtig ist, habe ich auch noch einen Onkel, der Herzog ist. Den kenne ich aber auch kaum.«

»Und Sie sind Maler?«

»Hat Barbara das gesagt?«

»Sie sagt, Sie wären ein künstlerisches Genie.«

»Eine treue Seele. Damit meint sie wohl meine Musik.«

»Komponieren Sie?«

»Ich improvisiere gelegentlich. Spiele Gitarre.«

»Professionell?«

»Manchmal. In Bars, Sie wissen schon.«

»Ich weiß leider gar nichts. Können Sie davon leben?«

»Nicht, was *Sie* leben nennen würden.«

»Darf ich dann einmal fragen, wie Sie meine Tochter zu ernähren gedenken?«

»Oh, das steht nicht zur Debatte. Eher umgekehrt. Ich tue dasselbe, was Sie getan haben – ich heirate Geld. Jetzt weiß ich schon, was Sie denken: ›Gib ihm Geld, damit er geht.‹ Aber daraus wird nichts, das kann ich Ihnen versichern. Barbara ist nämlich unsterblich in mich verliebt, und wenn es nicht egozentrisch ist, davon zu sprechen, ich auch in sie. Sie wollen doch sicher keine Gretna-Green-Hochzeit, bei der einem die Pressephotographen nachlaufen? Außerdem will Barbara Ihnen gar nicht zur Last fallen. Wie gesagt, sie ist eine treue Seele. Wir können das in aller Ruhe regeln. Denken Sie nur mal an die Steuern, die Ihre Frau durch eine schöne dicke Mitgift spart. Für Ihre eigene Apanage dürfte der Unterschied kaum spürbar sein.«

Und noch immer war Basil die Ruhe selbst; nicht die Spur von jenem senilen Vulkanbeben, das sich vor vierzehn Tagen noch in sengenden, gleißenden Schauern entladen hätte, schüttelte ihn. Er hatte in diesem ersten, allzu leichtsinnig provozierten Waffengang einen schlechten Stand. Also mußte er nachdenken, einen Plan fassen. Im Augenblick war er nicht ganz bei Kräften. Gestern hatte er noch am Boden gelegen. Heute kehrte langsam seine Kraft zurück. Und morgen würde die Erfahrung siegen. Er hatte einen würdigen Gegner vor sich und spürte etwas von der Freude, die einen Ritter des sechzehnten Jahrhunderts erfaßt haben mochte, wenn er mitten im Kampfgetümmel, im Klirren der Waffen einen ebenbürtigen Recken erkannte.

»Barbaras Mutter wird finanziell bestens beraten«, sagte er.

»Wo ist übrigens Barbara? Wir wollten uns um zwölf hier treffen.«

»Sie nimmt gerade im Claridge ein Bad.«

»Ich müßte mal hin und mit ihr sprechen. Ich will sie zum Lunch ausführen. Sie könnten mir nicht zufällig fünf Pfund leihen?«

»Doch«, sagte Basil. »Gewiß.«

Wenn Albright ihn besser gekannt hätte, wäre er ob solcher Liebenswürdigkeit stutzig geworden. So aber dachte er nur: »Der alte Knacker ist ja leichter rumzukriegen, als man mir überall erzählt hat.« Und Basil dachte: »Hoffentlich gibt er's alles für den Lunch aus. Der Schein ist nämlich alles, was er je von mir bekommt. Eigentlich hätte er's ja besser verdient gehabt.«

4

Sonia Trumpington hatte sich nicht wiederverheiratet. Sie teilte eine Wohnung mit Robin, ihrem Sohn, den sie aber selten zu Gesicht bekam. Meist verbrachte sie ihre Tage allein über ihrer Nadelarbeit oder mit der Korrespondenz der einen oder anderen wohltätigen Organisation, bei der sie sich im Alter engagierte. Sie nähte gerade, als Basil nach dem Lunch (wieder Austern, diesmal zwei Dutzend mit einem halben Liter Champagner – er kam stündlich mehr zu Kräften) zu ihr kam. Sie stichelte weiter an dem aufgespannten Seidentuch, während er ihr sein Problem anvertraute.

»Doch, ich kenne Charles Albright. Er ist ein recht guter Freund von Robin.«

»Dann kannst du mir vielleicht mal sagen, was Barbara an ihm findet.«

»Natürlich *dich*«, sagte Sonia. »Er ist dein genaues Ebenbild – Aussehen, Charakter, Benehmen, alles.«

»Aussehen? Charakter? Benehmen? Bist du verrückt geworden, Sonia?«

»Ich meine ja nicht, wie du jetzt bist, nicht einmal nach der Kur. Kannst du dich denn gar nicht mehr erinnern, wie du in seinem Alter warst?«

»Aber er ist ein Ungeheuer!«

»Das warst du auch, mein Lieber. Alles schon vergessen? Für mich ist der Fall ganz klar. Ihr Seals seid nun mal so blutschänderisch veranlagt. Was glaubst du, warum du so an Barbara hängst? Weil sie genau wie Barbara Sothill ist. Und warum ist Barbara so versessen auf Charles? Weil er so ist wie *du*.«

Basil ging mit frisch geschärftem Geist an diese Frage heran.

»Der Bart.«

»Dich habe ich auch schon mit Bart gesehen.«

»Das war, als ich aus der Antarktis zurückkam, und ich habe mein Lebtag nie Gitarre gespielt«, sagte er.

»Spielt Charles Gitarre? Das höre ich zum erstenmal. Er tut alles mögliche – gerade wie du.«

»Ich wäre dir dankbar, wenn du mich nicht dauernd ins Spiel brächtest.«

»Hast du ganz vergessen, wie du warst? Guck doch nur mal in eins von meinen alten Photoalben.«

Wie die meisten Frauen ihrer Generation, hatte Sonia in jungen Jahren dicke Bände mit Zeitungsausschnitten und Photos von sich und ihren Freunden gefüllt. Diese lagen jetzt ungeordnet in einer Zimmerecke.

»Hier feiert Peter in King's Thursday seinen einundzwanzigsten. Da habe ich dich zum erstenmal kennengelernt, soviel ich weiß. Jedenfalls bin ich dort Alastair zum erstenmal begegnet. Er war damals Margots Freund, erinnerst du dich? Sie war heilfroh, ihn los zu sein ... Das ist meine Hochzeit. Du warst doch ganz bestimmt da.« Sie blätterte von den Gruppenbildern mit Braut, Bräutigam und Brautjungfern zu den am Tor von St. Margaret gemachten Schnappschüssen um. »Ja, hier bist du.«

»Kein Bart. Und völlig korrekt angezogen.«

»Warte nur, es kommen noch ein paar belastendere. Da, sieh dir das an ... und das.«

Sie klappten ein Album um das andere auf. Basil kam sehr oft vor.

»Ich finde die alle nicht besonders gut getroffen«, sagte Basil bockig. »Da war ich gerade von der Spanienfront gekommen – natürlich sehe ich da ein bißchen abgerissen aus.«

»Wir reden ja nicht von Kleidern. Sieh dir mal dein Gesicht an.«

»Da hat mir das Licht in die Augen geschienen«, sagte Basil.

»1937. Wieder eine Party in King's Thursday.«

»Photos sind ja schon etwas entsetzlich Spaßiges. Was mache ich da um Himmels willen mit diesem Mädchen?«

»Du schmeißt sie in den Teich. Ich erinnere mich jetzt. Das Photo habe nämlich ich gemacht.«

»Wer ist sie?«

»Keine Ahnung. Vielleicht steht es hinten drauf. Nur ›Basil und Betty‹. Sie muß viel jünger gewesen sein als wir, gar nicht unser Schlag. Ich glaube jetzt sogar, sie war die Tochter irgendeines Herzogs. Ja, stimmt – sie war eine von den Stayles.«

Basil sah das Bild an und schauderte. »Was kann mich nur dazu gebracht haben, mich so zu benehmen?«

»Jugendlicher Übermut.«

»Gott steh mir bei, ich war vierunddreißig. Und sie ist auch noch so häßlich.«

»Jetzt kann ich dir sagen, wer sie ist – vielmehr war. Charles Albrights Mutter. Ein merkwürdiger Zufall, wenn du so willst. Sehen wir sicherheitshalber mal nach.«

Sie fanden einen Adelskalender und lasen. »Da haben wir sie. Fünfte Tochter des verstorbenen Herzogs. Elizabeth Ermyntrude Alexandra, Patenkind des Herzogs von Connaught. Geboren 1920. Heirat 1940 mit Clarence Albright, der 1943 fiel. Nachkommenschaft. Gestorben 1956. Ich erinnere mich, davon gehört zu haben – Krebs, sehr jung. Diese Nachkommenschaft, das ist Charles.«

Basil betrachtete das Photo lange. Das Mädchen war pummelig und schien zu zappeln, aber mehr ärgerlich über den Unfug als amüsiert. »Wie vergeßlich man doch wird. Sie war doch sicher eine gute Freundin von mir.«

»O nein. Margot hatte sie nur für Peter aufgetrieben.«

Basils an Bosheit einst so fruchtbare, in letzter Zeit so eingeschläferte Phantasie begann sich in der Stunde der Not zu regen und wieder aufzurappeln.

»Dieses Photo bringt mich auf eine Idee.«

Basil, du hast wieder diesen alten schurkischen Blick. Was führst du im Schilde?«

»Ach, nur so eine Idee.«

»Du willst doch Barbara nicht in den Serpentine werfen?«

»So weit liegst du gar nicht daneben«, sagte Basil.

»Gehen wir uns doch ein wenig an den Serpentine setzen«, sagte Basil nachmittags zu seiner Tochter.

»Ist es da nicht ziemlich kalt?«

»Jedenfalls ist es dort still. Pack dich gut ein. Ich habe nämlich mit dir zu reden. Ernsthaft.«

»Bist du gut aufgelegt?«

»So gut wie selten.«

»Warum können wir nicht hier reden?«

»Deine Mutter könnte dazukommen. Was ich dir zu sagen habe, geht sie nichts an.«

»Ich wette, es geht um Charles und mich.«

»Natürlich.«

»Und kein Strafgericht?«

»Im Gegenteil. Warmes väterliches Mitgefühl.«

»Dafür lohnt sich's sogar zu frieren.«

Unterwegs sprachen sie nicht. Basil schickte den Wagen fort und sagte, sie würden schon irgendwie nach Hause kommen. Um diese kühle spätnachmittägliche Stunde fanden sie in dem schon leicht herbstlichen Park schnell eine leere Bank. Das Licht war mild, und es war einer jener Tage, da London einen an Dublin erinnerte.

»Charles sagt, daß er mit dir gesprochen hat. Er ist sich nicht sicher, ob du ihn magst.«

»Ich mag ihn.«

»O *Pumpel!*«

»Er hat mir zwar nichts auf der Gitarre vorgespielt, aber ich habe sein Genie erkannt.«

»Pumpel, was führst du im Schilde?«

»Das hat Sonia auch gefragt.« Basil stützte das Kinn auf den Spazierstock. »Weißt du, Babs, ich will doch nichts weiter, als daß du glücklich wirst.«

»Das klingt gar nicht nach dir. Du hast irgendwelche bösen Hintergedanken.«

»Im Gegenteil. Aber du darfst ihm oder deiner Mutter nichts von dem sagen, was ich dir jetzt erzähle. Charles' Eltern sind tot; es trifft sie nicht mehr. Ich habe seine Mutter einmal sehr gut gekannt; er weiß vielleicht nicht, wie gut. Die Leute haben sich oft gewundert, wieso sie Albright geheiratet hat. Das war eine Blitzheirat, weißt du, als er auf Urlaub war und jede Nacht die Sirenen heulten. Es war um die Zeit, als ich gerade aus dem Krankenhaus kam, kurz bevor ich deine Mutter heiratete.«

»Pumpel, es ist sehr kalt hier, und ich weiß nicht, was diese ganze Vorgeschichte mit mir und Charles zu tun hat.«

»Es fing an«, fuhr Basil unerbittlich fort, »als – wie hieß sie noch? – Betty jünger war als du jetzt. Ich hatte sie in King's Thursday in einen Teich geworfen.«

»Was fing da an?«

»Daß sie sich in mich verliebte. Komisch, was junge Mädchen alles verliebt machen kann – bei dir eine Gitarre, bei Betty ein unfreiwilliges Bad.«

»Aber das finde ich doch ziemlich romantisch. Es bringt dich und Charles sozusagen einander näher.«

»O ja, sehr nah. Es war nämlich mehr als nur romantisch. Sie war anfangs zu jung – nur eine mädchenhafte Schwärmerei. Ich dachte, sie würde das überwinden. Aber als ich dann verwundet war, kam sie mich jeden Tag im Krankenhaus besuchen, und als ich den ersten Tag herauskam – du kannst vielleicht nicht verstehen, wie ungemein leicht ein Mann sich in einer solchen Situation fühlt, oder wie anziehend eine Verwundung auf manche Frauen wirkt, oder wie verantwortungslos leichtsinnig wir uns alle fühlten um die Zeit des Blitzkriegs – ich versuche mich hier nicht zu entschuldigen. Ich war nicht der erste Mann. Sie war seit diesem Bad im Teich erwachsen geworden. Es hat nur eine Woche gehalten. Strenggenommen hätte ich sie vielleicht heiraten sollen, aber ich war damals nicht so streng. Ich habe statt dessen deine Mutter geheiratet. Darüber kannst du dich nicht beklagen. Sonst gäbe es dich nämlich nicht. Betty mußte sich anderweitig umschauen, und da kam zum Glück genau im richtigen Augenblick dieser Esel Albright daher. Jawohl, Babs – Charles ist dein Bruder. Wie könnte ich also anders als ihn gernhaben?«

Ohne einen Ton stand Barbara auf, rannte durch die Dämmerung davon, stolperte auf ihren Stöckelabsätzen durch den Sand der Row und verschwand hinter den Denkmälern durchs Edinburgh-Tor. Basil folgte ihr in seinem eigenen gemessenen Tempo. Er hielt ein Taxi an, ließ es am Straßenrand warten, während er im Bellamy's vergebens nach einem befreundeten Gesicht Ausschau hielt, trank an der Bar noch einen Eierkognak und begab sich weiter zum Claridge.

»Was ist nur um Gottes willen mit Barbara los?« fragte Angela. »Sie kommt mit einem Tragödiengesicht hier rein, sagt kein Wort, und ich glaube, jetzt hat sie sich in dein Schlafzimmer eingeschlossen.«

»Sie wird wohl Krach mit diesem Kerl haben, hinter dem sie so her ist. Wie heißt er noch? Albright. Eigentlich ganz gut so. Er ist ja ein netter Junge, aber gar nicht das Richtige für sie. Ich glaube, Babs braucht mal einen Tapetenwechsel. Wenn es dir recht ist, Angie, könnten wir morgen alle drei zu den Bermudas reisen.«

»Bekommen wir denn noch Tickets?«

»Die habe ich schon. Ich bin auf dem Weg von Sonia hierher bei einem Reisebüro vorbeigegangen. Ich glaube nicht, daß Babs heute abend so rechten Appetit hat. Am besten läßt man sie vorerst allein. Ich selbst habe das Gefühl, eine kräftige Mahlzeit vertragen zu können. Wir können sie ja gleich hier unten einnehmen.«

Hinweis

»Es war einmal« erschien erstmals 1943 bei Chapman & Hall, London.
»Kreuzfahrt« erschien erstmals 1943 bei Chapman & Hall, London.
»Ausflug ins wirkliche Leben« erschien erstmals 1943 bei Chapman & Hall, London.
»Scott-Kings moderne Welt« erschien erstmals 1946 bei Chapman & Hall, London.
»Wer zuerst kommt, mahlt zuerst« erschien erstmals 1943 bei Chapman & Hall, London.
»Engländers Heim und Herd« erschien erstmals 1943 bei Chapman & Hall, London.
»Rückfällig« erschien erstmals 1963 bei Chapman & Hall, London.

Evelyn Waugh im Diogenes Verlag

Auf der schiefen Ebene
Roman. Aus dem Englischen von Ulrike Simon
detebe 21173

Der Knüller
Roman. Deutsch von Elisabeth Schnack
detebe 21176

Lust und Laster
Roman. Deutsch von Ulrike Simon
detebe 21174

Tod in Hollywood
Roman. Deutsch von Peter Gan
detebe 21175

Charles Ryders Tage vor Brideshead
Erzählungen. Deutsch von Otto Bayer
detebe 21276

Wer zuerst kommt, mahlt zuerst
Erzählungen. Deutsch von Otto Bayer
detebe 21277

H. G. Wells im Diogenes Verlag

Der Krieg der Welten
Roman. Aus dem Englischen von G. A. Crüwell
und Claudia Schmölders
detebe 20171

Die Zeitmaschine
Roman. Deutsch von Peter Naujack. detebe 20172

Die Fortsetzung der ›Zeitmaschine‹ schrieb

Egon Friedell
Die Rückkehr der Zeitmaschine
Phantastische Novelle
detebe 20177

Walter de la Mare im Diogenes Verlag

Sankt Valentinstag
und andere Erzählungen. Aus dem Englischen von Elizabeth Gilbert. detebe 21197

Die Orgie – eine Idylle
und andere Erzählungen. Deutsch von Elizabeth Gilbert. detebe 21236

Englische Literatur im Diogenes Verlag

● Margery Allingham

Die Handschuhe des Franzosen. Kriminalgeschichten. Deutsch von Peter Naujack Zeichnungen von Georges Eckert detebe 20929

● Eric Ambler

Die Maske des Dimitrios. Roman. Deutsch von Mary Brand und Walter Hertenstein detebe 20137
Der Fall Deltschev. Roman. Deutsch von Mary Brand und Walter Hertenstein detebe 20178
Eine Art von Zorn. Roman. Deutsch von Susanne Feigl und Walter Hertenstein detebe 20179
Schirmers Erbschaft. Roman. Deutsch von Harry Reuß-Löwenstein, Th. A. Knust und Rudolf Barmettler. detebe 20180
Die Angst reist mit. Roman. Deutsch von Walter Hertenstein. detebe 20181
Der Levantiner. Roman. Deutsch von Tom Knoth. detebe 20223
Waffenschmuggel. Roman. Deutsch von Tom Knoth. detebe 20364
Topkapi. Roman. Deutsch von Elsbeth Herlin. detebe 20536
Schmutzige Geschichte. Roman. Deutsch von Günter Eichel. detebe 20537
Das Intercom-Komplott. Roman. Deutsch von Dietrich Stössel. detebe 20538
Besuch bei Nacht. Roman. Deutsch von Wulf Teichmann. detebe 20539
Der dunkle Grenzbezirk. Roman. Deutsch von Walter Hertenstein und Ute Haffmans detebe 20602
Ungewöhnliche Gefahr. Roman. Deutsch von Walter Hertenstein und Werner Morlang. detebe 20603
Anlaß zur Unruhe. Roman. Deutsch von Franz Cavigelli. detebe 20604
Nachruf auf einen Spion. Roman. Deutsch von Peter Fischer. detebe 20605
Doktor Frigo. Roman. Deutsch von Tom Knoth. detebe 20606
Bitte keine Rosen mehr. Roman. Deutsch von Tom Knoth. detebe 20887
Mit der Zeit. Roman. Deutsch von Hans Hermann. detebe 21054
Als Ergänzungsband liegt vor:
Über Eric Ambler. Zeugnisse von Alfred Hitchcock bis Helmut Heißenbüttel. Chronik und Bibliographie. Herausgegeben von Gerd Haffmans. detebe 20607

● James Boswell

Dr. Samuel Johnson. Leben und Meinungen. Mit dem Tagebuch einer Reise nach den Hebriden. Herausgegeben und übersetzt von Fritz Güttinger. detebe 20786

● John Buchan

Die neununddreißig Stufen. Roman. Deutsch von Marta Hackel. Mit Zeichnungen von Edward Gorey. detebe 20210
Grünmantel. Roman. Deutsch von Marta Hackel. Mit Zeichnungen von Topor detebe 20771
Mr. Standfast oder Im Westen was Neues. Roman. Deutsch von Marta Hackel. Mit Zeichnungen von Topor. detebe 20772
Die drei Geiseln. Roman. Deutsch von Marta Hackel. Mit Zeichnungen von Tatjana Hauptmann. detebe 20773
Basilissa. Roman. Deutsch von Otto Bayer detebe 21249

● G. K. Chesterton

Pater Brown und Das blaue Kreuz. Erzählungen. detebe 20731
Pater Brown und Der Fehler in der Maschine Erzählungen. detebe 20732
Pater Brown und Das schlimmste Verbrechen der Welt. Erzählungen. detebe 20733
Eine Trilogie der besten Pater-Brown-Geschichten. Deutsch von Heinrich Fischer, Dora Sophie Kellner, Alfred P. Zeller u.a.

● Erskine Childers

Das Rätsel der Sandbank. Ein Bericht des Geheimdienstes. Roman. Deutsch von Hubert Deymann. Mit vier Karten detebe 20211

● Agatha Christie

Die besten Geschichten von Agatha Christie Deutsch von Maria Meinert, Marfa Berger und Ingrid Jacob. Diogenes Evergreens
Villa Nachtigall. Geschichten. Deutsch von Peter Naujack und Günter Eichel detebe 20825
Der Fall der enttäuschten Hausfrau Geschichten. Deutsch von Günter Eichel detebe 20826

● Wilkie Collins

Ein schauerliches fremdes Bett. Gruselgeschichten. Deutsch von Elizabeth Gilbert und Peter Naujack. Zeichnungen von Bob van den Born. detebe 20589

• Joseph Conrad

Lord Jim. Deutsch von Fritz Lorch
detebe 20128
Der Geheimagent. Roman. Deutsch von G. Danehl. detebe 20212
Herz der Finsternis. Erzählung. Deutsch von Fritz Lorch. detebe 20363

• Guy Cullingford

Post mortem. Roman. Deutsch von Helmut Degner und Peter Naujack. detebe 20369

• Walter de la Mare

Sankt Valentinstag. Erzählungen. Deutsch von Elizabeth Gilbert. detebe 21197
Die Orgie – eine Idylle. Erzählungen
Deutsch von Elizabeth Gilbert. detebe 21236

• Charles Dickens

David Copperfield. Roman. Deutsch von Gustav Meyrink. Mit einem Nachwort von W. Somerset Maugham. detebe 21034
Oliver Twist. Roman. Deutsch von Gustav Meyrink. detebe 21035
Nikolas Nickleby. Roman. Deutsch von Gustav Meyrink. detebe 20998
Bleakhaus. Roman. Deutsch von Gustav Meyrink. detebe 21166
Drei Weihnachtsgeschichten. Deutsch von Gustav Meyrink. detebe 21241
Ein Weihnachtslied in Prosa. Erzählung. Deutsch von Richard Zoozmann. Mit 16 Zeichnungen von Tatjana Hauptmann
Diogenes Evergreens

• Arthur Conan Doyle

Sherlock Holmes Geschichten. Deutsch von Margarete Nedem. detebe 21211

• Lord Dunsany

Smetters erzählt Mordgeschichten. Fünf Kriminalgrotesken. Deutsch von Elisabeth Schnack. Mit Zeichnungen von Paul Flora
detebe 20597
Jorkens borgt sich einen Whisky. Zehn Clubgeschichten. Deutsch von Elisabeth Schnack. Mit Zeichnungen von Paul Flora
detebe 20598

• Ford Madox Ford

Die allertraurigste Geschichte. Roman
Deutsch von Fritz Lorch und Helene Henze
detebe 20532

• Celia Fremlin

Klimax. Roman. Deutsch von Dietrich Stössel. detebe 20916

• Eric Geen

Tolstoi lebt in 12N B9. Roman. Übersetzung und Nachwort von Alexander Schmitz
detebe 20221

• Rider Haggard

Sie. Roman. Deutsch von Helmut Degner
detebe 20236
König Salomons Schatzkammern. Roman. Deutsch von V. H. Schmied. detebe 20920

• Cyril Hare

Mörderglück. Geschichten. Auswahl und Einleitung von Michael Gilbert. Deutsch von Elizabeth Gilbert. detebe 20196

• W. F. Harvey

Die Bestie mit den fünf Fingern. Gruselgeschichten. Deutsch von Günter Eichel und Peter Naujack. Mit Zeichnungen von Peter Neugebauer. detebe 20599

• Harry Hearson & J. C. Trewin

Euer Gnaden haben geschossen? Eine Geschichte aus Merry Old England. Deutsch von Hildegard Dießel. Mit Zeichnungen von Ronald Searle und einem Nachwort von Max Frisch. detebe 20240

• E. W. Hornung

Raffles – Der Dieb in der Nacht. Geschichten. Mit einem Vorwort von George Orwell. Deutsch von Claudia Schmölders
detebe 20237

• James Joyce

Das James Joyce Lesebuch. Auswahl aus ›Dubliner‹, ›Porträt des Künstlers‹ und ›Ulysses‹. Deutsch von Dieter E. Zimmer, Klaus Reichert und Hans Wollschläger; dazu Aufzeichnungen von Georges Borach über Joyce und ein Nachwort von Fritz Senn
detebe 20486

• Gerald Kersh

Mann ohne Gesicht. Phantastische Geschichten. Deutsch von Peter Naujack
detebe 20366

• D. H. Lawrence

Der preußische Offizier. Sämtliche Erzählungen I. detebe 20184

England, mein England. Sämtliche Erzählungen II. detebe 20185
Die Frau, die davonritt. Sämtliche Erzählungen III. detebe 20186
Der Mann, der Inseln liebte. Sämtliche Erzählungen IV. detebe 20187
Der Fremdenlegionär. Autobiographisches und frühe Erzählungen. Fragmente. Sämtliche Erzählungen V. detebe 20188
Der Fuchs. Sämtliche Kurzromane I. detebe 20189
Der Hengst St. Mawr. Sämtliche Kurzromane II. detebe 20190
Liebe im Heu. Sämtliche Kurzromane III detebe 20191
Übersetzungen von Martin Beheim-Schwarzbach, Georg Goyert, Marta Hackel, Karl Lerbs, Elisabeth Schnack und Gerda von Uslar. Im Anhang des letzten Bandes Nachweis der Erstdrucke, Anmerkungen und Literaturhinweise
Liebe, Sex und Emanzipation. Essays. Deutsch von Elisabeth Schnack. detebe 20955
John Thomas & Lady Jane. Roman. Deutsch von Susanna Rademacher. detebe 20299
Briefe. Auswahl von Richard Aldington. Vorwort von Aldous Huxley. Übersetzung und Nachwort von Elisabeth Schnack detebe 20954

● Sheridan Le Fanu

Carmilla, der weibliche Vampir. Eine Vampirgeschichte. Deutsch von Helmut Degner. Mit Zeichnungen von Edward Ardizzone detebe 20596
Der ehrenwerte Herr Richter Harbottle. Unheimliche Geschichten. Deutsch von Helmut Degner und Elisabeth Schnack. Illustrationen von Edward Ardizzone. detebe 20619

● Doris Lessing

Hunger. Erzählung. Deutsch von Lore Krüger. detebe 20255
Der Zauber ist nicht verkäuflich. Afrikanische Geschichten. Deutsch von Marta Hackel, Lore Krüger und Elisabeth Schnack detebe 20886

● Marie Belloc Lowndes

Jack the Ripper oder Der Untermieter Roman. Deutsch von Wulf Teichmann detebe 20130

● Ian McEwan

Der Trost von Fremden. Roman. Deutsch von Michael Walter. Leinen
Der Zementgarten. Roman. Deutsch von Christian Enzensberger. detebe 20648
Erste Liebe – letzte Riten. Acht Geschichten. Deutsch von Harry Rowohlt. detebe 20964
Zwischen den Laken. Erzählungen. Deutsch von Michael Walter, Wulf Teichmann und Christian Enzensberger. detebe 21084
oder müssen wir sterben? Ein Oratorium Deutsch von Christian Enzensberger detebe 21212

● Bernard Mac Laverty

Lamb – der Ausgeflogene. Roman. Deutsch von Hanna Neves. Leinen
Cal. Roman. Deutsch von Nikolaus Stingl. Leinen

● W. Somerset Maugham

Honolulu. Gesammelte Erzählungen I detebe 20331
Das glückliche Paar. Gesammelte Erzählungen II. detebe 20332
Vor der Party. Gesammelte Erzählungen III detebe 20333
Die Macht der Umstände. Gesammelte Erzählungen IV. detebe 20334
Lord Mountdrago. Gesammelte Erzählungen V. detebe 20335
Fußspuren im Dschungel. Gesammelte Erzählungen VI. detebe 20336
Ashenden oder Der britische Geheimagent. Gesammelte Erzählungen VII detebe 20337
Entlegene Welten. Gesammelte Erzählungen VIII. detebe 20338
Winter-Kreuzfahrt. Gesammelte Erzählungen IX. detebe 20339
Fata Morgana. Gesammelte Erzählungen X detebe 20340
Übersetzungen von Felix Gasbarra, Marta Hackel, Ilse Krämer, Helene Meyer, Claudia und Wolfgang Mertz, Eva Schönfeld, Wulf Teichmann, Friedrich Torberg, Kurt Wagenseil, Mimi Zoff u.a.
Rosie und die Künstler. Roman. Deutsch von Hans Kauders und Claudia Schmölders detebe 20086
Silbermond und Kupfermünze. Roman Deutsch von Susanne Feigl. detebe 20087
Auf Messers Schneide. Roman. Deutsch von N. O. Scarpi. detebe 20088
Theater. Roman. Deutsch von Renate Seiller und Ute Haffmans. detebe 20163
Damals und heute. Roman. Deutsch von Hans Flesch und Ann Mottier detebe 20164

Der Magier. Roman. Deutsch von Melanie Steinmetz und Ute Haffmans
detebe 20165
Oben in der Villa. Roman. Deutsch von William G. Frank und Ann Mottier
detebe 20166
Mrs. Craddock. Roman. Deutsch von Elisabeth Schnack. detebe 20167
Der Menschen Hörigkeit. Roman. Deutsch von Mimi Zoff und Susanne Feigl
detebe 20298
Südsee-Romanze. Roman. Deutsch von Mimi Zoff. detebe 21003

● Brian Moore

Die große viktorianische Sammlung. Roman. Deutsch von Alexander Schmitz. Leinen
Katholiken. Roman. Deutsch von Elisabeth Schnack. detebe 20546

● Thomas Morus

Utopia. Aus dem Lateinischen von Alfred Hartmann. detebe 20420

● Edna O'Brien

Das Liebesobjekt. Erzählungen. Deutsch von Elisabeth Schnack. Leinen
Das Mädchen mit den grünen Augen. Roman. Deutsch von Margaret Carroux
detebe 20879
Plötzlich im schönsten Frieden. Roman Deutsch von Margaret Carroux
detebe 21017

● Sean O'Casey

Purpurstaub. Eine abwegige Komödie. Deutsch von Helmut Baierl und Georg Simmgen. detebe 20002
Dubliner Trilogie: Der Schatten eines Rebellen / Juno und der Pfau / Der Pflug und die Sterne. Deutsch von Volker Canaris, Dieter Hildebrandt, Adolf Dresen und Maik Hamburger. detebe 20034
Ich klopfe an. Autobiographie I. Deutsch von Georg Goyert. Mit einem Vorwort von Kaspar Spinner. detebe 20394
Bilder in der Vorhalle. Autobiographie II. Deutsch von Georg Goyert. detebe 20761
Trommeln unter den Fenstern. Autobiographie III. Deutsch von Werner Beyer
detebe 20762
Irland, leb wohl! Autobiographie IV. Deutsch von Werner Beyer. detebe 20763
Rose und Krone. Autobiographie V. Deutsch von Werner Beyer. detebe 20764
Dämmerung und Abendstern. Autobiographie VI. Deutsch von Werner Beyer
detebe 20765
Das Sean O'Casey Lesebuch. Eine Auswahl aus den Stücken, der Autobiographie und den Essays. Mit einem Vorwort von Heinrich Böll und einem Nachwort von Klaus Völker. Herausgegeben mit Anmerkungen, einer Chronik und Daten zur irischen Geschichte von Urs Widmer. detebe 21126

● Frank O'Connor

Werkausgabe der Erzählungen, alle deutsch von Elisabeth Schnack
Und freitags Fisch. Erzählungen I
detebe 20170
Mein Ödipus-Komplex. Erzählungen II
detebe 20352
Don Juans Versuchung. Erzählungen III
detebe 20353
Eine unmögliche Ehe. Erzählungen IV
detebe 20354
Eine selbständige Frau. Erzählungen V
detebe 20355
Brautnacht. Erzählungen VI. detebe 20356
Einziges Kind. Biographie I. Deutsch von Elisabeth Schnack. detebe 21021
Meines Vaters Sohn. Biographie II. Deutsch von Elisabeth Schnack. detebe 21022

● Sean O'Faolain

Sünder und Sänger. Ausgewählte Erzählungen I. Deutsch von Elisabeth Schnack
detebe 20231
Trinker und Träumer. Ausgewählte Erzählungen II. Deutsch von Elisabeth Schnack
detebe 20741
Lügner und Liebhaber. Ausgewählte Erzählungen III. Übersetzt und mit einem Lebensbild von Elisabeth Schnack
detebe 20742

● Liam O'Flaherty

Zornige grüne Insel. Roman. Deutsch von Hubert Roch. Diogenes Evergreens
Ich ging nach Rußland. Ein politischer Reisebericht. Deutsch von Heinrich Hauser
detebe 20016
Armut und Reichtum. Ausgewählte Erzählungen. Deutsch von Elisabeth Schnack
detebe 20232
Der Denunziant. Roman. Deutsch von Heinrich Hauser. detebe 21191
Tiergeschichten. Gesammelt und übersetzt von Elisabeth Schnack. detebe 21253

● George Orwell

Die besten Geschichten von George Orwell
Ausgewählt von Christian Strich
Diogenes Evergreens

Erledigt in Paris und London. Sozialreportage. Deutsch von Alexander Schmitz
detebe 20533
Tage in Burma. Roman. Deutsch von Susanna Rademacher. detebe 20308
Eine Pfarrerstochter. Roman. Deutsch von Hanna Neves. detebe 21088
Die Wonnen der Aspidistra. Roman. Deutsch von Nikolaus Stingl. detebe 21086
Der Weg nach Wigan Pier. Sozialreportage. Deutsch von Manfred Papst. detebe 21000
Mein Katalonien. Bericht über den Spanischen Bürgerkrieg. Deutsch von Wolfgang Rieger. detebe 20214
Auftauchen, um Luft zu holen. Roman
Deutsch von Helmut M. Braem
detebe 20804
Farm der Tiere. Ein Märchen. Neu übersetzt von Michael Walter. Mit einem neuentdeckten Nachwort des Autors ›Die Pressefreiheit‹. Diogenes Evergreens
Auch als detebe 20118
1984. Roman. Deutsch von Kurt Wagenseil. detebe 21087
Im Innern des Wals. Ausgewählte Essays I. Deutsch von Felix Gasbarra und Peter Naujack. detebe 20213
Rache ist sauer. Ausgewählte Essays II. Deutsch von Felix Gasbarra und Claudia Schmölders. detebe 20250
Das George Orwell Lesebuch. Herausgegeben und mit einem Nachwort von Fritz Senn. Deutsch von Tina Richter. detebe 20788
Denken mit Orwell. Sätze für Zeitgenossen, zusammengestellt von Fritz Senn. Deutsch von Felix Gasbarra und Tina Richter. Mit 8 Zeichnungen von Tomi Ungerer
Kleine Diogenes Evergreens
Über Orwell. Herausgegeben von Manfred Papst. Deutsch von Matthias Fienbork
detebe 21225

● William Plomer

Turbott Wolfe. Roman. Deutsch von Peter Naujack. detebe 20254

● Saki

Die offene Tür. Ausgewählte Erzählungen. Auswahl und Nachwort von Thomas Bodmer. Deutsch von Günter Eichel. Zeichnungen von Edward Gorey. detebe 20115

● Olive Schreiner

Geschichte einer afrikanischen Farm. Roman. Deutsch von Elisabeth Schnack
detebe 20885

● William Shakespeare

Sonette. Deutsch und englisch. Nachdichtung und Nachwort von Karl Kraus
detebe 20381
Dramatische Werke in 10 Bänden in der Übersetzung von Schlegel/Tieck. Illustrationen von Heinrich Füßli:
Romeo und Julia / Hamlet / Othello
detebe 20631
König Lear / Macbeth / Timon von Athen
detebe 20632
Julius Cäsar / Antonius und Cleopatra
Coriolanus. detebe 20633
Verlorne Liebesmüh / Die Komödie der Irrungen / Die beiden Veroneser / Der Widerspenstigen Zähmung. detebe 20634
Ein Sommernachtstraum / Der Kaufmann von Venedig / Viel Lärm um nichts / Wie es euch gefällt / Die lustigen Weiber von Windsor. detebe 20635
Ende gut, alles gut / Was ihr wollt / Troilus und Cressida / Maß für Maß
detebe 20636
Cymbeline / Das Wintermärchen / Der Sturm. detebe 20637
Heinrich der Sechste / Richard der Dritte
detebe 20638
Richard der Zweite / König Johann / Heinrich der Vierte. detebe 20639
Heinrich der Fünfte / Heinrich der Achte / Titus Andronicus. detebe 20640

● Alan Sillitoe

Der Mann der Geschichten erzählte . Roman. Deutsch von Hanna Neves. Leinen
Die Flamme des Lebens. Roman. Deutsch von Hanna Neves. Leinen
Der Tod des William Posters. Roman
Deutsch von Peter Naujack. detebe 20952
Der brennende Baum. Roman. Deutsch von Peter Naujack. detebe 20953
Der Sohn des Witwers. Roman. Deutsch von Peter Naujack
Samstagnacht und Sonntagmorgen. Roman. Deutsch von Gerda von Uslar
detebe 20230
Ein Start ins Leben. Roman. Deutsch von Günter Eichel und Anna von Cramer-Klett
detebe 20545
Die Einsamkeit des Langstreckenläufers. Erzählungen I. Deutsch von Günther Klotz
detebe 20413
Fußball. Erzählungen II. Deutsch von Hedwig Jolenberg und Günther Klotz
detebe 20414
Die Lumpensammlerstochter. Erzählungen III. Deutsch von Wulf Teichmann
detebe 20415

Mimikry. Erzählungen IV. Deutsch von Wulf Teichmann und Anna von Cramer-Klett detebe 20416
Männer, Frauen und Kinder. Erzählungen V. Deutsch von Wulf Teichmann. detebe 20417

● Muriel Spark

Memento Mori. Roman. Deutsch von Peter Naujack. detebe 20892
Junggesellen. Roman. Deutsch von Elisabeth Schnack. detebe 20893
Portobello Road. Erzählungen. Deutsch von Peter Naujack und Elisabeth Schnack detebe 20894
Die Blütezeit der Miss Jean Brodie. Roman Deutsch von Peter Naujack. detebe 21055
Die Ballade von Peckham Rye. Roman Deutsch von Elisabeth Schnack detebe 20119
Robinson. Roman. Deutsch von Elizabeth Gilbert. detebe 21090
Die Töster. Roman. Deutsch von Peter Naujack. detebe 21089
Vorsätzlich Herumlungern. Roman. Deutsch von Hanna Neves. detebe 21195

● Laurence Sterne

Tristram Shandy. Roman. Deutsch von Rudolf Kassner. Anmerkungen von Walther Martin. detebe 20950

● Robert L. Stevenson

Werke in 12 Bänden in der Edition und Übersetzung von Curt und Marguerite Thesing:
Die Schatzinsel. Roman. detebe 20701
Der Junker von Ballantrae. Roman detebe 20703
Die Entführung. Roman. detebe 20704
Catriona. Roman. detebe 20705
Die Herren von Hermiston. Roman detebe 20702
Der Pavillon auf den Dünen / Der seltsame Fall von Dr. Jekyll und Mr. Hyde. Zwei Novellen. detebe 20706
Der Selbstmörderklub / Der Diamant des Rajahs. Zwei Geschichtensammlungen detebe 20707
Die tollen Männer und andere Geschichten detebe 20708
Der Flaschenteufel und andere Geschichten detebe 20709
Der Leichenräuber und andere Geschichten detebe 20710
In der Südsee. Ein Reiseabenteuer in zwei Bänden. detebe 20711 + 20712

● Bram Stoker

Draculas Gast. Gruselgeschichten. Deutsch von Erich Fivian und H. Haas. Zeichnungen von Peter Neugebauer. detebe 20135

● Julian Symons

Auf den Zahn gefühlt. Fünfzehn Detektivgeschichten. Deutsch von Thomas Schlück detebe 20601
Ein Pekinese aus Gips. Kriminalgeschichten. Deutsch von Günter Eichel. Zeichnungen von Josef Weihard. detebe 20740

● Evelyn Waugh

Auf der schiefen Ebene. Roman. Deutsch von Ulrike Simon. detebe 21173
Der Knüller. Roman. Deutsch von Elisabeth Schnack. detebe 21176
Lust und Laster. Roman. Deutsch von Ulrike Simon. detebe 21174
Tod in Hollywood. Roman. Deutsch von Peter Gan. detebe 21175

● H. G. Wells

Der Krieg der Welten. Roman. Deutsch von G. A. Crüwell und Claudia Schmölders detebe 20171
Die Zeitmaschine. Roman. Deutsch von Peter Naujack. detebe 20172

● Oscar Wilde

Der Sozialismus und die Seele des Menschen. Ein Essay. Deutsch von Gustav Landauer und Hedwig Lachmann. Frontispiz von Walter Crane. detebe 20003
Sämtliche Erzählungen. Mit Zeichnungen von Aubrey Beardsley. Herausgegeben und mit einem Nachwort von Gerd Haffmans. detebe 20985

● P. G. Wodehouse

Promenadenmischung. Lustige Geschichten I Deutsch von Günter Eichel. detebe 21056
Der Pennymillionär. Lustige Geschichten II Deutsch von Günter Eichel. detebe 21226

● Gespenster

Englische Gespenstergeschichten von Daniel Defoe bis Elizabeth Bowen. Herausgegeben von Mary Hottinger. Mit 13 Zeichnungen von Paul Flora. Diogenes Evergreens Auch als detebe 20497

● Mehr Gespenster

Die besten Gespenstergeschichten aus England, Schottland und Irland. Herausgegeben von Mary Hottinger. Diogenes Evergreens Auch als detebe 21027

● **Wahre Morde**
Die berühmtesten Kriminalfälle und -prozesse aus England. Herausgegeben von Mary Hottinger. Deutsch von Peter Naujack
detebe 20587

● **Liebesgeschichten aus England**
von Joseph Conrad bis Muriel Spark
Herausgegeben von William Matheson
detebe 21204

● **Liebesgeschichten aus Irland**
Von G. B. Shaw bis Frank O'Connor. Herausgegeben und übersetzt von Elisabeth Schnack. detebe 20629

● **Das Diogenes Lesebuch englischer Erzähler**
Geschichten von Stevenson bis Sillitoe. Mit einem einleitenden Essay von Somerset Maugham, Zeittafel, bio-bibliographischen Notizen und Literaturhinweisen. Herausgegeben von Gerd Haffmans
detebe 20272

● **Das Diogenes Lesebuch irischer Erzähler**
Geschichten von Oscar Wilde bis Edna O'Brien. Mit einleitenden Essays von Frank O'Connor und James Joyce, Zeittafel, bio-bibliographischen Notizen und Literaturhinweisen. Herausgegeben von Gerd Haffmans
detebe 20273